Time Shifters
Ohne uns gibt es kein Morgen

Questo libro è stato tradotto grazie a un contributo per la traduzione assegnato dal Ministero degli Affari Esteri e della Cooperazione Internazionale italiano.

Die Übersetzung dieses Buches kam dank einer Förderung des Italienischen Ministeriums für Auswärtige Angelegenheiten und Internationale Zusammenarbeit zustande.

Vorbemerkung

In diesem Buch geht es (auch) um seelische Probleme.

Falls du gerade Schwierigkeiten hast und Hilfe brauchst, dann vergiss nicht, dass es Menschen gibt, die bereit sind, dir zuzuhören.

In Deutschland kannst du das Kinder- und Jugendtelefon (Nummer gegen Kummer) anrufen: 116 111.
In der Schweiz das Sorgentelefon für Kinder: 0800 55 42 10.
In Österreich: Rat auf Draht: 147.

DAVIDE MOROSINOTTO

TIME SHIFTERS

Ohne uns gibt es kein Morgen

Aus dem Italienischen von
Cornelia Panzacchi

Thienemann

01

Freitag, 19. Mai, 11:56
Stunde null

Zuerst bricht das Gewitter aus, dann explodiert die Bombe.

Schon am Morgen hatte sich die Wolkendecke über Bologna verdichtet und wer aus dem Haus ging, nahm vorsichtshalber einen Schirm mit oder einen von diesen durchsichtigen Regenmänteln, in denen man aussieht wie ein Müllsack auf Beinen. Viele ließen den Motorroller zu Hause und nahmen lieber das Auto.

Deshalb stehen jetzt in der Mittagszeit auch alle im Stau.

Als die Ampel auf der Höhe der Porta San Mamolo auf Grün springt, sprinten die Autos, die in westlicher Richtung unterwegs sind, mit aufheulendem Motor los, nur um wegen des Blitzers hundert Meter weiter abzubremsen. Gleich dahinter geht es wieder aufs Gas. Die ersten Regentropfen fallen. Die Scheibenwischer werden eingeschaltet, sie gleiten rauf und runter, rauf und runter, aber dennoch rasen alle an der nächsten Ampel vorbei.

Irgendwo hinter den Hügeln geht ein Blitz nieder. Der Himmel leuchtet auf, Donner knallt wie ein Schuss, unmittelbar darauf gießt es in Strömen, alles verschwindet hinter einem Vorhang aus dicken lauwarmen Tropfen.

Ein paar Autofahrer bremsen daraufhin ab, doch die anderen hupen und überholen rechts und links, um auf der grünen Welle noch schnell die folgenden Ampeln zu passieren.

Die Autoschlange rast an der Porta Saragozza vorbei und nimmt die scharfe Kurve in genau dem Augenblick, in dem das Gebäude des Gymnasiums D'Arturo-Horn in die Luft fliegt.

Die Marmortafel mit dem Namen der Schule löst sich aus ihrer Aufhängung über dem Eingang, saust wie ein Frisbee quer über die Straße und landet vor dem Lieferwagen einer Eisenwarenhandlung. Der Fahrer versucht noch zu bremsen, kracht dann aber dagegen.

Ziegelsteine und Glasscherben fliegen wie Projektile auf die Pkws zu, auf die Lastwagen, auf die ehemalige Kinderklinik in der Via Ortis und auf die abgestellten Mofas.

Ein Dröhnen, lauter als der Donner zuvor, hundert Mal lauter als der Donner, und das Gymnasium fällt in sich zusammen. Ein Anblick, der großartig und schrecklich zugleich ist. Ein dichter roter Nebel aus Ziegelstaub steigt auf und breitet sich gedankenschnell aus.

Die Stadt versinkt im Chaos.

Es hört nicht auf zu regnen.

Freitag, 19. Mai, 12:14
18 Minuten nach Stunde null

Das Kommando- und Kontrollzentrum der 26. Luftbrigade liegt 36 Kilometer nordöstlich von Prag, in der Nähe von Stará Boleslav, einem kleinen Dorf.

Micaela Falco erreicht es, nachdem sie eine lange Serie von roten Ampeln und Blitzern ignoriert hat. Deswegen muss sie sich keine Sorgen machen, denn das Kennzeichen von Micaelas Motorrad steht auf einer besonderen Liste und wie durch Zauberei wird sie keinen einzigen Strafzettel bekommen. Micaela findet diesen Gedanken immer noch aufregend – so, als wäre sie jemand ganz Besonderes, trotz ihrer knapp zwanzig Jahre.

Micaelas Honda CB 650 R ist rot, rot wie ein schlagendes Herz. Sie beugt sich über den Lenker und verlässt mit über achtzig Sachen die Autobahn, richtet sich auf und fädelt sich in die breite Straße ein.

Die Basis befindet sich am Ende dieser Straße. Eine alte

MiG 21, die auf ein Podest montiert wurde, markiert den Eingang zum Gelände und erinnert an die alten Zeiten des Eisernen Vorhangs. Jedes Mal, wenn Micaela das Kampfflugzeug sieht, überlegt sie, wie es wohl gewesen sein mochte, damit zu fliegen, bei einem Einsatz. Auch ihr Vater war Militärpilot und vor zwanzig Jahren flog er für die italienische Luftwaffe Tornados. Wenn sie das nächste Mal mit ihm telefoniert, will sie ihn fragen, ob ihm jemals eine MiG 21 begegnet ist.

Weil sie seinem Vorbild folgen wollte, hatte Micaela damals mit siebzehn Jahren ihr Studium an der Militärakademie begonnen, als Jüngste unter den Erstsemestern. Sie träumte davon, Flügel zu bekommen. Doch das Schicksal entschied anders und jetzt steht sie hier, vor der Eingangsschranke der Basis.

Ein Soldat kommt aus dem Wachhaus, schaut Micaela an, dann das Motorrad. »Gar nicht so übel. Wie schnell fährt es?«

Micaela hat keine Zeit für Small Talk. »Ich bin einbestellt worden. Code siebentausendfünf.«

Aus der Innentasche der Lederjacke holt sie ihre Brieftasche heraus und zeigt dem Soldaten den Dienstausweis. Auf der Plastikkarte ist ihr Foto zu sehen, darunter stehen ihr vollständiger Name (Micaela Greta Falco) und ihr Nato-Dienstrangcode (OF-1b: Leutnant). Dann sind da noch der Strichcode und der Hinweis *Budova č. 42*. Gebäude Nummer 42.

Kaum hat der Soldat alles überflogen, als er auch schon die Schranke hochfahren lässt, damit Micaela weiterfahren kann.

Auf dem Gelände der Basis gilt eine Geschwindigkeitsbeschränkung von dreißig Stundenkilometern. Micaela ist autorisiert, sie zu ignorieren, doch sie weiß, dass die Kommandantin Wert darauf legt, jegliches Aufsehen zu vermeiden. Deshalb fährt Micaela langsam weiter, zwischen den großen Hallen hindurch. Gebäude Nummer 42 steht ganz hinten. Es ist ein Tunnelhangar mit Metallwänden, der von außen wie eine gewöhnliche Lagerhalle aussieht und von einem Stacheldrahtzaun umgeben ist. An dessen Tor steht ein weiteres Wachhaus.

Micaela holt wieder ihren Dienstausweis heraus und der Soldat dort scannt den Strichcode mit einem Lesegerät ein und bittet sie, den Helm abzunehmen, damit er kontrollieren kann, ob ihr Aussehen mit dem Foto übereinstimmt. Erst als er damit fertig ist, darf Micaela an ihm vorbeifahren und ihr Motorrad zwischen dem Stacheldrahtzaun und dem Gebäude abstellen. Sie hat den Seitenständer noch nicht ausgeklappt, als schon ein Elektrokart aus dem Gebäude kommt und auf sie zufährt.

Am Steuer sitzt eine junge Frau, ein paar Jahre älter als Micaela und mit den Rangabzeichen eines Oberleutnants.

»Micaela!«

Der Kart beschreibt eine enge Kurve und bleibt neben ihr stehen. Die Frau bedeutet ihr, einzusteigen.

»Diana!«, begrüßt Micaela sie. »Bist du etwa mein Chauffeur?«

»Ich habe mich freiwillig gemeldet, als ich erfahren habe, dass du heute herkommst, an deinem freien Tag.«

Micaela und Diana sind in Gebäude Nummer 42 die beiden einzigen Italienerinnen, und wenn sie zusammen sind, unterhalten sie sich in ihrer Muttersprache.

»Ich habe lange geschlafen und war gerade beim Frühstück, als die Nachricht kam«, erklärt Micaela. »Ich habe eine furchtbare Unordnung hinterlassen. Tut mir leid. Ich hatte keine Zeit mehr aufzuräumen und bin einfach losgefahren.«

Diana zuckt mit den Schultern. »Ich räume nachher auf, wenn ich Dienstschluss habe, während ich auf dich warte. Weißt du schon, wann du fertig bist?«

Jetzt ist es Micaela, die mit den Schultern zuckt. Keine Ahnung. »Es ist ein Code siebentausendfünf«, erklärt sie. Sie würde gerne mehr darüber sagen, aber dazu ist sie nicht autorisiert.

Diana wechselt deshalb schnell das Thema. »Pass bloß auf, heute ist der neue Zweite Kommandant von deinem Team gekommen.«

»Der Nachfolger von Carla?«

»Genau der. Direkt aus Washington. Major Harry Coleman.«

»Und wie ist der so?«

»Einer von der harten Sorte. Er war im Stab von General

Robertson und hat dafür gesorgt, dass alles wie ein Uhrwerk lief.«

Micaela hat schon von Robertson gehört. In Gebäude 42 ist er so etwas wie ein Mythos.

»Dann kann er was.«

»Ja ... Ich glaube schon.«

Während sie sich unterhalten, fährt Diana mit hoher Geschwindigkeit in das Gebäude hinein. Innen sieht es wie in allen europäischen Militärhangars aus: ein geordnetes Labyrinth aus identischen Kisten, zwischen denen Gabelstapler und Elektrokarts hin und her rollen. Diana würde sich hier auch mit verbundenen Augen zurechtfinden, und anstatt den auf den Boden aufgemalten farbigen Linien der vorgeschriebenen Routen zu folgen, nimmt sie eine Abkürzung nach der anderen.

Vorm Eingang eines Fertigbaus, in dem mehrere Büros untergebracht sind, stellt Diana den Kart ab. Die beiden Frauen steigen aus und jede gibt in einen Nummernblock eine sechzehnstellige Geheimzahl ein.

»Wenn du nicht lange brauchst«, sagt Diana, »könnten wir heute Abend dieses neue kleine Restaurant ausprobieren, du weißt schon, das hinter dem Supermarkt ...«

»Hoffentlich«, sagt Micaela.

Sie weiß nicht, ob sie zur Abendessenszeit wieder zu Hause sein wird, und ist in Gedanken schon bei dem Auftrag, der auf sie wartet. Diana ist nur noch eine Stimme im Hintergrund und sie hat ein schlechtes Gewissen deshalb.

Zwar arbeiten sie beide in Gebäude Nummer 42, doch Diana ist nur in der Verwaltung tätig. Und dieses »nur« spielt eine große Rolle. Es ist wie eine Mauer, die Micaela nicht überwinden kann.

Denn Diana muss immer auf der anderen Seite bleiben. Sie *weiß es nicht*.

Mit schnellen Schritten gehen die beiden einen von Neonröhren beleuchteten Gang entlang, biegen erst rechts und dann links ab und bleiben schließlich vor einer mit einem Nummernblock versehenen Tür stehen.

Micaela kennt den Zugangscode. Diana nicht.

»Da wären wir«, sagt Diana. »Ich kehre jetzt mal an meinen Schreibtisch zurück. Wieder ganz viele aufregende E-Mails, die ich heute noch abschicken muss.«

Sie grinst und auch Micaela bemüht sich zu grinsen.

»Hals- und Beinbruch!«, sagt Diana.

»Toi, toi, toi!«, erwidert Michaela.

Diana macht eine kleine Bewegung auf Micaela zu, als wolle sie sie küssen, hält sich dann aber zurück. Der Gang ist kameraüberwacht und sie hat keine Lust, sich hier zur Schau zu stellen. Deshalb dreht sie sich schnell um und eilt durch den Gang zurück, während Micaela den Code eingibt und durch die Stahltür tritt.

Dahinter befindet sich ein kleiner leerer quadratischer Raum, in dem ein mit Maschinengewehr bewaffneter Soldat eine Aufzugstür bewacht.

»Micaela. Hast du heute nicht frei?«

»Hallo, Nick ... Tja. Anscheinend brauchen sie mich trotzdem.«

Sie reicht dem Soldaten ihren Dienstausweis und er scannt ihn mit seinem Lesegerät ein. Das Gerät leuchtet rot auf und gibt einen krächzenden Laut von sich.

Nick versucht es ein zweites Mal. Jetzt trillert das Gerät, es klingt zufrieden. Die Aufzugstür öffnet sich.

»Ich fürchte, dein Ausweis ist beschädigt. Du solltest ihn nicht in der Brieftasche aufbewahren. Lass das mal von jemandem in der Verwaltung in Ordnung bringen, sonst kommst du das nächste Mal nicht mehr hier rein.«

Micaela verspricht, sich darum zu kümmern, verabschiedet sich und betritt alleine den Fahrstuhl. Sie legt erst beide Handflächen auf die glatte Wand, dann die Stirn. Die Augen hat sie weit geöffnet, damit die Sensoren ihre Netzhaut erkennen können.

»Leutnant Micaela Falco«, sagt sie. »Agentin.«

Eine Computerstimme antwortet: »Zutritt autorisiert.« Dann bewegt sich der Fahrstuhl abwärts.

Als er anhält, befindet sich Micaela vier Stockwerke tief unter der Erde. Die Tür öffnet sich auf einen fensterlosen Gang mit blendenden Neonröhren.

Eine Frau erwartet sie. Um die fünfzig Jahre alt, mit dunklem, zu einem festen Knoten geschlungenem Haar und einem strengen Gesichtsausdruck. Sie hat einen dunklen Camouflage-Overall ohne Dienstgradabzeichen an und hat sich ein Tablet unter den Arm geklemmt.

Es ist Brigadegeneralin Émilie Gillet, die Kommandantin des Teams. Sie trägt keine Dienstgradabzeichen, weil im Dienst das Team immer Vorrang hat, vor allem anderen.

»Du bist spät dran«, begrüßt sie Michaela auf Englisch, mit leichtem französischen Akzent. »Der Zweite Kommandant wollte dich schon suchen lassen.«

Micaela erinnert sich an das, was ihr Diana vorhin gesagt hat. »Ich hab gehört, dass er für Robertson gearbeitet hat. Sind ihm die Vorschriften denn so wichtig?«

»Vor allem ist er ziemlich steif.«

»Stimmt es, dass er gemeinsam mit uns die Kapsel betritt?«, fragt Micaela.

»Na ja, er ist der neue Zweite Kommandant und es scheint sich um eine sehr ernste Angelegenheit zu handeln.«

Micaela beunruhigt das nicht. In Gebäude Nummer 42 geht es *ausschließlich* um sehr ernste Angelegenheiten.

Während sie den Gang entlanglaufen, reicht die Kommandantin ihr das Tablet, damit sie einen Blick auf den Bericht werfen kann.

»Eine Bombe? In einer italienischen Schule?«

»Vielleicht ein terroristischer Anschlag … Wir wissen kaum etwas, es ist vor weniger als einer halben Stunde passiert. Auf jeden Fall aber ist ein Gymnasium in die Luft geflogen. In Bologna. Das Gymnasium D'Arturo-Horn. Hast du diesen Namen schon mal gehört?«

Micaela verneint.

»Die Bombe ist um 11 Uhr 56 hochgegangen«, fährt die Kommandantin fort. »Das Schulgebäude ist eingestürzt und die Explosion hat in der halben Stadt eine Kettenreaktion ausgelöst, eine ganze Serie von Unfällen ... Wir empfangen noch die Daten.«

Micaela gibt ihr das Tablet zurück. »Wann trete ich in Aktion?«

»Sehr bald. Data und der Analyst haben bereits einen Eintrittspunkt gefunden. Zieh dich schnell um und komm dann zum Briefing. In fünf Minuten betreten wir die Kapsel.«

Micaela schaut auf ihre Smartwatch: Ihr Handy ist deaktiviert worden, als sie Nummer 42 betreten hat, und ihre Uhr hat sich automatisch mit dem Missionsserver verbunden. Jetzt zeigt die Uhr anstelle des Ziffernblatts eine laufende Stoppuhr an.

Zeit, denkt Micaela. Es geht immer um Zeit.

Sie wird dafür sorgen müssen, dass ihr die Zeit reicht. Wie immer.

Sie kommen zu einer lilafarbenen Stahltür. Die Kommandantin legt ihre Hand auf das Schloss und die Tür öffnet sich. Sie treten ein.

Mit einem metallischen Klicken schließt die Tür sich hinter ihnen.

Donnerstag, 18. Mai, 13:24
22 Stunden und 32 Minuten vor Stunde null

Nach dem Ende der sechsten Stunde ändert sich das Leben von Ron Senai für immer. Als es passiert, liegt er auf dem Rücken auf einer Schulbank, mit den Füßen auf dem Boden und einem Messer an der Kehle. Das Messer ist ein gewöhnliches Klappmesser. Derjenige, der die Schneide gegen Rons Kehle drückt – so, dass sie die Haut berührt, ohne sie zu verletzen, eben gerade so, dass Ron *es spürt* –, ist ein Klassenkamerad von ihm. Enrico Neri.

Enrico ist sechzehn Jahre alt, also genauso alt wie Ron, doch abgesehen davon, dass die beiden in dieselbe Klasse gehen, könnten sie verschiedener nicht sein. Ron ist sehr groß, über eins neunzig, und auffallend dünn, er hat einen etwas dunkleren Teint und lockige Haare. Enrico dagegen ist nicht besonders groß, aber kräftig und dank Sport und Krafttraining sehr muskulös, mit langen blonden Haaren und dem Gesicht eines Engels.

Während Ron aus einer ganz normalen Familie kommt, die sicherlich nicht arm, aber auch nicht reich ist, ist Enrico der Sohn eines Millionärs und lebt ein dementsprechend luxuriöses Leben mit Urlauben und Sprachaufenthalten im Ausland, Segelkursen und Reitstunden. Auch aus diesem Grund hat Enrico Ron immer ein bisschen genervt. Und ihn an diesem Tag so provoziert, dass er jetzt auf der Schulbank liegt, mit einem Messer unter dem Kinn.

Wie habe ich es bloß geschafft, mich in diese Lage zu bringen?, denkt Ron und gibt sich selbst die Antwort: Es hat sich nach und nach so entwickelt. Eine Reihe von Ereignissen, die zuerst klein und unbedeutend waren und schließlich dazu geführt haben, dass es jetzt so ist, wie es ist.

In der fünften Stunde hatten sie Latein, ein Fach, das Ron hasst, und außerdem hatte die Lehrerin an diesem Tag beschlossen, sie unangekündigt abzufragen. Während sie noch überlegte, wen sie drannehmen sollte, wurde die angespannte Stille im Klassenzimmer vom Trillern einer eingegangenen Nachricht zerrissen.

Studienrätin Santini, eine zierliche, aber angsteinflößende ältliche Frau, die immer in Grau gekleidet war und viel zu leise sprach, hob den Blick vom Klassenbuch und fragte: »Herr Senai, müssten Sie das Telefon im Unterricht nicht ausschalten?«

Ron versuchte, ihr zu erklären, dass es nicht sein Handy gewesen sein konnte, weil das im Flugmodus war, doch die Santini schenkte ihm ihr Reptilienlächeln und sagte: »In Ordnung. Aber weil wir uns gerade unterhalten, können Sie auch gleich nach vorne kommen und sich abfragen lassen.«

Es folgten fünfunddreißig Minuten Blut, Schweiß und Tränen, und das Ergebnis war ein »Ungenügend«.

Da sie am Ende des Schuljahrs angelangt waren, bedeutete das für Ron, dass er nun wie ein Verrückter lernen und sich in der kommenden Woche erneut abfragen lassen musste, um seine Note vor den Prüfungen zu verbessern. Eine Aussicht, die ihm ganz und gar nicht gefiel.

Also fragte sich Ron, sobald er wieder an seinem Platz war: Welcher Idiot hat sein Handy eingeschaltet gelassen und war zu feige, das zuzugeben?

Die Antwort flüsterte ihm sein Freund Gimbo ins Ohr: Der Verräter war Enrico Neri aus der letzten Bank. Enrico, der bis zum vorigen Schuljahr noch Klassenbester gewesen war, beinahe so eine Art Genie, inzwischen aber Gefährdeten-Status erreicht hatte. Ärger zu Hause, wusste Gimbo zu berichten, der Vater sei ein Bauunternehmer, der in halb Europa Brücken und Autobahnen baute, dann aber in einen Skandal verwickelt gewesen war, woraufhin es auch in der Familie nicht mehr so glattlief.

Das alles war Ron im Grunde egal, jeder hat so seine Probleme, aber an seiner Fünf heute in Latein war Enrico schuld, und wenn man aufs Gymnasium ging, musste man dafür sorgen, dass die anderen einen respektieren.

Also hat Ron nach dem Klingeln am Ende der Stunde Enrico abgepasst und »Arschloch« zu ihm gesagt, und der andere hat nichts erwidert, hat ihn eiskalt stehen lassen, so als existiere Ron gar nicht. Das hat wiederum Ron wütend gemacht, denn abgesehen davon, dass er abgefragt worden war, ertrug er es nicht, auf diese Weise ignoriert zu werden, so als ob Enrico viel zu vornehm wäre, um ihn zur Kenntnis zu nehmen.

Also hat Ron Enrico gepackt, ihn geschüttelt und gegen die Wand gestoßen, nur um ihm zu zeigen, wer hier das Sagen hat. Enrico hat sich daraufhin nicht verteidigt, hat überhaupt nichts unternommen, bis ihm irgendwann das Messer und ein Handy aus der Tasche fielen. Das Handy war ein iPhone, das neueste, teuerste Modell. Es fiel auf die Seite, und weil es keine Schutzhülle hatte, ging es kaputt, mit einem Geräusch wie ein brechender Knochen.

Enrico hob es auf und in dem Moment drehte er durch. Wie von null auf hundert. Er griff Ron mit gesenktem Kopf an, warf ihn auf die Bank und drückte ihm das Messer an die Kehle.

Und jetzt, überlegt Ron, was mache ich jetzt?

»Ich weide dich aus, wie ein Osterlamm.«

Der ruhige Ton, in dem Enrico das sagt, jagt Ron einen eisigen Schauer über den Rücken. Er senkt den Blick, um das Messer anzuschauen, die superscharfe Klinge, mit der man Holz schnitzen oder Ähnliches machen kann, die aber eigentlich nicht dazu gedacht ist, einem sechzehnjährigen Schüler die Kehle durchzuschneiden, einem Jungen, der schon von den Ferien träumt.

Er möchte etwas sagen, weiß aber nicht, was, und der andere starrt ihn an, als wäre er schon tot. Ron hat solche Angst, dass er sich beinahe in die Hose macht. Er weiß es, er spürt es.

Hilfe, Hilfe!, denkt er. Hilfe, Hilfe, Hilfe!

»Hey, Leute, ist das hier die 12d?«

Die Frage ist derartig absurd, derartig unangebracht, dass Ron sich einen Augenblick lang nicht einmal sicher ist, ob er sie wirklich gehört hat.

Er dreht den Kopf, um zu sehen, wer da gesprochen hat, und erblickt ein Mädchen, das auf der Schwelle zum Klassenzimmer steht. Etwas älter als er, vielleicht ein paar Jahre. Er hat sie in der Schule noch nie gesehen, sonst würde er sich sicherlich an sie erinnern. Sie sieht sehr sportlich aus, unter dem Saum des kurzen T-Shirts blitzt ein Sixpack hervor, die Arme sind muskulös, an den Schultern spannt der Stoff.

Ihre Brüste sind klein, aber rund, die kurz geschnittenen Haare betonen ihre perfekte Kopfform, die Augen sind groß und klar und sehen aus wie aus Glas. Ihre Lippen sind voll. Diese Lippen ziehen Rons Blick magnetisch an.

Dieser Wirbel, der ihn erfasst hat, lenkt ihn so stark ab, dass er zuerst gar nicht merkt, dass Enrico ihn losgelassen und sein Messer hinter dem Rücken versteckt hat.

Ich bin frei, denkt Ron, atmet auf und setzt sich auf die Schulbank, auf der er bis gerade eben noch lag. Er fährt sich mit den Händen über die Kehle, betrachtet dann seine Handflächen. Kein Blut, er lebt noch. Er sieht wieder das Mädchen an. Sie wirkt nicht erstaunt, sie hat begriffen, was da geschehen ist, wahrscheinlich hat sie das Messer entdeckt. Sie bleibt einfach in der Tür stehen.

»Du suchst ... die 12d?«, fragt Ron.

Sie nickt.

»Die ist nicht hier. Die ist ... eine Etage tiefer. Wenn du willst, bringe ich dich hin.«

Das Mädchen antwortet nicht, es schaut ihn einfach nur an. Aber diese Stille kommt Ron wie eine Antwort vor, jedenfalls ist dies seine Chance, von hier zu verschwinden, von Enrico und dessen Messer wegzukommen. Deshalb hebt er seinen Rucksack auf, der in dem Durcheinander auf den Boden gefallen ist, und schultert ihn. Er wirft Enrico einen flüchtigen Blick zu, der mindestens ebenso verblüfft wie Ron aussieht, erreicht mit zwei großen Schritten die Tür und lächelt das Mädchen an, das ihm gerade höchstwahrscheinlich das Leben gerettet hat. Sachte streift er ihren Arm, um sie aufzufordern, das Klassenzimmer zu verlassen.

Als seine Hand ihre Haut berührt, erbebt sie, wie bei einem elektrischen Schlag, den auch Ron spürt. So etwas ist ihm noch nie passiert, er hat nur davon gehört, in Romanen davon gelesen, es in Filmen gesehen. Es ist eine ganz besondere Anspannung, die er wahrnimmt, die ihm den Gedanken aufdrängt: *Ich muss sie kennenlernen. Ich muss alles über sie erfahren.*

Gemeinsam gehen sie auf dem Flur in Richtung Treppe und Ron würde sie so gerne fragen, wie sie heißt, ob sie hier neu ist, ob sie erst vor Kurzem in die Stadt gezogen ist und das Gymnasium besuchen wird, doch leider bekommt er keinen Ton heraus.

Erst als sie vor dem Klassenzimmer der 12d stehen, das um diese Zeit natürlich leer ist, zeigt Ron auf die Tür und sagt: »Hier sind wir. Wie heißt du?«

Das Mädchen schenkt ihm ein Lächeln. Ein Lächeln, das klein ist, aber so warm wie ein glühender Stern.

Dann geht sie in das Klassenzimmer, ohne geantwortet zu haben.

Freitag, 19. Mai, 13:36
1 Stunde und 40 Minuten nach Stunde null

Micaelas Smartwatch zeigt an, dass eine Stunde und vierzig Minuten vergangen sind seit Stunde null. Hundert Minuten. Sechstausend Sekunden.

»Se… sechs…tausend Se…kunden«, flüstert sie. »Sechs…tausend …«

Ihre Zähne klappern und sie kann nichts dagegen tun. Ihre Stimme ist so heiser, dass sie kaum zu hören ist. Das Wasser, das aus dem Brausekopf kommt, ist kochend heiß, und das ist gut so, es wäscht das Blut weg. Die rote Flüssigkeit rinnt ihr am Hals herunter, über Brüste und Rücken, zwischen den Beinen hindurch und bildet um ihre Füße herum eine rote Pfütze, bevor sie durch den Abfluss rauscht.

So viel Blut, denkt Micaela.

Was Diana wohl sagen würde, wenn sie es sehen könnte, wenn sie wüsste, was Micaela tatsächlich macht, wenn sie mit dem Hochsicherheitsaufzug ins Untergeschoss fährt.

Micaela stellt sich vor, dass die Verwaltungsleute dort oben, in den Büros von Nummer 42, oft über die Teams reden und sich fragen, worin deren Mission besteht. Sicherlich ahnen sie nicht, dass danach so viel Blut fließt. Und dass jede Reise mit starken Schmerzen verbunden ist.

Manchmal, wenn Micaela abends in die Wohnung zurückkehrt, die sie beide gemietet haben, merkt sie, dass Diana sie beobachtet. Sie gründlich betrachtet. Weil sie es vielleicht wissen will. Aber Micaela darf ihr nichts erzählen. Genauso wenig wie ihrem Vater in Italien, der so stolz darauf ist, dass sein kleines Mädchen für eine Top-Secret-Position ausgewählt wurde.

Hier ist sie ganz allein. Allein mit ihrem Blut und ihrem Geheimnis. Micaela schwankt auf den Duschgelspender zu und seift sich das Gesicht ein, während von der Badezimmertür her ein Alarmsignal ertönt, wie das Piepsen eines rückwärts fahrenden Lastwagens. Dann gleitet die Tür zur Seite.

Micaela dreht sich schnell um und sieht, wie die Erste und die Zweite Wache das Badezimmer betreten. Sie sind beide um die dreißig, haben einen glatt rasierten Schädel und tragen dunkle Overalls ohne Rangabzeichen. Jeder hat ein Tablet unter dem Arm. Sie starren sie durch die Glaswand der Duschkabine hindurch an und Micaela zwingt sich, ihren Körper nicht mit ihren Händen zu bedecken, sondern einfach zurückzustarren.

»Das ist …« Sie hat immer noch kaum Stimme. »Das ist meine Erholungszeit.«

»Das wissen wir«, sagt die Erste Wache. »Es tut uns leid.«

»Die Kommandantin schickt uns«, sagt der andere. »Sie will, dass sich die gesamte Kapsel versammelt. Wir treffen uns um 14 Uhr 35.«

»Bis dahin ist es noch eine Stunde und ich habe soeben eine Mission abgeschlossen. Ist es wirklich nötig, dass ihr ins Bad kommt, während ich dusche?«

Die beiden Männer wechseln einen nervösen Blick.

»Und?«, drängt Micaela.

»Der Nebel ist sehr dicht«, sagt die Erste Wache. »Data und der Analyst arbeiten noch daran, aber es gibt starke Oszillationen.«

»Was sagen sie denn?«

Wieder wechseln die beiden einen Blick, dann zuckt die Zweite Wache mit den Schultern. Es scheint ihm tatsächlich leidzutun.

»Die Mission ist gescheitert«, sagt er. »Es ist bedauerlich, Leutnant, aber wir stehen wieder am Anfang.«

Donnerstag, 18. Mai, 13:41
22 Stunden und 15 Minuten vor Stunde null

Enrico Neri kommt die Außentreppe hinunter, schaut sein Gymnasium an und fragt sich, wie es wohl wäre, es in die Luft gehen zu sehen.

In letzter Zeit denkt er das oft und jedes Mal fängt sein Herz dann an, schneller zu schlagen, er kann schärfer sehen, seine Ohren nehmen mehr Geräusche wahr.

Das D'Arturo-Horn ist ein dreistöckiges Gebäude, sehr massiv, aus genau jenen Ziegelsteinen erbaut, denen Bologna den Spitznamen »die Rote« verdankt. Sicherlich würde die Mehrzahl dieser Ziegelsteine von der Explosion zertrümmert werden, zu einem feinen rötlichen Regen werden, während einige wenige davonschießen würden wie Projektile. Enrico stellt sich Flugbahnen vor, zeichnet sie mit den Augen nach.

Das Gymnasium steht an der Ecke einer stark befahrenen sechsspurigen Hauptverkehrsstraße und einer schmaleren Straße, die Via Jacopo Ortis. Das einzige andere Gebäude an dieser Straße ist ein altes Kinderkrankenhaus, in dem mittlerweile nur noch Büros untergebracht sind.

Wäre auch das Krankenhaus betroffen? Und die sechsspurige Straße? Und wenn ja: Wie viele Opfer würde es dann geben, wie viele Tote, wie viele Verletzte, wie viel Blut?

Immer schneller rasen diese Gedanken durch seinen Kopf und beißen sich in seinem Gehirn fest, in seinem Kopf, in seiner Seele, und irgendwann werden sie übermächtig und Enrico bekommt Lust zu schreien, sich diese Bilder aus den Augen zu reißen. Er steckt die Hand in die Tasche und zieht das Klappmesser heraus, dasselbe, mit dem er knapp zwanzig Minuten zuvor seinen Klassenkameraden bedroht hat.

Enrico ist eigentlich nicht gewalttätig, aber man weiß ja, wie das so läuft, denn Ron hat das Messer gesehen und die Leute werden reden. »Weißt du, dass der Neri ein Messer einstecken hat?«, und so weiter, und wenn der Direktor es wüsste, wäre ein Rauswurf die Folge, sie würden ihn vom Unterricht suspendieren, weil diese Schule ein sicherer Ort sein und bleiben muss, und so weiter. Sie können ja nicht wissen, wozu er das Messer in Wahrheit braucht, denn es ist nicht für die anderen gedacht, sondern für ihn selbst. Enrico legt den Finger auf die Schneide und drückt, stärker, stärker, bis er sich schneidet, bis er spürt, dass Blut herausrinnt, bis endlich der Schmerz kommt.

Mit dem Schmerz geht es ihm immer ein bisschen besser. Nach und nach löscht er alles aus, die Bilder der Zerstörung verschwimmen, verblassen.

Enrico zieht die Hand aus der Tasche, steckt den Finger in den Mund und saugt daran. Was ist nur mit ihm los, ist er dabei, verrückt zu werden? Dabei ist da ein Mädchen, das zusammen mit ihrer Freundin auf dem Bürgersteig vor der Schule auf ihn wartet, sie trägt schwarze Shorts von Adidas und ein ärmelloses weißes T-Shirt. Plötzlich bemerkt sie ihn, sie dreht sich um und läuft ihm entgegen, rennt die Treppe hinauf und umarmt ihn.

Enrico versucht, sie abzuwehren, doch sie lässt sich nicht stören, stellt sich auf die Zehenspitzen und steckt ihm ohne Vorwarnung ihre Zunge in den Hals, mit so viel Schwung, dass sie ihm beinahe die Mandeln abreißt.

Sie löst sich von ihm und schaut ihn provozierend an. »Weißt du, was ich vorhin im Unterricht gedacht habe? Dass du echt scharf bist. Und weißt du, was ich gerne mit dir gemacht hätte?«

Sie flüstert es ihm ins Ohr, ihr warmer Atem dringt in sein Ohr, dann weicht sie zurück, um ihn besser zu sehen, doch Enrico erwidert nur: »Uh.«

Ihr Lächeln verschwindet. »Was soll das heißen: Uh? Ich knutsch dich ab, ich sage dir, dass ich mit dir *Sex* haben will, und du machst so ein Gesicht?«

»Sorry«, stammelt Enrico und schaut zu den Säulen an der Schulfassade hinüber. Er fragt sich, ob die Explosion auch sie erreichen würde und ob sie ganz umfallen oder aber wie Raketen zum Himmel hinaufschießen würden.

»Tut mir leid ... War ein schlechter Tag heute.«

»Etwa wegen der Nachricht, die du in der Lateinstunde bekommen hast? Dabei hat die Santini doch nichts gemerkt, sie hat Ron beschuldigt, also wirklich ...«

Tatsächlich hat die Nachricht sehr viel damit zu tun. Sie kam von seiner Mutter, sie hatte geschrieben: *Wo bist du, muss mit dir reden.* Dass sie ihm so etwas schreibt, während er in der Schule ist, bedeutet, dass sie bereits sturzbetrunken sein muss. Doch das ist es nicht, was Enrico Sorgen bereitet. *Muss mit dir reden*, das ist das eigentliche Problem. Seine Mutter und er reden schon seit Wochen nicht mehr miteinander, und wenn sie ihm jetzt etwas sagen will, dann ist es sicherlich nichts Gutes.

»Du bist heute komisch«, stellt Camilla fest. »Fühlst du dich nicht gut?«

Oh ja, denkt er, du kannst dir gar nicht vorstellen, wie schlecht ich mich fühle, aber wie könnte ich dir nur alles erklären?

Es wäre unmöglich. Eindeutig unmöglich.

»Vielleicht bin ich einfach nur müde ... Hör mal, hast du Lust, mit zu mir nach Hause zu kommen? Es ist niemand da, wir könnten zusammen etwas essen.«

Camilla grinst ihn an. »Du sagst, dass du müde bist, dabei hast auch du *Lust* ...«

»Kommst du mit?«, drängt Enrico. Er ist sich nicht einmal

sicher, ob er Camilla wirklich den ganzen Nachmittag um sich haben möchte, allein sein will er aber auch nicht.

Er weiß nicht, was er noch anstellen soll. Ihm ist, als würde dieses Messer in der Tasche nach ihm rufen, ständig nach ihm rufen, doch er will nicht antworten, auf keinen Fall.

Camilla zieht die Nase kraus. »Du kannst dir gar nicht vorstellen, wie gerne ich das machen würde, Enri, aber ich habe Giulia versprochen, mit ihr zu lernen, sie hat Stress mit ihrem Typen und braucht mich. Sie ruft schon nach mir, siehst du?«

Sie streckt einen Arm aus und winkt dem Mädchen zu, das vorhin bei ihr auf dem Bürgersteig stand und das ihr jetzt aus einem Mercedes heraus Zeichen macht zu kommen.

Camilla lächelt Enrico an, gibt ihm einen Kuss, läuft dann schnell die Treppe hinunter und steigt in den Mercedes ein.

Enrico seufzt. Wenigstens hat ihm dieser Wirbelwind von einem Mädchen etwas Nebel aus dem Kopf vertrieben. Er geht in die Via Ortis weiter, in der Hunderte von Mofas parken, angefangen von uralten Piaggio Zip, die vierzig Jahre alt sein müssen, bis hin zu den Honda SH in allen Farben des Regenbogens. Enrico selbst besitzt kein Mofa, sondern ein echtes Auto, eine XEV Yoyo, ein winziges Elektromobil, Zweisitzer, mitternachtsblau.

Sein Vater hat es ihm geschenkt, bevor ... bevor alles losging. Und deshalb hat Enrico schon oft daran gedacht, es loszuwerden. In Wahrheit ist das Mikroauto allerdings sehr bequem, es läuft wie geschmiert und Camilla liebt es.

Und ich kann mir nicht erlauben, Cami zu verlieren.

Enrico steigt in den Yoyo ein und drückt auf den Knopf, der den Elektromotor einschaltet. Er wirft einen letzten Blick auf das Gymnasium ... Ob die Fensterscheiben wohl schmelzen oder einfach so herausfallen würden ...

Nein. Nein. Enrico versucht, nicht mehr daran zu denken, er stellt den Schalthebel auf Drive, geht aufs Gas und fährt los.

Zu schnell.

Er war zu schnell und hat vergessen, in den Rückspiegel zu schauen, deshalb hat er den Jeep nicht bemerkt, der plötzlich aus der Hauptverkehrsstraße in die Via Ortis eingebogen ist und jetzt direkt auf ihn zuhält.

Der Fahrer des Jeeps lässt das Fernlicht aufleuchten und drückt auf die Hupe. Enrico erschrickt, klammert sich ans Lenkrad und der Yoyo gerät ins Schleudern. Enrico lenkt gegen und sein Mikroauto weicht dem Jeep aus, knallt dafür aber seitlich gegen einen alten Volvo, der am linken Straßenrand parkt. Der Yoyo streift am Volvo vorbei, rasiert ihm an der ganzen Seite den Lack ab, von der Motorhaube bis zum Kofferraum, und reißt ihm auch noch den Seitenspiegel ab, der auf die Straße fällt. Enrico tritt mit Kraft auf die Bremse. Der Sicherheitsgurt presst ihn gegen die Sitzlehne, sein Herz rast.

Hupend fährt der Jeep an ihm vorbei und ist so schnell verschwunden, dass Enrico das Nummernschild nicht lesen kann.

Scheiße.

Enrico selbst ist nichts geschehen, er ist unverletzt, aber vor Schreck hat sein Herz einen Sprung gemacht. Er zittert, es war mehr als knapp und plötzlich hört er jemanden schreien: »Neri!«, und erkennt die Stimme des Direktors. Im Rückspiegel sieht er den kleinen, eingetrockneten, beinahe ganz kahlen Mann im billigen Hemd, der gestikulierend auf ihn zurennt.

Er glaubt, der Direktor wolle ihm helfen, und löst den Sicherheitsgurt, klettert auf der Beifahrerseite heraus, stammelt, dass es ihm gut geht, dass alles in Ordnung ist, dass es nur ein kleiner Unfall gewesen ist.

»Es ist ja nicht so schlimm …«

Der Direktor packt ihn an den Schultern.

»Neri!«

»Ich … ich … Es ist nicht schlimm, mir ist nichts passiert.«

»*Nicht schlimm*? Was? Das da ist mein Auto, du Idiot, mein Auto, und du hast es zerlegt …«

Enrico schaut zu dem zerbeulten Volvo hinüber, zu dem abgerissenen Seitenspiegel, in das vor Wut rot angelaufene Gesicht des Direktors.

»Dieses Mal kommst du nicht einfach so davon, Neri, darauf kannst du dich verlassen. Dieses Mal bist du wirklich zu weit gegangen. Du wirst mir die Reparaturen bezahlen, und wenn mir danach ist, zeige ich dich auch an. Auf jeden Fall aber werfe ich dich von der Schule, das verspreche ich dir …«

Freitag, 19. Mai, 14:35
2 Stunden und 39 Minuten nach Stunde null

Der ovale Besprechungsraum von Nummer 42 ist im Sektor Lila des vierten Untergeschosses untergebracht. Der Teppichboden und der Schallschutz an den Wänden absorbieren Schall- und elektromagnetische Wellen und der Raum ist, zumindest theoretisch, auch abhörsicher.

Was eigentlich gar nicht so wichtig ist, denn als die Kommandantin offiziell die Kapsel angekündigt hat (um 12 Uhr 46, also vor genau einer Stunde und fünfundvierzig Minuten), wurde der gesamte Lila-Sektor evakuiert. Nur die dreizehn Mitglieder des Teams befinden sich noch in diesem Raum. Es könnte sie also ohnehin niemand beobachten, doch ihre Aufgabe ist so wichtig, dass sie kein Risiko eingehen dürfen.

Mitten im Raum stehen ein großer ovaler Tisch und elf Stühle. Micaela nimmt auf dem letzten freien Stuhl Platz und merkt, dass sie sich inmitten all dieser Leute, die wesentlich älter und erfahrener sind als sie, immer noch unsicher fühlt.

Links von ihr sitzt die Kommandantin, daneben Majorin Liz Weber, ihre Adjutantin. Ebenso wie alle anderen trägt auch sie einen Overall ohne Dienstgradabzeichen. Als Nächstes kommt Jerry, der Analyst, ein zweiunddreißigjähriger Oberleutnant mit einem auffälligen orangefarbenen Kopfhörer, ein jungenhafter Typ, der Micaela sehr sympathisch ist. Jerrys Sitznachbar ist der andere Nerd der Basis: Jan, genannt »Data«, ein Feldwebel, dessen Aufgabe darin besteht, von außen eingehende Daten zu sammeln. Die nächsten Stühle sind vom Techniker und der Systemadministratorin besetzt, sowie vom Medizinerteam: Oberst Natalia Adamovich, »Doc« genannt, ist die Ärztin, Leutnant Martin Bartos ist der Assistenzarzt, Tina die Krankenschwester.

Auf dem letzten Platz, dem Platz rechts von Micaela, sitzt Major Coleman, der neue Chief Operating Officer oder COO, der Zweite Kommandant. Ein großer, kräftiger Mann mit Bürstenhaarschnitt. Der Overall sitzt bei ihm so eng, als würde er gleich reißen. Seine Körperhaltung ist sehr steif, die Haut so blass, dass sie im Neonlicht grünlich schimmert.

»Ich sehe, dass wir alle da sind«, sagt die Kommandantin. Sie gibt der Ersten und Zweiten Wache ein Zeichen – die einzigen Personen im Raum, die stehen geblieben sind – und die beiden gehen hinaus, um die Tür von außen zu bewachen. Zwar ist dort draußen niemand, aber es ist eben so Vorschrift.

»Jerry, fängst du an?«

Der Analyst tippt konzentriert auf eine drahtlose Tastatur ein, die endlose Datenkolonnen an die an den Wänden hängenden Bildschirme sendet. Er scheint die Kommandantin nicht gehört zu haben.

Als sie auf die Tischplatte klopft, nimmt er den Kopfhörer ab und schaut verwirrt auf. »Oh, ja, Entschuldigung. Ihr wisst ja, dass ich irre viel zu tun habe.«

»Das Briefing, Jerry«, erinnert die Kommandantin ihn. »Du musst uns erzählen, was passiert ist.«

»Oder was *nicht* passiert ist oder was passiert sein könnte, ohne dass wir etwas darüber wissen«, scherzt der Analyst kichernd. »Dieses Mal ist es ein ziemliches Chaos … Schaut euch erst mal das hier an, das ist die grafische Darstellung des Nebels, die MARIE gerade errechnet hat.«

MARIE ist die künstliche Intelligenz der Basis, der Supercomputer, dem sie alle stärker vertrauen als ihren eigenen Augen und Ohren und ihrem Herzen.

Auf den Bildschirmen erscheint eine einfache Grafik. Die waagerechte Achse zeigt die mit dem Missionschronometer synchronisierte Zeit an: »2 Stunden 39 Minuten«. An der senkrechten Achse ausgerichtet sind unterschiedlich hohe Säulen, von denen einige bis zum oberen Rand der Darstellung reichen.

»Wie ihr sehen könnt, ist die Undefinierbarkeit dieses Mal höher als gewöhnlich … Wir könnten sie als einen sehr dichten Nebel bezeichnen, der bewirkt, dass MARIE uns das, was da draußen geschehen ist, nur mit einer hohen Fehlerquote darstellen kann. Im Augenblick beläuft sie sich um die fünfzig Prozent.«

»Neunundvierzig«, verbessert Data ihn.

»Pfff«, erwidert der Analyst. »Das macht kaum einen Unterschied. Jedenfalls bedeutet es, dass alle Informationen, die wir haben, richtig oder auch falsch sein könnten. Es ist, als würde man eine Münze werfen: Die Zukunft ist eine Wolke aus Wahrscheinlichkeiten, doch sobald wir in Aktion treten, wird auch die Vergangenheit zu einer solchen Wolke. Die Geschichte wird ungenau, sie fluktuiert und wir können nur …«

»Jerry!«, ruft ihn die Kommandantin zur Ordnung.

»Ja, ja, tut mir leid. Ich habe das nur gesagt, um euch einen Eindruck davon zu vermitteln, mit was für einer Art von Daten wir hier arbeiten.«

Liz hebt eine Hand und Micaela muss beinahe lachen. Es ist fast so, als wäre sie in der Schule, allerdings mit Klassenkameraden, die zu alt dafür sind, noch die Schulbank zu drücken.

»Ja?«, spricht Jerry Liz an.

»Welche Informationen haben denn ein akzeptables Maß an Wahrscheinlichkeit … So um die achtzig Prozent etwa?«

Der Analyst gibt Data ein Zeichen und dieser nimmt sich eine Tastatur und tippt auf sie ein. Wieder gleiten Datenkolonnen über die Bildschirme.

»Mit einer Wahrscheinlichkeit von achtundneunzig Prozent ist heute um 11 Uhr 56 MEZ in der italienischen Stadt Bologna eine Bombe explodiert.« Der Analyst schnippt mit den Fingern, und die Ziffern auf den Bildschirmen ändern sich. »Mit einer Wahrscheinlichkeit von einundneunzig Prozent befand sich die Bombe im Inneren oder in der unmittelbaren Umgebung einer Schule, dem Gymnasium D'Arturo-Horn, doch hat die Explosion, mit einer Wahrscheinlichkeit von sechsundachtzig Prozent, auch einige umliegende Bürogebäude beschädigt und darüber hinaus, mit einer Wahrscheinlichkeit von zweiundachtzig Prozent, zahlreiche Verkehrsunfälle verursacht.«

»Scheiße«, sagt Micaela leise.

Die Kommandantin seufzt. »Zahl der Opfer?«

Der Analyst zuckt die Schultern. »Keine Ahnung. Dazu habe ich Angaben mit einer Wahrscheinlichkeit von einundfünfzig Prozent, von dreiundfünfzig Prozent …«

»Oder auch von sechsundfünfzig Prozent«, schaltet sich Data ein.

Der Analyst verzieht das Gesicht. »Jedenfalls ist das zu wenig. Alles ist im Nebel versunken. Ich kann diese Frage nicht beantworten.«

»Du musst uns doch irgendetwas sagen können, Jerry«, drängt die Kommandantin.

»Möglicherweise … In den wahrscheinlichsten Szenarien geht es um ein paar Hundert Opfer. Aber es könnten auch sehr viel mehr sein. Die Stadt steht unter Schock: Bologna hat bereits ein Mal einen Terroranschlag erlebt. Das war am 2. August 1980, ist also schon einige Zeit her. Eine von Neofaschisten am Bahnhof abgelegte Bombe kostete fünfundachtzig Menschen das Leben. Für Italien ist das auch heute noch eine offene Wunde.«

»Aber dieses Mal können wir etwas tun«, sagt die Kommandantin mit fester Stimme und legt beide Hände flach auf den Tisch.

Ja, das stimmt, denkt Micaela. Wir können die Katastrophe verhindern.

Doch gleich darauf fällt ihr ein, dass sie vor ein paar Stunden gescheitert sind, dass ihr heutiger Einsatz erfolglos war, und sie hat nicht die leiseste Ahnung, warum.

Es ist, als könne die Kommandantin ihre Gedanken lesen. »Jerry, hast du herausfinden können, warum Micaelas Mission ins Leere gelaufen ist?«

Der Analyst lehnt sich auf seinem Stuhl zurück. »Leider nicht. Als wir in Aktion getreten sind, hatte MARIE eine Erfolgswahrscheinlichkeit von achtundneunzig Prozent errechnet. Sah eigentlich wie eine leichte Mission aus.«

»Und, war sie es?«, fragt der Zweite Kommandant, direkt an Micaela gewandt.

Alle schauen von ihren Notizblöcken auf und Micaela an, und wieder kommt sie sich wie in der Schule vor, als würde sie gerade abgefragt. Sie zwingt sich, daran zu denken, dass sie keine Gymnasiastin mehr ist und auch nicht mehr mitten in der Pilotenausbildung steckt. Sie ist jetzt eine Agentin. Und sie muss souverän sein.

Bemüht, mit fester Stimme zu sprechen, erklärt sie: »Das Operationsfeld entsprach genau den erhaltenen Instruktionen. Und ich habe meine Aufgabe präzise ausgeführt.«

»Tatsächlich?«, hakt der Zweite Kommandant nach. »Vielleicht ist etwas passiert, das du gar nicht bemerkt hast.«

»Das glaube ich nicht«, antwortet Micaela.

»Glaubst du es nur oder bist du dir sicher?« Der Major verzieht den Mund zu einem verkrampften Lächeln. »Meiner Ansicht nach ist das ein ziemlicher Unterschied.«

Die Kommandantin hebt die Hand. »Das Vorgehen von Leutnant Falco können wir später noch analysieren. Jetzt aber dürfen wir nicht vergessen, dass sie die Agentin ist mit der Verantwortung für alle Aktionen im Einsatzfeld.«

Der Major lässt nicht so leicht locker. »Die Vorschriften …«

»Später, habe ich gesagt.« Die Kommandantin wendet sich wieder Jerry zu. »Was wissen wir über den Urheber des Anschlags? Mit anderen Worten: Wer hat die Bombe gelegt?«

Der Analyst fordert Data auf, weitere Informationen auf die Bildschirme zu laden, und Micaela entspannt sich etwas. Major Coleman hat sie ziemlich direkt angegriffen und die Kommandantin musste sie verteidigen. Es gefällt

Micaela nicht, wenn sie fremde Hilfe in Anspruch nehmen muss. Sie kümmert sich lieber selbst um alles.

Während sie noch nachdenkt, lädt Data ein Dossier auf die Bildschirme. Als Erstes erscheint ein Foto von Enrico Neri: ein ungefähr Sechzehnjähriger mit langen blonden Haaren und ernstem Blick.

Rings um das Foto werden Daten eingeblendet: In Bologna in eine mehr als wohlhabende Familie hineingeboren. Der Vater, Alfonso Neri, ist Inhaber eines auf große Bauprojekte spezialisierten Unternehmens: Autobahnen, Eisenbahnbrücken und Ähnliches mehr.

»Hat er sich auf diese Weise den Sprengstoff besorgt?«, fragt die Ärztin. »Hat er Papa das Dynamit geklaut?«

»Das wissen wir noch nicht. Möglich wäre es. Und laut MARIE besteht eine siebenundsiebzigprozentige Wahrscheinlichkeit, dass der Junge Hilfe durch einen Klassenkameraden erfuhr.«

Auf den Bildschirmen erscheint ein zweites Foto: Ronaldo Senai, sechzehn. Äthiopische Wurzeln (der Urgroßvater stammte aus Mek'ele). Vater Mechaniker, Mutter Steuerfachangestellte, eine Schwester.

»Diesen Jungen habe ich schon mal gesehen«, sagt Micaela. »Aber sein Name war nicht bei den Daten der ersten Mission.«

»Aha!«, ruft der Zweite Kommandant, so als ob er etwas Maßgebliches entdeckt hätte.

Der Analyst dagegen zuckt nur mit den Schultern. »Na

ja, so was kann passieren. MARIE stützt sich auf die Daten, die wir aus der Außenwelt erhalten, und die kommen hier eben nur nach und nach an ... Besonders dann, wenn wir so zeitnah zur Stunde null angreifen. Wir wussten, dass die Zielpersonen der ersten Mission Enrico und sein Klassenkamerad waren. Ron könnte es genauso gewesen sein wie jeder andere ... MARIE ist nur imstande ...«

Micaela kann die Nervosität im Raum förmlich spüren. Sie ist nicht die Einzige, die sich wie bei einer Prüfung vorkommt, es geht offensichtlich allen so.

Die Kommandantin schlägt mit der Faust auf den Tisch. »Es ist mir vollkommen egal, was unser Supercomputer kann oder nicht kann. Die Mission ist gescheitert, von nun an müssen wir im Nebel arbeiten. Und die Zeit läuft. Wann ist der nächste Eintrittspunkt?«

Der Analyst schaut zur Zimmerdecke hinauf. »Vermutlich brauchen wir ein paar Stunden. Wir bereiten den jeweils ersten Einsatz sehr sorgfältig vor, weil danach immer Chaos herrscht: Wenn MARIE im Nebel Vorhersagen treffen muss, braucht sie zum Errechnen mehr Zeit.«

»Zeit«, erwidert die Kommandantin, »ist das Einzige, das wir nicht haben. Schau zu, dass du dich beeilst!«

Und damit ist die Besprechung beendet.

07

Donnerstag, 18. Mai, 15:28
20 Stunden und 28 Minuten vor Stunde null

In dem Krankenhauszimmer sind drei Personen, aber nur einer von ihnen ist ein Patient. Er heißt Giovanni Grande und ist fünfzig Jahre alt, hat eine beginnende Glatze und ziemlich viel Übergewicht.

Man nennt ihn auch »il Grande«, der Große, und er ist sehr umtriebig, so sehr, dass er sein erwachsenes Leben lang zwei Berufe gleichzeitig ausgeübt hat: Er ist der Inhaber einer kleinen Transportfirma und in seiner Freizeit ein Boss des organisierten Verbrechens.

Aus naheliegenden Gründen hat Grande stets versucht, seinem zweiten Job möglichst unauffällig nachzugehen, und hat sich deshalb viele Jahre lang bedeckt gehalten und seine wahre Identität hinter einem Vorhang von Lügen und Betrügereien versteckt.

Wie eine Spinne hat er in einer dunklen Ecke gelauert und in unbeobachteten Momenten sein Netz gesponnen und seine Beute verzehrt, ohne dass jemand es bemerkt hätte.

Doch dann begann einiges schiefzulaufen und schließlich landete er im Gefängnis. Was eigentlich gar nicht so schlimm wäre, denn im Bologneser Gefängnis Dozza lebt es sich nicht einmal so schlecht und er kann auch von dort aus seinen Geschäften nachgehen. Lästig aber ist der Gefängnisaufenthalt trotzdem. Und bedrückend.

Und vor lauter Bedrückung wird man krank, denkt Grande.

Es fing vor ein paar Tagen an, in der Mittagszeit. Er aß gerade in der Kantine, zusammen mit seinen Jungs, als es plötzlich um seinen Mund herum zu kribbeln begann und er keine Kraft mehr im Arm hatte, sodass ihm die Gabel aus der Hand fiel. Das Kribbeln ging nach einer Weile von alleine weg, doch dann kam es abends wieder, und auch am nächsten Tag und am übernächsten, und ungefähr da fing Grande an, sich Sorgen zu machen.

Gift, hatte er gedacht. Denn was könnte es schon anderes sein?

Offenbar hatte es einer seiner Feinde geschafft, bis zu ihm vorzudringen, um ihn auszuknipsen.

Er teilte der Gefängnisärztin seinen Verdacht mit, doch die meinte: »Hm, ich glaube nicht, dass Gift die Ursache ist.« Sie vereinbarte für ihn einen Notfalltermin in der neurologischen Abteilung des Krankenhauses Bellaria.

Und so wurde Grande heute Morgen im Krankenwagen

ins Bellaria gefahren und ist jetzt praktisch im Wald gelandet, inmitten der Hügel von Bologna, inmitten von Hasen und Wildschweinen. Wie der Name schon ahnen lässt, ist das Bellaria ein schöner Ort, an dem es ihm gut gefällt. Weniger gut gefallen hat ihm, was sie dort mit ihm angestellt haben: Sie haben ihn sofort untersucht und anschließend in einen Computertomografen gesteckt, obwohl er ein bisschen klaustrophobisch ist. Danach wurde er in die neurologische Abteilung gebracht, ohne irgendeine Erklärung, einfach so.

Jetzt wartet er hier, gemeinsam mit seinen beiden Begleitern, den Gefängniswärtern, die ihn im Auge behalten sollen.

Chef des Zweierteams ist Hauptkommissar Galli, ein alter Hase, fast zwei Meter hoch und ebenso breit, mit einer Glatze und einem hasserfüllten Blick. Sein Untergebener heißt Rondini und ist neu bei der Truppe, er hat praktisch von nichts eine Ahnung.

Grande sind beide egal. Hauptsache, sie lassen ihn in Ruhe und die Ärzte finden heraus, was mit ihm nicht stimmt. Das ist doch nicht zu viel verlangt, oder?

Es klopft an der Tür.

Rondini geht nachschauen, dann dreht er sich zu Galli um.

»Da ist eine Krankenschwester.«

»Na, dann lass sie doch rein!«

Die Frau betritt das Zimmer. Sie ist schon älter, trägt einen Einwegkittel und eine Maske vor Mund und Nase. Sie begrüßt die beiden Polizisten und nähert sich vorsichtig dem Bett.

»Also, Signor Grande, wie geht es Ihnen?«

Er grunzt nur.

»Sie müssen ein paar Pillen nehmen. Die hier, und das Wasser zum Nachtrinken habe ich Ihnen auch mitgebracht.«

»Ich muss ins Bad«, erwidert er.

»Erst die Medizin und dann begleite ich Sie ins Bad.«

Grande hat verstanden. Er nimmt den kleinen Plastikbecher entgegen, kippt sich die Pillen, die darin sind, alle auf einmal in den Mund, will das Wasser nicht, das die Krankenschwester ihm reicht, und schiebt die Bettdecke beiseite. Die Krankenschwester hilft ihm beim Aufstehen, so als wäre er ein klappriger Greis und nicht ein Mann in der Blüte seiner Jahre. Auch Galli steht auf und mit seiner Gewichtheberfigur scheint er das Zimmer auszufüllen.

»Lassen Sie mich das machen«, sagt er zur Schwester. »Den guten Mann hier, den begleiten wir.« Der Hauptkommissar lächelt, doch als er Grande anschaut, ist das Lächeln verschwunden. »Los geht's!« Er schiebt ihm die Wegwerfpantoffeln auf die Füße.

Grande ist ein bisschen schwindelig, aber es ist nicht sehr schlimm. Eigentlich fühlt er sich gar nicht besonders krank und vielleicht hat das seltsame Kribbeln nichts weiter zu bedeuten. Nichts, das einen wie ihn schachmatt setzen könnte.

Grande durchquert das Zimmer und geht ins Bad. Auf der Schwelle schaut er den Hauptkommissar an, als wolle er ihn herausfordern. »Willst du mit mir reingehen? Mir vielleicht auch den Schniedel halten?«

Galli begreift und dreht ihm den Rücken zu. »Ich warte hier draußen, die Tür bleibt aber offen. Beeil dich!«

Grande stellt sich vor die WC-Schüssel, steckt sich einen Finger in den Mund und holt unter der Zunge die beiden Pillen hervor, die er vorhin nicht geschluckt hat.

Die erste ist eine echte Tablette und deshalb schluckt er sie nun wirklich. Die zweite dagegen ist ein winziger Plastikzylinder, den er aufdrehen kann. Innen ist ein sorgfältig zusammengerolltes Zettelchen. *Täusche heute Abend einen Notfall vor*, steht darauf. Anscheinend wollen seine Leute dringend mit ihm reden. Es muss etwas Wichtiges passiert sein.

Vielleicht, denkt Grande, haben sie endlich herausgefunden, wem ich die Eintrittskarte in den Knast verdanke.

Er fragt sich das schon seit Monaten, seit dem unerwarteten Prozess, den er dann verloren hat. Auf rätselhaften Wegen hat die Polizei Beweise für eine vollkommen unbedeutende Angelegenheit gefunden, die er Jahre zuvor organisiert hatte, eine Sache, die eigentlich schon in Vergessenheit geraten war.

Aber so ist eben das Gesetz: Wenn es sich darauf versteift, einen armen Kerl zu kreuzigen, kann man nichts dagegen tun, und so wurde er zu fünf Jahren verurteilt.

Grande würde die Hälfte seines Vermögens dafür geben, zu erfahren, wer ihm den Dolchstoß versetzt und ihn an die Polizei verraten hat. War es einer seiner Leute? Oder aber einer seiner Feinde?

Deshalb hat er vom Gefängnis aus Mancino, den Einarmigen, gebeten, sich um die Angelegenheit zu kümmern. Vielleicht gibt es Neuigkeiten und Mancino hat endlich den Namen des Bastards herausgefunden, der ihn hinter Gitter gebracht hat.

Verdammt.

Grande knüllt das Zettelchen fest zusammen und wirft es ins WC, spült und sieht zu, wie es im Wasserstrudel verschwindet.

»Fertig?«, fragt der Polizist.

»Fertig«, antwortet Grande. »Ich komme gleich.«

Schlurfend verlässt er das Bad.

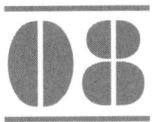

Donnerstag, 18. Mai, 16:14
19 Stunden und 42 Minuten vor Stunde null

Ron sitzt in seinem Zimmer auf dem Gamingstuhl und dreht sich, stößt sich am Schreibtisch ab, dreht sich wieder, wie ein Kreisel.

Seine Mutter sagt immer, dass ihm irgendwann noch mal schlecht davon wird und er sich übergeben muss, tatsächlich aber hilft es Ron beim Denken. Was ihm in der Schule passiert ist, hat er noch niemandem erzählt. Enrico Neri. Das kaputte Handy. Das Messer. (Das wunderschöne Mädchen, das ihn gerettet hat.)

Es ist, als würde ein Teil von ihm denken, dass er es erzählen sollte. Er wäre beinahe gestorben. Möglicherweise leidet er bereits an irgendeinem posttraumatischen Stresssyndrom, so wie die Soldaten, die von einem Einsatz an der Front zurückkehren. Außerdem muss Enrico aufgehalten werden, bevor es zu spät ist. Ein Messer in die Schule mitbringen? Das D'Arturo-Horn ist ein anständiges Gymnasium, es steht mitten im Zentrum von Bologna und ist nicht wie eine dieser amerikanischen Vorstadtschulen, in denen alle einen Revolver im Rucksack haben.

Enrico geht es eindeutig nicht gut. Er hat die Kontrolle verloren. Und das hat Gründe: Ron hat ein bisschen im Internet herumgesurft und weiß jetzt, dass Enricos Vater einer der reichsten Männer von Bologna war, bis er in eine hässliche Geschichte verwickelt wurde, in der es um Drogen, Partys und blutjunge Prostituierte ging, Mädchen, die so alt waren wie sein eigener Sohn. Die Staatsanwaltschaft begann zu ermitteln, und anstatt sich zu verteidigen, war Neri geflüchtet, was sicherlich nicht zu seinen Gunsten ausgelegt worden war.

Verständlich, dass Enrico durcheinander ist, aber daran ist ja Ron nicht schuld, und beim nächsten Mal könnte es böse ausgehen.

Also sollte Ron reden. Aber mit wem?

Auf gar keinen Fall mit dem Direktor oder den Lehrern. Ron hat zu ihnen kein Vertrauen und was sollten sie auch tun? Enrico etwas ins Zeugnis schreiben?

Soll er mit seiner Familie reden?

Ron denkt darüber nach, denn auch wenn seine Familie nichts Besonderes an sich hat, so ist sie doch seine Familie und er liebt sie. Er hat eine Schwester, Serena, zwei Jahre jünger als er. Eine Mutter, die Buchhalterin ist. Und einen Vater, der sozusagen in seiner Freizeit Mechaniker ist und im Hauptberuf Fan von Inter Milano, ein derart fanatischer

Fan, dass er seinen Sohn nach Ronaldo Luís Nazário da Silva benannt hat, ein berühmter Fußballspieler der späten 1990er Jahre, und seine Tochter nach Aldo Serena, dem Torschützenkönig von Inter.

Ron interessiert sich kaum für Fußball, und wenn er sich für eine Mannschaft begeistern würde, dann für die von Bologna. Aber die Probleme, die Ron mit seinen Eltern hat, haben sowieso nichts mit Fußball zu tun. Sondern damit, dass er seit einiger Zeit nicht mehr versteht, was mit ihnen los ist. Ständig nörgeln sie an ihm herum oder erteilen ihm irgendwelche Befehle. Woraufhin Ron sich eingeigelt hat und in die Defensive gegangen ist. Er wohnt bei ihnen, isst bei ihnen. Spricht so wenig wie möglich mit ihnen. Verzieht sich, wann immer er kann.

Also bleibt nur noch Gimbo. Sein bester Freund, der ruhige, zuverlässige Gimbo. Ihm könnte er es erzählen. Zwar könnte der Ron auch nicht weiterhelfen, aber wenigstens könnte er sich aussprechen.

Ja, Gimbo schon.

Ron beschließt sich ihm anzuvertrauen. Er nimmt das Handy vom Schreibtisch, entsperrt es und erhält im selben Augenblick zwei Nachrichten.

Sie kommen ausgerechnet von Gimbo. Offenbar funktioniert Telepathie doch.

Heute geht Manu mit Teresa shoppen.

Kommst du auch vorbei, Alter?

Manu geht mit ihnen in dieselbe Klasse und Gimbo ist

schon seit einiger Zeit sehr an ihr interessiert. Aber wer ist Teresa? Ron hat nicht die leiseste Ahnung.

Eine Freundin von Manu.

Und warum, schreibt Ron zurück, *sollten wir mit ihnen shoppen gehen?*

Die Antwort lautet: *Damit wir zu viert sind.*

Aber ich kenne sie doch gar nicht!, protestiert Ron. Außerdem will er mit Gimbo dringend über Enrico reden und über das, was er erlebt hat, aber Gimbo kommt ihm zuvor: *Du bist sechzehn und noch Jungfrau. Findest du nicht, dass es Zeit wird, etwas dagegen zu unternehmen?*

Was Ron an Gimbo mag, ist seine praktische Art. Abgesehen davon ist er nicht von ungefähr sein bester Freund.

Warum eigentlich nicht? Ein bisschen Ablenkung tut ihm bestimmt gut. Und vielleicht ergibt sich unterwegs ja auch eine Gelegenheit, Gimbo alles zu erzählen.

Geht klar, schreibt er. *Wo und wann?*

Um 16 Uhr 30 vor Zara.

Ok.

Ron schaut auf die Uhr und stellt fest, dass er es auf keinen Fall schaffen kann, innerhalb einer Viertelstunde von der Wohnung in der Via XXI. Aprile ins Stadtzentrum von Bologna zu kommen. Er springt auf, zieht sein Lieblings-T-Shirt an, sprüht großzügig Aftershave darüber, schmiert sich eine Handvoll Gel in die wilden Locken und rennt zum Badezimmer. Die Tür ist abgesperrt.

»Serena!«, schreit er. »Serena, komm da raus!«

»Kann nicht, bin beschäftigt«, antwortet seine Schwester. Das hat ihm gerade noch gefehlt.

Weil er das Gel an den Händen loswerden muss, läuft er in die Küche, um sie sich dort abzuspülen. Seine Mutter hat ihren Laptop auf den Küchentisch gestellt und arbeitet.

»Wo gehst du hin?«

»Zu Gimbo.«

»Und die Hausaufgaben?«

»Machen wir zusammen.«

»Warum nimmst du dann nicht den Rucksack mit deinen Büchern mit?«

»Die Bücher hat er.«

Anstatt sich anzuhören, was seine Mutter dazu zu sagen hat, geht Ron ins Wohnzimmer hinüber, stolpert beinahe über den Teppich, der ebenso schwarz und blau ist wie die Vorhänge und die Türmatte, verlässt die Wohnung und rennt die Treppen hinunter. Keller, Fahrrad, Haustür. Weg.

Ron radelt im Stehen, so schnell, wie er nur kann. Die Ampel an der großen Kreuzung steht auf Grün, er beschleunigt und tritt wie ein Wahnsinniger in die Pedale. In der Ferne auf der rechten Seite sieht er sein Gymnasium, aber was geht ihn gerade die Schule an? Er biegt in die Via Sant'Isaia ein, ein Sprint an der Piazza Malpighi vorbei, dann rechts in die Via Ugo Bassi, im Slalom zwischen Bussen und Mofas hindurch, jetzt ist es bis zur Zara-Filiale nicht mehr weit.

Da fällt ihm ein, dass es in der Innenstadt von Bologna zwei Zara-Filialen gibt, eine am Anfang der Via Indipendenza und die andere ungefähr auf halber Länge derselben Straße … Welche der beiden hat Gimbo wohl gemeint? Er hätte es ihn fragen sollen, jetzt kann es passieren, dass er sie verpasst, weil sie vielleicht im anderen Laden sind.

Bremsen kann man das nicht wirklich nennen: Ron knallt geradezu gegen eine der Säulen vor dem Geschäft, sperrt sein Rad ab und drückt dann noch den Knopf des unter dem Sattel befestigten GPS-Trackers: ein Weihnachtsgeschenk seiner Schwester, ein münzgroßes Teil, das mit einer App auf seinem Handy verbunden ist. Wenn sein Rad gestohlen wird, kann er nachverfolgen, wohin es gebracht wird. Vorausgesetzt, es funktioniert tatsächlich.

Ron schaut auf die Uhr. 16 Uhr 37. Weder Gimbo noch die Mädchen sind zu sehen. Ob sie vielleicht schon weitergegangen sind?

Er ruft seinen Freund an, doch der nimmt nicht ab. Schnell schickt ihm Ron eine Nachricht, vielleicht hat er sich doch zu stark verspätet. In dem Säulengang gehen Dutzende von jungen Frauen an ihm vorbei, mit ihren Handtäschchen und den Tragetaschen von Zara, Pull&Bear, H&M, Sephora und Douglas.

Ron fühlt sich fehl am Platz, er sollte irgendetwas tun, das ihm mehr Sicherheit gibt, ihn souveräner wirken lässt. Vielleicht sollte er vor sich hin pfeifen?

Er pfeift vor sich hin.

Plötzlich sieht er aus dem McDonald's ganz in seiner Nähe Enrico Neri kommen.

Ron hätte niemals damit gerechnet, ihm so schnell wieder zu begegnen. Sofort fällt ihm alles wieder ein. Er weiß nicht, was er tun soll … Nein, doch, er weiß es: Er muss sich verstecken. Er drückt sich gegen die Säule und versucht, seine Aura zu schrumpfen, damit ihn Enrico nur ja nicht bemerkt …

Enrico bemerkt ihn, grinst schwach und geht auf ihn zu.

»Schau mal an, wer da ist.«

»Ich will keinen Ärger«, sagt Ron sofort. »Lass mich in Ruhe.«

»Aber du hast doch angefangen, weißt du das denn nicht mehr? Außerdem hast du mein iPhone kaputt gemacht.« Enrico schaut ihn an, dann bekommt er einen Lachanfall und fährt mit der Hand über Rons Wange, wie um ihn zu streicheln. Es ist ein heißer Nachmittag, doch Enricos Finger sind kalt wie Eis.

»Mach dir keine Sorgen«, sagt Enrico. »Das iPhone ist mir komplett egal. Es war alt, ich wollte mir sowieso ein neues holen. Tut mir leid wegen dem, was danach war. Ich weiß selbst nicht, was mich da geritten hat. Ich glaube, ich habe es ein bisschen übertrieben. Vergessen wir es, ja? Es bleibt unser kleines Geheimnis.«

Enrico streichelt Ron nochmals, äußerst beunruhigend, dann geht er weg und schubst Ron dabei mit der Schulter an, absichtlich oder nicht, aber Ron knallt gegen die Säule, und als er sich wieder aufgerichtet hat, ist Enrico in der Menge verschwunden.

Dem geht es nicht gut, denkt Ron. Der hat sie wirklich nicht mehr alle.

Aber wenigstens hat Enrico ihm wegen des kaputten Telefons nicht Rache geschworen, und das ist ja schon mal was. Ron zieht das Shirt zurecht und entdeckt dabei das Geld, das vor seinen Schuhspitzen liegt, eine Banknote, nein: eine ganze Rolle Banknoten. Er zählt das Geld: zweihundertfünfzig Euro, von einem Gummiband zusammengehalten.

»Fuck!«

Noch nie hat Ron so viel Geld auf einmal gesehen. Es muss Enrico gehören, es ist ihm wohl aus der Tasche gefallen. In gewisser Weise geschieht es ihm recht. Oder sollte er es ihm zurückgeben?

»Hey, Alter! Wartest du schon lange?«

Gimbo hat nasse Haare, die Sporttasche mit seinen Baseballsachen hat er umgehängt. (Seit ein paar Jahren begeistert er sich für diesen Sport, inzwischen spielt er für San Lazzaro und das nicht einmal so schlecht.)

»Bist du jetzt erst fertig mit dem Training?«

»Ja, ich bin mit dem Rad von San Lazzaro bis hierher gefahren, das hat ein bisschen gedauert. Sind die Mädchen schon da?«

Ron hat sie nicht gesehen, aber eigentlich hat er auch nicht nach ihnen Ausschau gehalten.

»Warum rufst du sie nicht an?«

»Weil sie nicht wissen, dass sie mit uns verabredet sind«, erklärt Gimbo. »Beim Training war auch Marco, Manus Cousin. Er hat erzählt, dass Manu mit ihrer Freundin zu Zara gehen will, und da habe ich gedacht, warum nicht? Mein Kumpel und ich könnten uns einen schönen Nachmittag machen.«

»Du willst also, dass sie uns zufällig entdecken, und sie dann abschleppen?«

»Nur, wenn sie auftauchen«, erwidert Gimbo und schaut sich aufmerksam um.

Ron weiß nicht, ob er lachen oder Gimbo zum Teufel schicken oder beides tun soll. Auf einmal merkt er, dass er immer noch Enricos Geld in der Hand hält, und steckt es schnell in die Tasche.

Er legt Gimbo eine Hand auf die Schulter. »Sie kommen sicher hier vorbei, Alter.«

»Meinst du?«

»Klar.«

»Und wenn nicht, drehen wir eben alleine eine Runde ...«

»Gute Entscheidung, Mann, gute Entscheidung.«

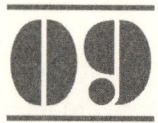

Freitag, 19. Mai, 17:47
5 Stunden und 51 Minuten nach Stunde null

Micaelas Smartwatch zeigt an, dass seit Stunde null fünf Stunden und einundfünfzig Minuten vergangen sind. Bleiben somit noch achtzehn Stunden und neun Minuten: Sobald vierundzwanzig Stunden vergangen sind, endet die Mission. So oder so.

Micaela liegt auf einem Feldbett im Agentenzimmer, einem vier Quadratmeter großen fensterlosen Raum, der mit dem Bett, einem Stuhl und dem Tisch, auf dem ein Laptop und das Einsatz-Tablet liegen, hoffnungslos überfüllt ist.

Wände und Decke sind schallisoliert, die Schiebetür kann man von innen absperren. Hier drinnen ist Micaela vollkommen allein und eigentlich sollte sie das entspannen. Doch ihr klopft das Herz bis zum Hals.

Warum sind sie noch nicht gekommen, um sie zu holen? Der erste Einsatz ist gescheitert, klar, aber worauf warten sie denn noch, bevor sie Micaela ein zweites Mal losschicken?

Vielleicht ist es wegen des Engen Kontakts. Im Feld muss der Agent seine Anweisungen präzise befolgen und darf keinerlei Beziehungen zu Vergangenen aufnehmen, es sei denn, die Anweisungen schreiben es ausdrücklich vor.

Im Feld muss ein Agent unsichtbar sein.

Sie dagegen hatte einen unvorhergesehenen physischen Kontakt, Finger gegen Ellbogen, der ganze zweieinhalb Sekunden gedauert hat. Das weiß Micaela, weil sie es im Kopf abgespeichert hat, da sie im Einsatz weder die Smartwatch noch irgendwelche anderen Gegenstände nicht-organischen Ursprungs dabeihaben darf. Und eventuell liegt genau in diesem Engen Kontakt das Problem. Vielleicht hat der Zweite Kommandant ja recht und sie hätte dem übrigen Team davon erzählen müssen, vielleicht sind daraus sämtliche Schwierigkeiten erwachsen.

Aber auch wenn dieser Kontakt nicht vorgesehen war, so stimmte er doch mit der Zielsetzung der Mission überein. Und das Ziel hat sie ja erreicht. Also?

Also wird im zweiten Einsatz vermutlich ein Eingreifen in das Handeln derselben Vergangenen erforderlich und MARIE geht davon aus, dass sie sie wiedererkennen würden.

Das wäre tatsächlich ein ziemliches Problem und das ist

wohl auch der Grund, warum das Team sich beim ersten Einsatz immer so viel Mühe gibt: damit kein zweiter notwendig wird.

Allerdings gibt es keine Alternativen. Seit sie in die Kapsel eingetreten sind, kann kein anderes Team bei demselben Ereignis eingreifen, ansonsten würde sich der Nebel auf eine vollkommen unkontrollierbare Weise ausbreiten.

Und sie, Micaela, ist die einzige Agentin dieses Teams.

Deshalb wird es ihre Aufgabe sein, in die Vergangenheit zurückzukehren, gleichgültig, ob MARIE das gefällt oder nicht. Aber worauf wartet dieser verflixte Computer denn bloß?

Micaela nimmt das Tablet vom Tisch und liest sich nochmals das Dossier durch. Enrico Neri. Ron Senai. Kein Wunder, dass die beiden den Anschlag gemeinsam geplant haben: Sie ergänzen einander ideal.

Beide sind sehr intelligent, aber Enrico ist ein Überflieger, einer, der in allem Erster, Bester ist, während Ron im Mittelfeld bleibt und oft unterschätzt wird. Enrico steckt voller Wut, sein Profil ist beinahe das eines Soziopathen. Ron wird von allen als zuverlässig, ehrlich und loyal beschrieben.

»Aber auch du hast eine dunkle Seite, nicht wahr?«, sagt Micaela leise. »Und deshalb hast du dich vereinnahmen lassen. Oder aber du fühlst dich von diesem geheimnisvollen Freund angezogen, der so schön wie ein junger Gott ist … Die unwiderstehliche Faszination des Bösen.«

Micaela öffnet die Fotos von Enrico und von Ron, schiebt sie nebeneinander. Enrico sieht tatsächlich bemerkenswert gut aus, er erinnert an eine klassische Statue, man fühlt sich beinahe befangen, wenn man ihn anschaut. Dennoch findet sie Ron attraktiver: Hinter der Fassade des Teenagers ahnt man bereits den erwachsenen Mann, der er einmal sein wird. Ihr gefallen die Form der vollen Lippen, der lebendige Funke in seinen Augen …

Auf dem Bildschirm trifft eine Nachricht ein, die genau Rons Augen überdeckt. Es ist eine Mail von Diana. Warum verspürt Micaela plötzlich einen Stich, eine Art Schuldgefühl, als sei sie bei einem kleinen Verrat erwischt worden?

Sie tippt auf die Benachrichtigung, um die ganze Mail lesen zu können. Sie ist sehr kurz.

Hi, Süße. Halt durch, ich gehe jetzt nach Hause und warte dort auf dich.

Diana fragt nicht, wie es ihr mit dem Code siebentausendfünf geht, denn sie ist ja auch beim Militär und weiß genau, dass Micaela nicht autorisiert ist, ihr etwas darüber zu erzählen. Sie will sie nur ihre Anteilnahme spüren lassen. Und macht das per Mail, denn sobald ein Team in eine Kapsel eintritt, werden die Handys ausgeschaltet und sämtliche Kommunikation läuft über die Armeeserver.

Micaela denkt an das kleine Restaurant, das Diana für das heutige Abendessen vorgeschlagen hat. Es gibt dort Poké Bowl und Diana ist verrückt danach. Micaela dagegen ekelt sich immer ein bisschen vor dem rohen Fisch, aber der Gedanke, essen zu gehen, gefällt ihr.

Das Tablet gibt wieder ein Benachrichtigungssignal von sich, dieses Mal ist eine offizielle Mitteilung eingetroffen, und noch in derselben Sekunde schalten sich auch der Bildschirm des Laptops und die Smartwatch ein. Es ist 17 Uhr 54 und die Mitteilung lautet: *Neuen Eintrittspunkt in 1 h 16 min gefunden. Instruktionen in 24 min.*

»Oh, endlich!«, seufzt Micaela.

Anscheinend ist es Jerry gelungen, MARIE die notwendigen Informationen zu entlocken und einen neuen Einsatz für Micaela auszuarbeiten. Es geht weiter!

Dieses Mal, da ist Micaela sich sicher, wird alles glattgehen.

Mit etwas Glück sind wir rechtzeitig vor dem Abendessen fertig, denkt sie. Und danach gibt es Poké Bowl!

10

Donnerstag, 18. Mai, 18:39
17 Stunden und 17 Minuten vor Stunde null

Es ist nicht so, dass Ron auf dem Gebiet »Date mit Mädchen« furchtbar viel Erfahrung hätte, aber man braucht kein Genie zu sein, um zu merken, dass dieses Doppeldate mit ihm und Gimbo und Manu und Teresa eine ziemliche Katastrophe ist. Nachdem die beiden Jungs eine Ewigkeit vor Zara gewartet haben und schon gehen wollten, kamen die zwei Mädchen aus einem anderen dieser Geschäfte mit Billigmode, von denen es in der Innenstadt von Bologna nur so wimmelt. Manu und Teresa sahen sie, grüßten und wären sofort weitergegangen, wenn Gimbo nicht all seinen Charme eingesetzt hätte, um sie aufzuhalten.

Ganz eindeutig ist Manu nicht begeistert, und Teresa ... Teresa geht auf ein neusprachliches Gymnasium, kleidet sich im Gothic-Stil und ist so fröhlich wie eine Trauergesellschaft.

Ron würde am liebsten darauf verzichten, den Plan in die

Tat umzusetzen, doch Gimbo lässt nicht locker und schlägt vor, gemeinsam Eis essen zu gehen. Dabei sieht Teresa aus, als würde sie lieber eine lebende Fledermaus essen als ein Eis mit Ron und Gimbo. Sie gehen zu Fuß zur Gelateria »da Gianni«, Gimbo hakt sich bei Manu ein und spielt den Clown, Ron schlurft hinter Gothic-Teresa her und fragt sich, warum er da eigentlich überhaupt mitmacht.

Die Gelateria ist ein Süßigkeitenparadies, in das Eis sind Eclairs eingerührt, Smarties, Bröckchen von Türkischem Honig, so ziemlich alles, was man aus Zucker herstellen kann.

Teresa bestellt sich eine Maxiwaffel mit drei Geschmacksrichtungen und sucht sich die Sorten in den allerschlimmsten Bonbonfarben aus. Dann schaut sie Ron an, wie um zu fragen: »Lädst du mich ein?«

»Ich übernehm das«, stammelt er, holt seinen Geldbeutel raus und stellt fest, dass dieser ebenso leer ist wie sein Magen zur Abendessenszeit.

Teresa schüttelt mit mitleidiger Miene den Kopf und zahlt ihr Eis selbst. Ron steckt die Hände in die Taschen, und als er sie wieder herauszieht, hat er Enricos Geldrolle zwischen den Fingern.

Als Teresa das sieht, geht sie zu ihrer Freundin Manu und sagt, sie hätte Kopfschmerzen und überhaupt müsse sie jetzt Hausaufgaben machen, es wäre Zeit, nach Hause zu gehen.

Das Trauerspiel endet also kurz nach halb sieben auf

der Piazza Nettuno, als die Mädchen verschwinden und Gimbo und Ron allein und ein bisschen niedergeschlagen zurückbleiben.

Die ganze Zeit über ist es Ron nicht gelungen, mit seinem Freund über das zu sprechen, was ihm heute in der Schule passiert ist, über Enricos Aggressivität und vor allem über die Sexbombe aus der Zwölften, von der er nicht einmal den Namen weiß. Aber Ron merkt, dass Gimbo gerade überhaupt nicht in Stimmung ist.

»Verabreden wir uns für heute Abend, Alter?«, fragt er.

»Ein ordentliches Spiel nach dem Abendessen?«

»*As usual*.«

Gemeinsam gehen sie dorthin, wo sie ihre Räder abgestellt haben, und Ron schaut seinem Freund nach, wie er mit der quer über dem Rücken hängenden Sporttasche davonfährt. Er fischt in seiner Tasche nach dem Schlüssel für das Fahrradschloss, und *zack!* hat er schon wieder Enricos zweihundertfünfzig Euro in der Hand.

Ich muss sie ihm zurückgeben, denkt Ron.

Er könnte zu Enrico nach Hause fahren, eigentlich kam ihm der Typ vorhin ja total ruhig vor. Eigenartig, ja, aber ruhig. Und wenn Ron ihm das Geld zurückgibt, können sie vielleicht unter alles andere einen Schlussstrich ziehen.

Unter normalen Umständen würde ihm eine derartige Idee völlig bescheuert vorkommen, denn hat er wirklich Lust, den Tag im Krankenhaus zu beenden, mit einer Stichwunde im Bauch?

Aber es heißt ja immer, dass man sich den eigenen Ängsten stellen soll, und im Grunde hat Ron gerade nichts Besseres vor und überhaupt keine Lust, nach Hause zu gehen. Also schließt er sein Rad auf, schaltet den GPS-Tracker aus, schwingt sich auf den Sattel und radelt in Richtung Porta San Mamolo los.

Es ist eine ziemlich weite Strecke, doch Ron merkt es kaum, so gut gefällt es ihm, sich zu bewegen und die Luft vorbeirauschen zu spüren, die schon nach Sommer riecht. Er hält erst am Anfang der Via dell'Osservanza an, eine der vornehmsten, aber auch steilsten Straßen von Bologna, ein Asphaltstreifen, der direkt in den Himmel hinaufzuführen scheint, gesäumt von den Gartentoren von Traumvillen.

In dieser Straße wohnen nur Spitzensportler und Stadtprominenz, Zahnärzte und Industrielle, lauter Leute, die derartig viel Geld haben, dass sie einer ganz anderen Spezies anzugehören scheinen. Villa Neri muss irgendwo in der Nähe sein. Jetzt, wo er hier ist, ist sich Ron nicht mehr so sicher, ob sein Ausflug eine gute Idee ist.

Er hat ein funkelnagelneues iPhone zerstört und Enrico hat gesagt, dass es ihm egal ist. Wie viel mochte es gekostet haben: achthundert Euro, tausend? Wer bei so einem Verlust nur mit den Schultern zuckt, der merkt auch nicht, dass ihm zweihundertfünfzig Euro fehlen.

Das spielt keine Rolle, sagt sich Ron, er hat sie verloren, und basta, es ist deine Pflicht, sie ihm zurückzugeben.

Der Dank dafür wird wahrscheinlich eine Stichwunde sein. Hier in der Gegend würde es kaum Zeugen geben ... Aber es geschieht ihm recht.

Ron überlegt kurz, Gimbo eine Nachricht zu schicken, so etwas in der Art wie: *Wenn du innerhalb der nächsten zwei Stunden nichts von mir hörst, ruf die Polizei.*

Doch dann beschließt er, dass das einfach zu albern wäre, und stellt sich in die Pedale, um die steile Via dell'Osservanza hinaufzufahren. Den Kopf dreht er dabei mal zu der einen Seite, mal zu der anderen, um die Namen der Villen zu lesen, die nicht neben der Gegensprechanlage stehen, wie es bei den Häusern normaler Menschen üblich ist, sondern in Großbuchstaben auf künstlerisch verzierten Keramikschildern.

Villa Leone, Villa Degli Esposti Lolli, Villa Lambertini ...

Villa Neri ist fast ganz oben. Als Ron davor angekommen ist, spürt er anstatt seiner Lunge ein loderndes Feuer in der Brust.

Außer dass sie sehr weit oben liegt, ist die Villa auch unglaublich groß und hochherrschaftlich, eher ein Schloss als ein Haus, garniert mit Unmengen von Fenstern und Türmchen, geschützt von einem goldfarbenen Zaun, hinter dem sich ein Park mit jahrhundertealten Bäumen erstreckt.

Wohnt Enrico tatsächlich da drinnen?

»Vielleicht könnte ich mich hier als Hausdiener einstellen lassen«, murmelt Ron vor sich hin.

Er drückt auf die Klingel, aber nichts passiert. Er versucht es noch einmal. Wieder nichts.

Hm, denkt er und beschließt, sich auf ein Mäuerchen zu setzen. Vielleicht kommt Enrico ja bald nach Hause. Außerdem ist es besser, wenn er eine Weile verschnauft, bevor er sich wieder auf den Fahrradsattel schwingt.

11

Freitag, 19. Mai, 19:05
7 Stunden und 9 Minuten nach Stunde null

Micaela hat ihren Pilotenschein auf einer SF.260EA gemacht, einer einmotorigen Propellermaschine, die so alt war, dass sogar schon ihr Vater lange vor ihrer Geburt damit geübt hatte. Doch nachdem Micaela eingestiegen war, kam ihr das Flugzeug gar nicht mehr veraltet vor, sondern elegant. Und leicht. Vor allem aber hatte es Flügel und war in der Lage, sie hinauf in den Himmel zu bringen, wo sie schon immer hingewollt hatte.

Micaela erinnert sich noch gut an die Angst und die Euphorie, die sie empfand, als sie sich zum ersten Mal im Cockpit einschloss, den Motor startete und den Steuerknüppel hochzog.

Auch jetzt empfindet sie dieselbe Angst und dieselbe Euphorie, obwohl sie nicht im Cockpit einer Militärmaschine sitzt, sondern auf einem Plastiktisch liegt und kurz davor steht, von der Maschine verschlungen zu werden.

Die Maschine nimmt den Großteil der Fläche des Transfersaals ein. Sie hat die Form eines riesigen Zylinders mit einem Loch in der Mitte, in das der Tisch hinein- und wieder hinausfahren kann. Das Ganze wirkt auf eine vage Weise beunruhigend und erinnert stark an ein Krankenhaus, ein Eindruck, der durch das medizinische Personal verstärkt wird, das sich nun an Micaela zu schaffen macht: die Ärztin, der Assistenzarzt und die Krankenschwester.

Wenn Micaela den Kopf dreht, sieht sie hinter ihnen auch den Techniker und die Systemanalytikerin stehen, die noch ein letztes Mal alle Daten überprüfen, und auf der anderen Seite Jerry den Analysten, der wieder seinen orangefarbenen Kopfhörer aufgesetzt hat.

Schließlich nimmt er ihn ab, legt ihn sich um den Hals und reckt einen Daumen hoch. »Wir sind so weit.«

Das ist keine Frage, sondern eine Bestätigung, deshalb antwortet auch niemand.

Noch fünf Minuten bis zum Einsatzbeginn. Micaela liegt in einer neuen Verkleidung auf dem Tisch.

Anstelle des dunklen Camouflage-Overalls trägt sie jetzt ein knielanges hellblaues Hemdblusenkleid und darüber eine weiße Küchenschürze. Blickdichte hautfarbene Strumpfhosen, wie ältere Frauen sie bevorzugen, und flache schwarze Schuhe. In ihr kurzes Haar hat sie sich eine Dienstmädchenhaube gesteckt. Sie wird von einem Knochenstab verstärkt, den Micaela im Notfall als Messer einsetzen könnte.

Alles, was sie trägt, besteht aus organischen Materialien, angefangen von den Schuhabsätzen aus Holz über die Hornknöpfe des Hemdblusenkleids bis hin zur Strumpfhose aus reiner Baumwolle: Nicht-organische Materialien dürfen nicht in die Maschine, nicht einmal Zahnplomben (die Micaela zum Glück nicht hat).

»Vier Minuten bis zum Eingangspunkt«, sagt Jerry.

Der Plastiktisch ist eiskalt und stinkt nach Desinfektionsmitteln. Vom blendenden Licht der Neonröhren an der Decke bekommt Micaela Kopfschmerzen.

Sie schaut zu, wie Ärztin und Assistenzarzt die Infusionen vorbereiten. Die Flüssigkeit in den Beuteln ist von einem derart intensiven Lila, dass sie zu leuchten scheint, ganz so, als ob sie radioaktiv wäre. Vielleicht ist sie das tatsächlich, aber das würden sie ihr wohl nicht sagen.

»Drei Minuten.«

»Wir sind fast so weit«, sagt Natalia, die Ärztin.

Der Assistenzarzt geht zu Micaela. »Ich fange jetzt an, dir die Nadeln zu setzen, in Ordnung? Ich versuche, dir dabei nicht wehzutun.«

»Das wird nicht leicht«, erwidert sie grinsend. Sie hat schon so viele Stiche … fast wie ein indischer Fakir. Oder wie ein Junkie im Endstadium.

Als die erste Infusionsnadel gesetzt wird, zuckt sie. Dann beißt sie die Zähne zusammen, während die zweite, dritte, vierte, fünfte Nadel durch ihre Kleidung und ihre Haut gestochen werden. Insgesamt sind es siebzehn.

»Zwei Minuten«, sagt Jerry.

»Ich verbinde jetzt die Nadeln mit den Infusionen«, kündigt Natalia an. »Los, Martin, wir dürfen uns nicht verspäten.«

»Es ist schwieriger als vorgesehen«, brummelt der Assistenzarzt. »Aber ich bin fast fertig.«

»Noch eine Minute.«

»Fertig. Tina, hilf mir, die anderen Beutel anzuschließen.«

Die Ärztin beugt sich über Micaela, eine dunkle Gestalt vor dem blendenden Hintergrund des Neonlichts. »Wo willst du die Rückkehrampulle hinhaben?«

»Rechter Oberschenkel«, antwortet die Agentin.

»Verstanden. Ich pikse dich da jetzt, es brennt ein bisschen. Um zurückzukehren, musst du die Ampulle durchbohren, damit das Serum in den Blutkreislauf gelangt. Mit festem Druck, am besten mit einem Fingernagel oder einem sehr spitzen Gegenstand. Die Ampulle liegt jetzt ungefähr einen halben Zentimeter tief unter der Haut. Falls es nicht funktionieren sollte, holen wir dich zurück. Und falls wir merken, dass mit deinen Vitalwerten etwas nicht stimmt, holen wir dich ebenfalls zurück, und zwar unverzüglich, egal, wie weit du mit deinem Einsatz gekommen bist. Wir haben dich immer unter Kontrolle, auch wenn du auf der anderen Seite bist.«

Micaela hat sich diesen Vortrag wohl schon tausend Mal angehört, aber sie bittet die Ärztin dennoch nicht, ihn abzukürzen: Es ist so ähnlich wie die unzähligen Sicherheitsinformationen, die Stewardessen vor dem Start geben.

»Tina, bist du mit den Beuteln fertig?«

»Alle verbunden!«

»Jerry, wie lange noch?«

»Vierundvierzig Sekunden.«

Die Ärztin schaut auf ihre Smartwatch. Sie gibt dem Assistenzarzt ein Zeichen.

»Öffnung Infusion 1 ... jetzt!«, befiehlt sie. »Infusion 2 ... jetzt. Infusion 3 ... jetzt!«

Die leuchtende lilafarbene Flüssigkeit rinnt durch die Plastikschläuche und die Infusionsnadeln.

»Dreißig Sekunden«, verkündet Jerry.

»Die Maschine ist eingeschaltet und bereit«, meldet der Techniker.

»Die Agentin wird jetzt reingefahren.«

Der Plastiktisch gleitet surrend ins Innere der Maschine. Sie sieht tatsächlich wie ein medizinisches Gerät aus.

Während sich der Tisch bewegt, spannen sich die Infusionsschläuche und zerren an Micaelas Haut, was ziemlich wehtut. Dieses besondere Gefühl wird immer stärker, es erfüllt Micaela, es dröhnt in ihren Ohren.

»Zwanzig Sekunden«, sagt Jerry.

»Beginn des Transfers«, berichtet der Techniker.

»Infusion 12 ... jetzt! Infusion 14 ... jetzt!«

»Fünfzehn Sekunden.«

»Infusion 16 ... jetzt! Infusion 17 ... jetzt!«

»Noch fünf Sekunden«, warnt Jerry.
Leutnant Falco hält den Atem an.
Sie schließt die Augen.
»Drei. Zwei. Eins.«

12

Donnerstag, 18. Mai, 19:10
16 Stunden und 46 Minuten vor Stunde null

Leutnant Micaela Falco öffnet die Augen.

Sie stellt fest, dass sie steht. Ihr Körpergewicht plötzlich selbst tragen zu müssen bewirkt, dass ihr schwindelig wird. Ihr ist, als wäre sie in einem Flugzeug, das einen Looping fliegt.

Aber sie befindet sich eindeutig nicht in einem Flugzeug, denn Leutnant Micaela Falco trägt keine Pilotenuniform, sondern die Uniform einer Hausangestellten, flache Schuhe und ein lächerliches Spitzenhäubchen auf dem Kopf.

Das Mädchen schwankt. Sie blinzelt, um ihre Augen an das schwache Licht zu gewöhnen.

Sie befindet sich in einem kleinen, aber elegant gestalteten Badezimmer. Das Waschbecken ist eine Porzellanschüssel, die auf einem Holztischchen steht. Die Wasserhähne sind vergoldet, die blütenweißen Handtücher sehen aus, als wären sie soeben erst gekauft worden.

»Ich habe es geschafft«, flüstert sie. »Ich bin zurückgekehrt.«

Sie verlässt den Raum. Ihr ist immer noch ein bisschen schlecht und schwindelig, doch im Laufe ihrer Ausbildung hat sie gelernt, mit Schlimmerem zurechtzukommen. Der Flur, den sie nun entlanggeht, führt in ein Wohnzimmer, in dem zwei große Chesterfieldsofas thronen. Das große Panoramafenster dahinter bietet einen atemberaubenden Ausblick auf den Park.

In die Wand links von ihr ist der Schaltkasten für die Alarmanlage eingelassen. Die Villa ist in einem antiken Stil eingerichtet, doch der Einbruchschutz ist hochmodern, mit Bewegungssensoren in allen Räumen. In allen, außer im Bad.

Micaela hat den Deaktivierungscode auswendig gelernt und gibt ihn jetzt ein. Das Display leuchtet auf und zeigt an, dass sämtliche Sensoren ausgeschaltet und die Schlösser an Türen und Fenstern geöffnet sind. Eine Vorsichtsmaßnahme, die ihr im Notfall die Flucht erleichtern wird. Laut Dossier befindet sich um diese Zeit niemand in der Villa, doch könnte jederzeit einer der Bewohner nach Hause kommen und es ist besser, wenn sie sich beeilt.

Da sie sich auch den Grundriss des Gebäudes eingeprägt hat, kann sie sich in den Räumen schnell und sicher bewegen. Sie denkt an nichts, denn sie hat gelernt, dass Gedanken das Handeln verlangsamen, Zweifel aufkommen lassen, Unsicherheit wecken. Während eines Einsatzes muss Micaela so reibungslos funktionieren wie eine gut geölte Maschine, sie muss ganz bei sich sein, stark sein und darf niemals zögern. Micaela weiß nicht, ob sie bereits *so* gut ist, aber sie muss ihr Bestes geben. Besonders weil der Einsatz am Morgen ergebnislos geblieben ist.

Über den Flur gelangt sie in eine Eingangshalle mit einer luxuriösen Marmortreppe und sodann in ein zweites Wohnzimmer, das auf die gegenüberliegende Seite des Hauses hinausgeht und, weil auf dieser Seite Schatten ist, noch dunkler wirkt als das andere. Von seinen Fenstern aus sieht man die Sonne nicht, sie wird von den Bäumen verdeckt. Vor dem Fenster liegt ein Swimmingpool.

Von diesem zweiten Wohnzimmer geht Micaela in die Küche hinüber und stößt überrascht einen leisen Pfiff aus. Diana wäre begeistert von diesem Anblick: Viele Restaurantküchen sind weniger professionell ausgestattet als diese Küche und zweifellos auch nicht annähernd so schön. Massivholzmöbel und Arbeitsflächen aus Stein, viel gebürsteter Stahl und Emaille, schneeweiße Fliesen und als Dekoration an den Wänden antikes Kochgerät.

Der Brief liegt tatsächlich neben dem Kühlschrank.

Es ist nur ein zusammengefaltetes Blatt Papier, das da auf der Arbeitsfläche liegt, unter einem Glas, das es beschwert, damit es nicht wegfliegt.

Das Glas ist ein großes, dickwandiges Wasserglas mit einer Randverzierung aus bunten Blümchen und es riecht nach Wein. Jemand, der Wein aus solchen Gläsern trinkt, gibt sich nicht mit kleinen Mengen Alkohol zufrieden.

Micaela verzieht das Gesicht und nimmt den Brief an sich.

Es steht genau das drin, was sie erwartet hat, Wort für Wort, doch jetzt, wo sie ihn in der Hand hält, kommt er ihr eigenartig fremd vor.

Wie kann eine Mutter ihrem Kind so etwas schreiben? Und den Brief dann einfach so hinlegen, unter ein Glas?

Micaelas Mutter ist Programmiererin, eine praktisch veranlagte, zupackende Frau, die sich daran gewöhnt hat, wegen dem Beruf ihres Mannes von einer Militärbasis zur nächsten umzuziehen, und sich dennoch eine Karriere aufbauen konnte. Sie hat Micaela beigebracht, dass es sich lohnt, für das Erreichen der eigenen Ziele zu kämpfen, und dass man dabei niemals aufgeben darf.

Dass Micaela mit siebzehn Abitur gemacht hat, dass es ihr gelungen ist, in die Militärakademie aufgenommen zu werden, dass sie so jung schon so viel erreicht hat, ist auch ihrer Mutter zu verdanken.

»Wenn ich einen solchen Brief bekäme, würde ich durchdrehen«, flüstert sie. »Und er ist ja auch durchgedreht.«

Jetzt, wo sie den Brief sichergestellt hat, muss sie ihn nur noch zerstören. Micaela schaut sich um. Der Küchenherd ist ein Induktionsherd. Schade, ein Gasherd mit Flammen wäre jetzt praktisch gewesen.

Auf der Suche nach einem Feuerzeug öffnet sie ein

paar Schubladen, findet aber nichts. Sie fragt sich, ob sie im Arbeitszimmer des Hausherrn nach Feuerzeug oder Streichhölzern suchen sollte oder im Zimmer des Sohnes. Vielleicht dreht er sich ja Joints. Doch die Vorstellung, durch das große leere Haus zu streifen, gefällt ihr nicht. Sie könnte Fingerabdrücke oder andere Spuren hinterlassen. Außerdem vergrößert jede Minute, die sie hier verbringt, das Risiko.

Endlich fasst sie einen Entschluss, nimmt eine Schere von der Arbeitsfläche und zerschneidet den Brief zu Konfetti. Als sie damit fertig ist, nimmt sie eine Handvoll der winzigen Papierquadrate und wirft sie in den Hausmülleimer unter der Spüle und begräbt die zweite Handvoll im Biomüll unter Kaffeesatz und Eierschalen.

Micaela wäscht sich die Hände, und weil sie schon dabei ist, spült sie auch noch das Wasserglas mit dem Blümchenrand ab. Dann durchquert sie abermals das Wohnzimmer, die Eingangshalle und den Flur, kehrt in das kleine Badezimmer zurück, spült die restlichen Papierstückchen in der Toilette hinunter und seufzt erleichtert. Mission erfüllt, jetzt kann sie hier verschwinden, sie muss nur die Rückkehrampulle durchbohren ...

Nein, vorher muss sie noch etwas erledigen. Sie darf nicht vergessen, die Alarmanlage wieder einzuschalten, sie muss alles so zurücklassen, wie sie es vorgefunden hat.

Sie verlässt das Bad wieder, um zum Schaltkasten der

Alarmanlage zu gehen. Und genau in diesem Moment hört sie eine Stimme.

»Ist jemand zu Hause?«

Sie hört Schritte.

Im nächsten Augenblick steht ein Junge vor ihr, der nur wenige Jahre jünger ist als sie, auffallend mager, mit einem Schopf wilder Locken.

Und sie erkennt ihn sofort wieder.

Es ist Ron Senai.

13

Donnerstag, 18. Mai, 19:14
16 Stunden und 42 Minuten vor Stunde null

Auch Ron erkennt sie sofort.

Dieselben kurzen Haare, dieselben breiten Athletinnenschultern, dieselben Brüste, und Augen, die so hell sind, dass sie hier im Halbdunkeln beinahe weiß erscheinen.

Er bleibt mitten im Flur stehen und ihm ist, als würde gleichzeitig mit ihm auch die Zeit stehen bleiben. Sein Herz schlägt nicht mehr, seine Lungen pumpen keine Luft mehr in den Körper. Die Staubkörnchen bleiben zwischen ihnen in der Luft hängen, im Licht der untergehenden Sonne glitzern sie wie Diamanten.

Das Mädchen schaut ihn an und auch sie wirkt überrascht. Erschüttert.

»Ron?«

Sie kennt meinen Namen.

»Woher kennst du meinen Namen?«

»Enrico hat ihn mir gesagt«, antwortet sie geistesgegenwärtig und fügt schnell hinzu: »Wir zwei dürfen nicht miteinander reden. Du solltest nicht hier sein.«

»Wieso? Ich suche Enrico.«

»Er ist nicht zu Hause. Er ist ausgegangen.«

Ron ist verblüfft. »Ich habe am Gartentor geklingelt. Vorhin. Niemand hat geantwortet. Dann ging das Tor von selbst auf. Ich dachte, Enrico hätte mich hereingelassen.«

Und genau so war es. Ron wollte schon nach Hause zurückradeln, als er das leise Summen hörte, wie wenn jemand den Türöffner betätigt. Daraufhin versuchte er, das Tor aufzuschieben, und es sprang auf.

Er ging den Weg durch den Garten (der ihm ungewöhnlich leer und still vorkam), drehte den Knauf der Haustür und trat ein. Beim Anblick der Eingangshalle mit ihren gewundenen Marmortreppen, den Teppichen und Gemälden blieb ihm der Mund offen stehen und …

Und dann hörte er eine Toilettenspülung. Also war doch jemand im Haus.

Ron ging auf das Geräusch zu und sah das Dienstmädchen aus dem Badezimmer kommen. Natürlich hatte er nicht erwartet, *sie* hier zu sehen.

»Wenn ich dir aufgemacht habe, dann aus Versehen, ich habe den Kasten der Alarmanlage sauber gewischt«, sagt das Mädchen. »Ich arbeite noch nicht lange hier.« Mit einer Geste zeigt sie auf ihre Kleidung, so als würde die alles erklären, und wiederholt mit festerer Stimme: »Hier kannst du nicht bleiben. Du musst gehen. Du musst vergessen, dass du mich gesehen hast.«

Sie macht eine Handbewegung, als wolle sie ihn verscheuchen.

»In Ordnung, in Ordnung«, sagt Ron. »Ich gehe ja schon. Und ich werde niemandem erzählen, dass ich dich hier gesehen habe. Aber verrätst du mir wenigstens, wie du heißt? Bitte …?«

»Micaela. Und jetzt geh.«

Micaela, denkt Ron. Er kennt kein anderes Mädchen, das so heißt, und das kommt ihm wie ein schöner Zufall vor, der aus ihr irgendwie etwas Besonderes macht.

Er weiß nicht, warum sie ihn unbedingt loswerden will, oder nein, eigentlich kann er es sich ja denken, wenn sie gerade erst nach Bologna gezogen ist (wofür auch spricht, dass sie nicht wie jemand aus Bologna klingt) und sofort in der Villa von Enricos Eltern Arbeit gefunden hat, hier putzt, dann will sie vielleicht nicht unbedingt, dass andere davon erfahren. Wer weiß, wie sie dann in der Schule über sie reden würden. Andererseits findet Ron nicht, dass man sich schämen muss, weil man putzt, er macht es in den Sommerferien ja auch, in der Werkstatt seines Vaters, er hilft ihm, die Werkstatt in Ordnung zu halten, und er wäscht und poliert die Autos der Kunden.

Er überlegt, ihr das zu erzählen, doch dann lässt er es lieber und schenkt ihr ein Lächeln. »Ich hoffe, dass ich dich morgen wiedersehe, in der Schule.«

Micaela schaut ihn an, als verstünde sie nicht, was er meint. »Nein, eher nicht«, murmelt sie dann und legt die Hand auf den Türknauf, um die Tür zu öffnen, aber die bleibt zu, sie rüttelt daran, doch nichts geschieht.

»Warte«, sagt Ron, seine Finger gleiten über ihre, und ebenso wie am Morgen in der Schule verspürt er eine Art elektrischen Schlag, eine Form von Energie. Einen Schauer.

»Hier«, sagt er. »Man muss ihn so herum drehen.«

»Gut, danke, aber jetzt geh.« Micaelas Stimme zittert, so als ob sie wütend wäre.

»Ent… entschuldige bitte«, stammelt Ron. »Aber warum …?«

»Raus. Geh!«

Ron schaut sie an. Sie meint es ernst.

Daraufhin hebt er beide Hände. »Okay, Micaela. Entschuldige bitte. Ich wollte dich nicht verärgern.«

Er verlässt das Haus und sie knallt die Tür hinter ihm zu. Langsam geht Ron den Gartenweg entlang, erreicht das Tor und dreht sich um. Sie beobachtet ihn durch ein Fenster. Er hebt zum Abschied die Hand und geht raus.

Doch im letzten Moment überlegt er es sich anders. Anstatt das Gartentor hinter sich zuzuziehen, lehnt er es nur an, sodass das Schloss nicht einrastet. Irgendetwas stimmt da nicht. Er weiß es, er fühlt es. Micaela ist seltsam, ebenso wie die ganze absurde Unterhaltung in der leeren Villa.

Erstens, Enrico. Wenn Micaela wirklich für ihn arbeitet, beziehungsweise für seine Familie, warum haben sich die beiden dann heute Vormittag in der Schule nicht wiedererkannt? Kann es sein, dass sie sich niemals zuvor gesehen haben?

Vielleicht, überlegt Ron weiter, hat Micaela ja erst an diesem Nachmittag angefangen, für Familie Neri zu arbeiten ... Deshalb wusste sie auch nicht, wie man die Haustür von innen öffnet. Er schon, denn er war ja gerade erst durch diese Tür hereingekommen, sie aber nicht. Wer weiß, wie viele Eingänge dieses riesige Haus hatte. Es könnte für alles eine einleuchtende Erklärung geben. Doch Ron *glaubt nicht daran. Es stimmt alles nicht, es kann nicht so sein.*

Deshalb bleibt er lange vor dem angelehnten Gartentor stehen. Dann schiebt er es wieder auf und kehrt in den Garten zurück. Micaela steht nicht mehr am Fenster. Der Weg ist frei.

Ron duckt sich hinter die Sträucher und läuft gebückt auf das Haus zu. Er schleicht sich an der Wand entlang und denkt währenddessen: Hm, wenn Micaela mich erwischt, ruft sie vielleicht die Polizei, sie hätte allen Grund dazu, Hausfriedensbruch und so weiter. Aber er will Klarheit, er will begreifen, was hier vor sich geht.

Er stellt sich an das Fenster und schaut hinein. Niemand zu sehen. Eng an der Wand entlang läuft Ron zum nächsten Fenster.

Da ist Micaela. Sie dreht ihm den Rücken zu und hantiert an etwas, das wie ein großer Thermostat aussieht und an der Wand hängt. Plötzlich leuchtet der Thermostat auf und Micaela entfernt sich, geht durch die Tür neben dem Ding, wahrscheinlich ins Badezimmer.

Jetzt ist sie wieder ins Bad gegangen, denkt Ron, vielleicht putzt sie ja wirklich und er ist einfach nur ein Idiot. Wer glaubt er eigentlich zu sein? James Bond?

Er richtet sich auf und will endlich verschwinden, als er sieht, dass die Badezimmertür wie von allein aufgeht, ganz langsam, so als hätte ein Luftzug sie aufgedrückt.

Ron kehrt an das Fenster zurück, weil er jetzt von dort aus gut in das Bad hineinschauen kann, er kann den gesamten Raum überblicken und … es ist niemand darin.

Das Badezimmer ist vollkommen leer. Auch hinter der Glaswand der Duschkabine ist niemand. Micaela ist verschwunden.

»Das ist doch nicht möglich«, flüstert Ron.

Er hat sie hineingehen sehen, da ist er sich ganz sicher. Aber wo ist sie jetzt hin? Ist sie vielleicht durch das Fenster nach draußen geklettert? Aber warum hätte sie das tun sollen? Hat sie etwas zu verbergen? Ist sie am Ende gar kein Dienstmädchen, sondern eine Diebin?

Ron kniet sich hin. Er beschließt, einmal um das ganze Haus herumzuschleichen, und das dauert lange, denn es ist riesig und überall sind Treppchen, steinerne, von Moos überwucherte Blumenkübel, Statuen ohne Arme, Bäume, ein Swimmingpool, der aussieht, als sei das Becken in Stein gehauen. Es gibt Blumenbeete und eine geteerte

Auffahrt zu den Garagen, sowie Holzbänke, die so aufgestellt sind, dass man von dort aus den Sonnenuntergang hinter den Hügeln betrachten kann.

Aber Micaela ist nirgendwo zu entdecken.

Verschwunden.

Wie vom Erdboden verschluckt.

Schließlich gibt Ron auf. Er kehrt zum Gartentor zurück und schiebt es auf, und im selben Augenblick heult eine sehr laute Sirene auf.

Die Alarmanlage!

Möglicherweise ist sie direkt mit dem nächsten Polizeirevier verbunden und er steckt jetzt bis zum Hals in Schwierigkeiten. Deshalb verliert er keine Zeit, greift sich sein Fahrrad, das er an der Hecke angelehnt und zum Glück nicht abgesperrt hat, springt auf, beginnt in die Pedalen zu treten, beugt sich tief über den Lenker und rast mit jagendem Herzschlag die steile Straße hinunter.

Während er die Augen zusammenkneift, um sie vor dem Fahrtwind zu schützen, und die Lichtkreise der Straßenlaternen zu beiden Seiten aufblitzen, geht ihm eine Frage im Kopf herum.

Wenn Micaela eine Diebin ist, warum hat sie dann die Alarmanlage eingeschaltet, bevor sie sich aus dem Haus geschlichen hat?

Es ist äußerst rätselhaft ... Und er nimmt sich fest vor, das Rätsel zu lösen.

14

Freitag, 19. Mai, 19:26
7 Stunden und 30 Minuten nach Stunde null

Das Blut ist überall. Es quillt wie eine kleine Fontäne aus dem Schnitt im rechten Oberschenkel und bedeckt ihre Stirn, tropft zusammen mit dem Schweiß aus allen Poren, überzieht sie mit einer klebrigen Schicht, sammelt sich rings um die Einstiche.

Micaela schreit, von Krämpfen gebeutelt, bäumt sich auf und reißt sich dabei die Infusionsschläuche heraus. Der Plastiktisch wird aus der Maschine gefahren und alle drei Mediziner stürzen sich auf die Agentin, um sie festzuhalten.

»Micaela, beruhige dich. Alles ist gut.«

Ruckartig überstreckt sie den Nacken, spürt fremde Hände, die sich über ihren Körper bewegen, über die blutverklebte Dienstmädchenuniform. Sie fixieren sie mit Gurten. Die Gurte sind hart, schneiden ein, tun ihr weh.

Benommen nimmt Micaela die Stimme des Technikers wahr: »Siehst du schon etwas?«

»Es ist noch zu früh«, antwortet der Analyst. »Der Nebel ist dichter als je zuvor.«

Micaela windet sich und kämpft gegen die Gurte an.

»Worauf wartet ihr noch?«, schreit die Ärztin den Assistenzarzt und die Krankenschwester an. »Bringt sie hier raus! Seht ihr denn nicht, dass es ihr nicht gut geht? Los, Bewegung!«

Irgendetwas wird Micaela mit Gewalt in den Mund geschoben, eine Beißschiene aus weichem Gummi, dann wird sie auf eine Transportliege gehoben und irgendwohin gefahren. Sie hört das Geräusch der Räder.

»Bleib jetzt ruhig, Micaela, der Schmerz lässt gleich nach, es wird alles wieder gut.«

»Gebt mir …«, kreischt sie und spuckt die Beißschiene aus.

»Gebt mir …«

»Gleich, gleich.«

Sie stechen sie in einen Arm, doch Micaela ist so durcheinander, dass sie es gar nicht merkt. Dann endlich schwächt der Schmerz sich ab, ihre Muskeln entspannen sich und ein Wärmegefühl durchdringt sie von Kopf bis Fuß. Endlich fühlt sie sich auf sehr angenehme Weise erschöpft und glücklich, wie nach einem Orgasmus.

»Es sollte bald wirken«, sagt der Assistenzarzt.

»Es hat schon gewirkt«, verbessert ihn die Ärztin.

»Binden wir sie los.«

Sie entfernen die Gurte und Micaela atmet auf. Die Luft

im Raum ist kalt, aber das gefällt ihr. Ihr gefällt es, wie die kalte Luft in ihrem höllenheißen Körper schmilzt.

Die Ärztin fühlt an Handgelenk und Kehle ihren Puls, leuchtet ihr mit einer schmalen, unangenehm blendenden Taschenlampe direkt in die Pupillen.

»Ich würde sagen, dass alles in Ordnung ist. Wir müssen dich noch mal gründlich durchchecken, aber das hat Zeit. Jetzt kannst du erst mal entspannen. Sollen wir dich alleine lassen?«

»Ich …«, stammelt Micaela. »Ja. Geht weg.«

Die drei Mediziner verlassen den Raum, die Agentin bleibt reglos liegen. Sie befindet sich im Erholungsraum, in dem mit der großen Dusche, in der sie sich nach jedem Einsatz das Blut abwäscht.

Auf dem Tisch neben ihrer Liege ist ihre Smartwatch, sie tastet danach und legt die Uhr an. Auf dem Bildschirm läuft die Stoppuhr, diese verdammte Stoppuhr, die niemals stehen bleibt.

Hoffentlich hat es dieses Mal etwas genützt.

Micaela setzt sich vorsichtig auf und schwankt im Sitzen hin und her, weil ihr so schwindelig ist. Sie dreht sich zu einer Seite und erbricht sich, einmal, zweimal, bis nichts mehr kommt. Ihr fallen alte Comichefte ihrer Mutter ein. Micky Maus. Da gab es diese beiden Wissenschaftler, die Professoren Zapotek und Marlin, die im Keller ihres Museums eine Zeitmaschine gebaut hatten, und Micky Maus und Goofy nutzten sie, um durch die Epochen zu reisen, um alte Ägypter und Barbaren zu besuchen ... Allerdings verliefen die Landungen immer etwas ruppig und die beiden Zeitreisenden stießen sich am Hintern oder am Kopf an und bekamen riesige Beulen.

Wenn ihr wüsstet, wie sich Zeitreisen in Wirklichkeit anfühlen ... Auf jeden Fall weitaus weniger unterhaltsam. Und wesentlich schmerzhafter.

Micaela setzt sich wieder auf und befreit sich von der Dienstmädchenhaube und den hässlichen, unbequemen Schuhen. Dann knöpft sie den dunkel gefleckten Kittel auf und zwingt sich dabei, nicht auf ihre Hände zu schauen, unter deren Nägeln Blut hervorquillt. Sie zieht die Unterwäsche aus und die nassen Strümpfe und wankt zur Dusche. Nachdem sie das heiße Wasser voll aufgedreht hat, bleibt sie einfach unter dem Brausekopf stehen und spürt, wie es ihr über die Haare rinnt.

Dieses Mal war es wirklich schlimm. Eigentlich ist das bei jeder Mission so, aber wenn man an einem einzigen Tag zwei Einsätze hat, sind die Auswirkungen auf den Körper verheerend.

In Nummer 42 gibt es dazu einen albernen Witz, der sich wie ein Kinderreim anhört:

»Das erste Mal tut weh,
das zweite noch viel mehr,
nach dem dritten geht's ins Krankenhaus,
nach dem vierten schnurstracks ins Grab.«

Micaela weiß, dass es einigen Agenten gelungen ist, sogar den vierten Einsatz einer Mission ohne bleibende Schäden zu überstehen, aber sie hatte noch nie mehr als drei Einsätze am selben Tag, und die heutige Erfahrung war so traumatisch, dass sie sie auf gar keinen Fall wiederholen möchte. Sie hofft von ganzem Herzen, dass dieses Mal zwei Einsätze genügen.

Schlagartig fällt ihr wieder Ron ein. Sein Gesichtsausdruck, als er sie in der Villa Neri vor sich sah. Das, was sie zueinander gesagt haben. Der Schauer, der sie durchfuhr, als seine Hand ihre streifte. Er war so freundlich, so glücklich darüber, sie wiederzusehen, so ein sympathischer Junge …

»Scheiße«, murmelt Micaela. »Scheiße, Scheiße, Scheiße.«

Das war tatsächlich ein nicht autorisierter Enger Kontakt, der schlimmste, der ihr jemals passiert ist. Dabei hat sie überhaupt nichts falsch gemacht, sie hat sämtliche Anweisungen genau befolgt, sich in allen Punkten korrekt verhalten.

Ron hätte einfach nicht dort sein dürfen.

Warum war sie nicht vorgewarnt worden, warum hatte sie für diese potenzielle Störung keine Anweisungen erhalten?

Micaela ruft sich jede Sekunde ihrer Begegnung in Erinnerung, geht jedes ausgesprochene Wort durch, jeden einzelnen Moment. Natürlich war sie verblüfft, aber sie ist überzeugt davon, sich richtig verhalten zu haben. Sie hat ihre Rolle des angeblichen Dienstmädchens konsequent gespielt und ihn weggeschickt. Klar hat es ihr leidgetan, klar hat es ihn getroffen, aber sie hatte keine andere Wahl.

Denk daran, hinter der Fassade des sympathischen Jungen versteckt sich ein durchgeknallter Bombenleger, der dem anderen Wahnsinnigen geholfen hat, in der Schule einen Sprengsatz zu verstecken.

Genau. Und deshalb hat Micaela alles richtig gemacht. Sie hat ihn weggeschickt, die Alarmanlage der Villa wieder eingeschaltet, ist ins Bad zurückgekehrt und hat die Rückkehrampulle durchbohrt.

Ein Handlungsablauf wie im Handbuch, und deshalb muss für die unerwartete Begegnung jemand anderes verantwortlich sein. Jemand, der einen Fehler gemacht und ihr nicht die korrekten Informationen gegeben hat und sie dadurch in die Lage gebracht hat, improvisieren zu müssen.

Micaela wird klar, dass dies eine schwerwiegende Angelegenheit ist, für sie alle, sie alle riskieren bei diesem Ereignis sehr viel. Sie muss sofort mit der Kommandantin sprechen, sie muss herausfinden, was gerade geschieht.

Doch jetzt schließt sie erst einmal die Augen und lässt das heiße Wasser über sich hinwegrauschen.

15

Donnerstag, 18. Mai, 19:27
16 Stunden und 29 Minuten vor Stunde null

Als Grande noch ein Kind war, nahm ihn Onkel Carlo sonntags oft mit auf die Jagd in den Apenninen. Er holte ihn morgens ganz früh, noch vor Sonnenaufgang, ab, und damit der Onkel nicht an der Tür klingelte und somit alle weckte, musste Grande draußen in der kalten Nachtluft auf ihn warten. Dann ging es los, in dem alten Allrad-Panda, in dem die Hunde vor Aufregung sabberten und herumhüpften. Eine Dreiviertelstunde später waren sie im Wald, Onkel Carlo trug sein Gewehr und Grande den Korb, in den die Vögel kamen, die erlegten Fasane oder Rebhühner.

Einmal, Grande kann sich noch ganz genau daran erinnern, hatte der Onkel ihm eine Tellerfalle gezeigt, die jemand im Wald versteckt hatte. Die Falle mit den langen, bedrohlich wirkenden Stahlzähnen hatte sich um etwas geschlossen, das auf den ersten Blick wie ein von Fell überzogenes, lehmverschmiertes Stöckchen ausgesehen hatte. Der Onkel hatte die Falle geöffnet und das Stöckchen herausgenommen, damit Grande es sich besser anschauen konnte: Es war ein Bein. Ein Fuchsbein mit einem zernagten, blutigen Ende.

»Weißt du, was das ist?«, hatte der Onkel gefragt.

»Ein Bein von einem Fuchs.«

»Und weißt du auch, warum wir es hier gefunden haben?«

Grande wusste es nicht und der Onkel erklärte es ihm: »Hier ist ein Fuchs herumgelaufen, du kannst noch überall die Spuren sehen, und aus Versehen ist er in die Falle getreten. Da gab es für ihn nur noch zwei Möglichkeiten: Er konnte hier bleiben und auf den Jäger warten, der ihn totschießen würde. Oder aber sich das Bein abbeißen. Wie er sich entschieden hat, siehst du selbst. Weißt du, was das bedeutet?«

Grande wusste das ebenfalls nicht.

»Dass er lieber leben, als alle vier Beine behalten wollte. Das hier war ein mutiger Fuchs.«

Der Onkel hatte das Bein weggeworfen und Grande angeschaut. »Und du, wärst du genauso mutig?«

Erst viel später hatte Grande herausbekommen, dass Onkel Carlo als junger Mann ein professioneller Einbrecher gewesen war und mehrere Jahre im Gefängnis auf der sardischen Insel Asinara eingesessen hatte. Die Häftlinge waren dort so schlecht versorgt worden, dass sie Katzen gejagt und gegessen hatten.

Onkel Carlo war derjenige gewesen, der Grande die Welt erklärt hatte, und dieser hatte noch lange über den Fuchs nachgedacht und überlegt, wie er sich entscheiden würde, wenn er mit einem Bein in einer Falle hinge.

Jetzt hat er Gelegenheit, es herauszufinden.

Mancino, sein loyalster Mann, will ihm etwas Wichtiges mitteilen. Grande würde jede Wette eingehen, dass es sich um einen Namen handelt. Der Name desjenigen, der ihn verraten, ihn ausgeliefert, ihn hinter Gitter gebracht hat.

Aber um die Wahrheit herauszufinden, muss Grande einen Preis bezahlen.

Täusche heute Abend einen Notfall vor, stand auf dem kleinen Zettel und er hat den ganzen Nachmittag darüber nachgedacht. Was bedeutet das, ein »Notfall«?

Er könnte so tun, als wäre das Kribbeln zurückgekehrt, wegen dem sie ihn ins Krankenhaus gebracht hatten. Oder seinen Bewachern sagen, er hätte Herzschmerzen. Er verspüre die Anzeichen für einen bevorstehenden Herzinfarkt.

Grande weiß, was in solch einem Fall geschehen würde. Die Polizisten würden ihn sich genauer anschauen, um abzuschätzen, ob es wirklich schlimm war, und allerhöchstens einen Arzt rufen. In aller Ruhe. Und würden während der Untersuchung im Raum bleiben.

Alles in allem wäre das kein *Notfall*.

Grande weiß außerdem, dass er keine zweite Chance hätte. Er kann nicht einen Herzinfarkt vortäuschen und dann, eine Stunde später, rätselhafte Bauchschmerzen bekommen. So dumm sind Polizisten nun auch wieder nicht.

Also, was tun?

Ihm bleibt nichts anderes übrig, als sofort aufs Ganze zu gehen, vorausgesetzt er hat den Mut dazu, nein: *die Eier*, es tatsächlich zu tun.

Um 18 Uhr hatten die Bullen Schichtwechsel: Galli und Rondini sind nach Hause gegangen und es sind zwei Neue gekommen: Camuncoli und Montanari. Hauptkommissar Camuncoli geht in ein paar Monaten in Pension und hat offensichtlich schon lange keine Lust mehr, er will seine Ruhe haben, bis er sich endlich verabschieden und ans Meer ziehen kann. Das bedeutet, dass Grande von dieser Seite keine Probleme zu erwarten hat. Vorausgesetzt, seine Inszenierung ist überzeugend genug.

Er muss schlau sein.

Wie ein Fuchs.

Zwar ist draußen noch Tageslicht, doch in Zimmer vier könnte es schon Nacht sein: Das Abendessen wurde bereits gebracht, Camuncoli ist auf seinem Stuhl eingeschlafen und Montanari ist kurz mal raus, um zu telefonieren oder sich einen Kaffee zu holen.

Die Show kann beginnen.

Grande atmet tief ein, und schnell, bevor er Bedenken bekommen und seinen Plan anzweifeln kann, saugt er die Innenseite der rechten Wange zwischen die Backenzähne und beißt mit aller Kraft zu. Er stößt einen sehr authentischen Schmerzensschrei aus, doch er zwingt sich, gleich noch einmal zuzubeißen, ein Schwall Blut spritzt aus seinem Mund auf Kinn und Pyjama.

Camuncoli schreckt auf. Grande knallt seinen Kopf nach hinten gegen die Wand und fängt an zu zittern, verdreht die Augen, sabbert und schreit, so laut er nur kann.

»So ein Mist«, sagt der Polizist, weniger beunruhigt als genervt. »Ausgerechnet bei mir muss dir das passieren, Grande?«

Er geht zum Bett, legt ihm eine Hand auf die Stirn und Grande nutzt das aus, täuscht Krämpfe vor und packt den Polizisten dabei an der Hose.

Im Gefängnis gilt eine eiserne Regel: Niemals und auf gar keinen Fall darf ein Häftling einen Wärter anfassen. Diese Regel ist in den Kopf von Grande förmlich eingebrannt, aber auch in den des Polizisten, der genauso reagiert, wie er es gelernt hat, nämlich indem er Grande kräftig in den Bauch boxt. Grande röchelt und spuckt ihm einen Mundvoll Blut entgegen.

»Fuck!«, schreit Camuncoli, während Grande weiterzappelt, sich den Infusionsschlauch herausreißt und sich wie ein Besessener auf dem Bett verrenkt.

Er sabbert ausgiebig, beißt sich abermals in die Wange, schreit, tritt um sich, und Camuncoli steht in der mit Blut und Speichel befleckten Uniform kopfschüttelnd an seinem Bett.

Dann rennt er fluchend zur Tür, reißt sie auf und ruft:

»Ein Arzt! Ein Arzt! Schnell! Dem Gefangenen hier geht es schlecht, wir haben einen Notfall!«

Innerlich lächelt Grande. Wenn er nicht der Boss einer Verbrecherorganisation wäre, könnte er ein erfolgreicher Schauspieler sein.

Siehst du, Onkel, denkt er. Ich habe Mut, wenn es sein muss. Du kannst stolz auf mich sein.

16

Donnerstag, 18. Mai, 20:02
15 Stunden und 54 Minuten vor Stunde null

Mit der Fernbedienung öffnet Enrico das Gartentor und fährt mit dem Yoyo die Auffahrt hinunter.

In der Garage stehen nur der BMW seines Vaters, der Alfa Spider seines Vaters und die drei Moto-Guzzi-Oldtimer, die selbstverständlich ebenfalls seinem Vater gehören. Was fehlt, ist der SUV seiner Mutter, wahrscheinlich ist sie mit ihren Freundinnen unterwegs. Enrico weiß, dass sie bei ihrer Rückkehr betrunken sein wird, und wenn sie betrunken ist, kann sie mit ihrem Riesenauto nicht mehr richtig rangieren. Deshalb stellt er den Yoyo hinten in einer Ecke ab, vor dem BMW, denn sein Vater ist sicherlich gerade in Brasilien oder sonst wo auf der Welt und wird sein Auto in nächster Zeit nicht brauchen.

In der Garage stinkt es nach Staub und nach Benzin, ein Geruch, der sich ihm schwer auf die Lunge legt. Enrico hat den Nachmittag in der Innenstadt vertrödelt und sich ein spätes Mittagessen bei McDonald's gegönnt, danach war er im Fitnessstudio und hat Gewichte gehoben. Normalerweise geht es ihm danach immer auch seelisch besser, dieses Mal aber nicht.

Ständig muss er daran denken, wie es wäre, die Schule in die Luft zu jagen und wie er das bewerkstelligen könnte. Er weiß gar nicht genau, woher diese Gedanken eigentlich kommen, aber sobald er einen Spiegel sieht, fragt er sich, in wie viele Scherben der wohl zerspringen würde und wie groß sie wären, und wenn er eine Betonsäule sieht, fallen ihm dieselben Fragen ein.

Beim Anblick der Betonsäule sagt er sich, dass sie denen vor der Schule ähnelt, und fängt automatisch an zu überlegen, wie viel Sprengstoff man dafür bräuchte, wo er anzubringen wäre, wie er vorgehen müsste. Die Frage, woher er den Sprengstoff nehmen soll, lässt sich leicht beantworten, denn Enrico weiß, wo welcher gelagert wird.

Die Firma seines Vaters braucht oft Sprengstoff, um Gebäude abzureißen oder um Tunnel zu graben. Da es sich um gefährliche Materialien handelt, werden sie gut bewacht. Sie lagern an besonderen Orten, die rund um die Uhr von der Polizei bewacht werden. Einbruchsichere Depots. Wenn ein Sprengmeister etwas davon braucht, füllt er eine Bestellung aus und das Material wird unter Beachtung einer Vielzahl von Sicherheitsmaßnahmen transportiert und ausschließlich diesem Sprengmeister übergeben, der dann bis zum Abschluss der geplanten Arbeiten dafür verantwortlich ist.

An diese Verfahrensweise halten sich auch alle, aber … Andrea Valentino, der frühere Sprengmeister von Enricos Vater, war ein leidenschaftlicher Spieler und oft nicht gut bei Kasse. Deshalb hatte er sich irgendwann angewöhnt, ein bisschen mehr zu bestellen, als er brauchte, um sein Einkommen etwas aufzubessern. Er ließ sich von den Depots immer ein paar Kilo mehr schicken, versteckte den Überschuss in einem eigenen Lager und verkaufte ihn dann auf dem Schwarzmarkt. Ja, für Sprengstoff und ähnliche Waren gibt es tatsächlich auch einen Schwarzmarkt.

Enrico kann sich noch gut erinnern, was damals passierte, als sein Vater die Sache entdeckt hatte. Eines Abends, nach dem Essen, waren zwei Männer zusammen mit diesem Valentino zu ihnen nach Hause gekommen. Sie hatten sich alle im Arbeitszimmer eingeschlossen und nach einer Weile hatte Enrico Schreie, Schläge und das Zerbrechen von schweren Whiskygläsern gehört. Enricos Vater ist ein Choleriker, der schnell die Beherrschung verliert, aber so hatte Enrico ihn noch nie erlebt. Wirklich noch nie.

Allerdings hatte er Valentino hinterher nicht bei der Polizei angezeigt. Er hatte ihn auch nicht entlassen, sondern ihn dazu gebracht, selbst zu kündigen. Außerdem hatte er eine großzügige Abfindung erhalten.

Enrico hatte das lange Zeit nicht verstanden.

Jetzt aber schon.

Du wolltest nicht, dass sie den Rest entdecken, was, Papa? Der unterschlagene Sprengstoff war die geringste deiner Sorgen ... Also hast du lieber so getan, als ob nichts wäre, und die Sache unter den Teppich gekehrt.

Aber ich könnte das Zeug aus seinem Versteck holen und es verwenden. Das wäre eine schöne Bescherung, für euch alle ...

»Nein, Schluss!«, stöhnt Enrico. »Schluss, es reicht!«

Jetzt ist es ihm schon wieder passiert. Er schließt sein Auto ab, geht die Treppe hoch, macht ganz *normale* Dinge und schon fallen diese Gedanken wieder über ihn her. Warum denn nur?

Er weiß es nicht, es macht ihm Angst. Es ist, als wäre in seinem Inneren ein zweiter Enrico versteckt, ein dunkler, verdorbener Enrico, der auf der Lauer liegt und darum kämpft, rausgelassen zu werden.

Würde er es wirklich tun, dieser andere Enrico? Wäre er tatsächlich fähig, sich selbst und die ganze Schule in die Luft zu jagen?

Jetzt. Jetzt hat er es gedacht. Es wirklich gedacht.

Sich in die Luft jagen.

Er muss mit jemandem darüber reden. Mit Camilla. Aber sie ist mit ihrer albernen Freundin unterwegs, um alberne Sachen zu machen.

Geh scheißen, Camilla.

Enrico kommt aus dem Halbsouterrain in die Eingangshalle, schaltet das Licht an und ruft: »Mama, ich bin wieder zu Hause.«

Erst da fällt ihm wieder ein, dass seine Mutter nicht da ist. Am Schaltkasten der Alarmanlage blinkt es blau und rot, ein Zeichen dafür, dass irgendwann am Nachmittag die Sirene losgegangen ist. Ein Einbruchsversuch? Enrico glaubt es nicht, wahrscheinlicher ist, dass seine Mutter aus dem Haus gegangen und dann in Eile noch mal hereingekommen ist, ohne den Code einzugeben ... Vielleicht war sie da ja schon betrunken, oder es liegt daran, dass sie die Alarmanlage hasst und schon immer gehasst hat, für seine Mutter ist sie eine der vielen Kindereien, die sein Vater sich leistet.

Dieser Bastard! Er hat ihrer aller Leben zerstört. In einem Ordner seines Computers hat Enrico alle Artikel abgespeichert, in denen es um seinen Vater geht. Er hat sie schon so oft gelesen, dass er sie auswendig kennt. Bolognas größte Lokalzeitung *Il Resto del Carlino* titelte *Rotlicht-Party mit Minderjährigen*. *Bologna Today* schrieb: *Eine fünfzehnjährige Babysitterin war auch mit dabei*. In der überregionalen *La Repubblica* stand: *Sex und Drogen auf den Bologneser Hügeln*.

Seit das Internet von diesem Müll überquillt, ist alles anders geworden, für immer. Die Freunde sind verschwunden, rings um Enrico und seine Mutter hat sich ein Loch aufgetan.

Wenn Enrico unterwegs ist, spürt er im Rücken die schadenfrohen Blicke. *Geschieht dir recht*, steht den Leuten ins Gesicht geschrieben. Sie erfreuen sich an dem Schlamm, der an ihm klebt.

Vielleicht sind sie schuld daran, dass der andere Enrico geboren wurde.

Vielleicht sind sie schuld daran, dass seine Mutter ständig mit einem Glas in der Hand dasitzt und weint.

»Mama?«, ruft Enrico ein letztes Mal, aber die einzige Antwort darauf ist die schwer zu ertragende Stille dieses Hauses, das viel zu groß ist, mit zu vielen Antiquitäten vollgestopft ist und zu viele traurige Zimmer hat, die sich niemals mit Leben füllen werden.

Er zieht sich die Schuhe aus, lässt sie in der Eingangshalle stehen und geht in die Küche. Er hat Hunger, nach dem Fitnessstudio trinkt er immer seinen Proteinshake, dann isst er, Hähnchenbrust mit Gemüse, so wie es ihm die Ernährungsberaterin empfohlen hat. Als kleiner Junge drohte er zu dick zu werden, seine Eltern sind daraufhin mit ihm zum Arzt gegangen und seitdem muss er Diät halten.

Eine ihrer tausend Auflagen. Die Diät, der Segelkurs im Sommer, der Tenniskurs, die Klavierstunden.

»Begreifst du denn nicht, wie privilegiert du bist, Enrico?«, haben sie zu ihm gesagt. »Du hast alles. Alles. Andere Kinder würden wer weiß was tun, um das zu bekommen, was du hast.«

Vielleicht stimmt das ja, aber er hat nichts von dem verlangt, nichts von dem ersehnt. Er hat das Gefühl, in der Falle zu sitzen. In einer unentrinnbaren Falle.

Enrico schaltet das Licht ein und fragt sich, ob jemand einkaufen war, seine Mutter mit Sicherheit nicht, vielleicht Angelina, die morgens kommt und sich um einige Dinge kümmert.

Die Küche ist wunderschön und sieht aus wie aus einem Film-Set. Wenn man sie betrachtet, denkt man unwillkürlich an Großmütter, die von Hand Tortellini zubereiten und auf den großzügigen Arbeitsflächen aus Marmor den Teig ausrollen …

Doch Enrico hatte nie eine Großmutter und in dieser Küche hat noch niemand gekocht, mit Ausnahme von Angelina, die in aller Eile Mittagessen und Abendessen vorkocht und dann wieder geht und alles in perfekter Ordnung zurücklässt.

Nur in fast perfekter Ordnung: Auf der Arbeitsfläche neben dem Kühlschrank steht ein Sektglas. Seltsam, denkt Enrico. Seine Mutter benutzt schon seit einiger Zeit keine Sektgläser mehr, sie sind ihr zu klein geworden, sie bevorzugt große Wassergläser, die sie bis zum Rand füllt.

Unter dem Sektglas liegt ein zusammengefaltetes Blatt. Eine Nachricht für ihn? Ihm fällt wieder ein, dass seine Mutter ihm am Vormittag eine Nachricht aufs Handy geschickt hat, vielleicht hat sie danach auch noch versucht, ihn anzurufen, hat ihn aber nicht erreicht, weil sein Telefon ja kaputt ist … Enrico muss daran denken, ein neues iPhone zu kaufen. Oder auch nicht, neuerdings hat er ja gar nicht mehr so viele Freunde.

Er nimmt das Blatt und hat Schwierigkeiten, die Schrift seiner Mutter zu entziffern, sie ist unregelmäßig und schief, wie die eines Menschen, der geistig nicht mehr ganz bei sich ist. Okay, anscheinend hat sie mehr als sonst getrunken.

Dann liest er:

Ciao, Enrico,

ich schreibe diese Zeilen, um Dich um Verzeihung zu bitten. Ich schaffe es nicht mehr. Diese Situation ist für mich unerträglich geworden. Ich wache morgens auf und denke, dass ich am liebsten den ganzen Tag lang im Bett bleiben würde. Am liebsten verschwinden würde.

Ich habe versucht, Dir eine gute Mutter zu sein, aber es gelingt mir nicht, und ich ekle mich vor Deinem Vater. Es tut mir so leid, ich wünschte, ich könnte alles ändern, Dir näher sein, aber zuerst muss ich mit mir selbst ins Reine kommen.

Ich gehe weg.

Ich würde Dir gern schreiben, dass ich bald wiederkomme, aber um ehrlich zu sein weiß ich das nicht.

Ich denke, dass Du zurechtkommen wirst: Auf dem Konto ist genügend Geld und ich habe Angelina gebeten, dass sie gut auf Dich aufpassen soll.

Verzeih mir, wenn Du es kannst. Ich habe Dich lieb.

Enricos Hände zittern so heftig, dass er die letzten Worte nicht mehr lesen kann, das Papier zerreißt zwischen seinen Händen und er lässt die beiden Hälften fallen. Er versetzt dem Kühlschrank einen heftigen Tritt, ergreift einen Hocker und schleudert ihn quer durch den Raum.

Er brüllt, wieder und wieder, und seine Stimme hallt in der Leere des großen Hauses.

Niemand hört ihn.

17

Freitag, 19. Mai, 20:47
8 Stunden und 51 Minuten nach Stunde null

Das Leben eines Zeitagenten ist wesentlich langweiliger, als man meinen sollte. Es gibt keine Verfolgungsjagden, keine Abenteuer, keine unsterbliche Liebe. Nichts von all dem. Das Leben eines Zeitagenten setzt sich aus kleinen, scheinbar unbedeutenden Aktionen zusammen, die jedoch immer größer werdende Ereignisketten auslösen, wie ein Schneeball, der vom Gipfel eines hohen Berges hinuntergeworfen wird und unten im Tal als Lawine ankommt.

Micaelas erste Mission nach ihrem Dienstbeginn in Nummer 42 war, einem Verkehrsunfall auf einer französischen Autobahn vorzubeugen, bei dem knapp sechzig Menschen ums Leben gekommen wären.

Ihre Aufgabe bestand darin, sich auf einem Bürgersteig in Nantes zu materialisieren, sich zu bücken, ihre Schnürsenkel zuzubinden und anschließend in ihre Zeit zurückzukehren.

Das war schon alles.

Sich die Schnürsenkel zubinden und fertig. Dabei wurde sie von einem Mann angerempelt und von einem zweiten gefragt, ob sie sich wehgetan habe. Diesem zweiten Mann fielen dabei die Autoschlüssel aus der Tasche, er merkte es nicht und konnte sich deshalb erst einmal nicht hinter das Lenkrad seines Wagens setzen.

Zuerst dachte Micaela, sie hätten ihr einen leichten Auftrag gegeben, zur Eingewöhnung sozusagen, doch die folgenden Einsätze waren im Grunde ähnlich. Einmal verhinderte sie einen Terroranschlag auf eine US-Botschaft in Spanien, indem sie in einem Supermarkt eine Flasche Speiseöl vom Regal herunterschubste. Ein anderes Mal sorgte sie dafür, dass es nicht zu einem Massaker kam, indem sie Kinder bat, einmal ihren Fußball kicken zu dürfen. Ein Flugzeugabsturz blieb aus, weil Micaela Kaffee kochte.

So also sieht Micaelas Leben aus, ihre Arbeit. Sie ist die Agentin, der Finger, der die Murmel anstößt, die wiederum eine Kaskade von Tausenden weiterer Murmeln auslöst … Aber sie ist und bleibt nur ein Finger. Und wird von einem Team aus Technikern, Wissenschaftlern und Offizieren gelenkt, denen der mächtigste jemals entwickelte Supercomputer zur Seite steht.

Ein Finger.

Aber warum funktioniert es dieses Mal nicht, warum ist dieses Mal alles anders als sonst? Liegt es vielleicht daran, dass zwei Jungen darin verwickelt sind, die ungefähr ihr Alter haben? Enrico und Ron? Daran, dass diese Angelegenheit droht *persönlich* zu werden?

»Auch der zweite Einsatz ist gescheitert.«

Das waren die Worte der Kommandantin, und Micaela lässt es zu, dass sich diese Worte in ihr Innerstes eingraben.

»Wir sind hier, weil wir herausfinden wollen, warum das so ist.«

Wieder sitzen sie um den ovalen Tisch herum, das gesamte Team, mit Ausnahme der beiden Wachen, die wie immer vor der Tür stehen. Dieses Mal sitzt Micaela an einem Tischende, zwischen dem Analysten und der Kommandantin. Dahinter kommen Data, der Zweite Kommandant und die Adjutantin, der Techniker, die Systemanalytikerin und die drei vom medizinischen Team.

Micaela hat sich von ihrem letzten Einsatz kaum erholt, ihre Haut fühlt sich immer noch an, als würde sie gerade in heißem Öl frittiert, eine Nebenwirkung der Hämhidrose, das Blutschwitzen, eine sehr unangenehme Begleiterscheinung der Zeitreisen. Und da sind auch noch die brutalen Kopfschmerzen. Die Ärztin hat ihr Tabletten gegeben, aber die wirken leider noch nicht.

»Was bedeutet, der Einsatz ist gescheitert?«, fragt Liz, die Adjutantin.

»Trotz des Nebels können wir mit neunundneunzigprozentiger Sicherheit sagen, dass heute um 11 Uhr 56 eine Bombe das Gymnasium D'Arturo-Horn zerstört hat«, erklärt die Kommandantin. »Alles bisher Geleistete hat nichts genützt. Micaela, willst du dem Team berichten, was passiert ist?«

Micaela hat gewusst, dass dieser Moment kommen würde, sie ist bereit. Sie weiß, was sie sagen soll. Und sie tut es, in knappen Worten. Dabei achtet sie streng darauf, objektiv zu bleiben und jeglichen persönlichen Kommentar zu vermeiden. Es ist genau das, was von einer guten Agentin erwartet wird. Genau das, was sie von ihr erwarten.

»Warum hast du mit dem Jungen gesprochen?«, fragt Major Coleman. »Das war ein nicht autorisierter Enger Kontakt. Davon stand nichts in den Instruktionen.«

Micaela beißt sich auf die Unterlippe. Sie schweigt, bis die Kommandantin ihr erlaubt, darauf zu antworten.

Dann erst erwidert sie: »Laut den Instruktionen hätte die Villa Neri leer sein müssen. Die Anwesenheit eines Vergangenen war nicht vorgesehen, vor allem nicht die von Ronaldo Senai. Deshalb habe ich das Standard-Notfallprotokoll befolgt.«

»Das Standard-Notfallprotokoll?« Der Major verzieht verächtlich das Gesicht. »Du hast mit ihm geplaudert.«

Er versucht, sie aus der Ruhe zu bringen, doch Micaela lässt sich nicht beirren.

»Ich bin nicht aus der Rolle gefallen. Ich habe mich verhalten, als wäre ich wirklich das Dienstmädchen, und habe ihm gesagt, dass er gehen soll. Er wollte nicht, aber ich habe ihn zur Tür begleitet. Anschließend habe ich mich vergewissert, dass er tatsächlich das Haus verlassen hat, und die Alarmanlage aktiviert.«

»Die Konsequenzen ... Wie können wir die Konsequenzen von alldem ermessen? Ronaldo Senai wird sich jetzt an unsere Agentin erinnern, er kennt sogar ihren Namen!«

»Er hat mich nach meinem Namen gefragt und wäre misstrauisch geworden, wenn ich ihm nicht geantwortet hätte«, widerspricht Micaela. »Außerdem ist es laut Vorschrift nicht verboten ... Was für einen Unterschied hätte es überhaupt gemacht, wenn ich ihm einen erfundenen Namen genannt hätte? So oder so weiß er nichts über mich. Über uns.«

»Das reicht jetzt!«, ruft die Kommandantin. »Ihr habt beide recht: Die Agentin hat sich an die Vorschriften gehalten ... und gleichzeitig hat das, was passiert ist, Folgen, die errechnet werden müssen. Ich aber will, dass wir uns jetzt darauf konzentrieren, dass der Einsatz erfolgreich verlaufen ist. Die Agentin hat ihre Aufgabe erfüllt: Der Brief der Mutter von Enrico Neri ist zerstört worden. Allerdings hat sich der Lauf der Ereignisse nicht geändert. Jerry, kannst du uns sagen, warum? Und warum war Ron Senai im Haus, obwohl er dort gar nicht sein sollte?«

Der Analyst ist derart grau im Gesicht, dass im Raum besorgtes Gemurmel aufkommt. »Ich habe keine Ahnung«, gibt er zu. »Seit Leutnant Falcos erstem Einsatz ist unser Team von einem Nebel umgeben, der eine Unentscheidbarkeit der Ereignisse zur Folge hat.« Während er es sagt, fixiert er Major Coleman.

Er ist der Neue, denkt Micaela, und die anderen im Team wissen noch nicht, inwieweit man ihm trauen kann.

»Jeder Mensch verfügt normalerweise über eine präzise Kenntnis der Vergangenheit, über die Zukunft hingegen kann man nur spekulieren. Ich zum Beispiel bin mir hundertprozentig sicher, dass ich heute zwei Eier zum Frühstück hatte und dass ich mir gestern Abend zusammen mit meiner Frau einen Film angesehen habe. Doch wenn ich an die Zukunft denke … Aufgrund meines Gesundheitszustands besteht eine neunundneunzigprozentige Wahrscheinlichkeit, dass ich morgen früh lebend aufwachen werde, und eine vierundachtzigprozentige Wahrscheinlichkeit, dass ich kommende Woche zum Schulfest meiner Tochter gehen kann. Und so weiter.«

Micaela hat diese Geschichte schon sehr oft gehört. Zu oft, wenn sie ehrlich sein soll.

»Diese Unsicherheitsmarge ist darauf zurückzuführen, dass jeder Mensch, jedes Tier mit seinen Bewegungen in der Gegenwart im großen Raum-Zeit-See Kräuselwellen erzeugt, und diese Kräuselwellen verändern die Zukunft des Universums. Wir können es als freien Willen bezeichnen, okay? Das, was wir heute tun, verändert die Konfigurationen der Welt von morgen. Wenn ich heute Abend das Auto vor der Garage abstelle, riskiere ich, dass mir morgen der Nachbarhund an die Reifen pinkelt.«

Jerry kichert, dann wird er wieder ernst. »Wenn sich ein Agent oder eine Agentin in der Vergangenheit bewegt«, fährt er fort, »wird diese zu seiner neuen Gegenwart, das heißt, dass er neue Kräuselwellen entstehen lässt, die im ursprünglichen Plan des Universums nicht vorgesehen waren. Und damit nicht genug: Jegliche Aktion, so klein sie auch sein mag, erzeugt eine unendlich lange Serie von Kettenreaktionen. Deshalb muss sich jeder Agent im Einsatz streng an die ihm gegebenen Anweisungen halten und darf keinerlei Kontakt zu Vergangenen haben, es sei denn, seine Instruktionen schreiben ihm dies ausdrücklich vor. Denn sonst ist es für MARIE nicht mehr möglich, probabilistische Prognosen zu berechnen.«

Komm endlich auf den Punkt, denkt Micaela. Komm auf den Punkt, Jerry.

»Wenn ein Agent in der Vergangenheit operiert und dann in die Gegenwart zurückkehrt, haben sich die von ihm zurückgelassenen Kräuselwellen noch nicht etabliert. Und das ergibt den Nebel. Über einen bestimmten Zeitraum hinweg sehen die Menschen, die vom Einsatz des Agenten unterrichtet sind, die Vergangenheit, als wäre sie Zukunft, nämlich nur als Wahrscheinlichkeit. Nicht einmal MARIE kann mit Sicherheit wissen, was bereits geschehen ist, weil es in gewisser Hinsicht *erst noch geschehen muss*. Das ist der Grund, warum zu Beginn jeder Mission, die ein Zeitereignis betrifft, das gesamte Team in eine Kapsel eingeschlossen wird. Wenn wir es nicht so machen würden, könnte sich der Nebel auf die gesamte Basis oder auf diesen Stadtteil oder sogar die ganze Stadt ausdehnen … und wir würden riskieren, dass sich der Nebel auf die gesamte Erde herabsenkt.«

»Danke für den interessanten Vortrag«, unterbricht ihn der Zweite Kommandant. »Ich habe fünf Jahre lang Chronowissenschaften studiert und in Chronotechnologie promoviert«, fügt er hinzu. »Doch Ihre Ausführungen erklären nicht, warum die Einsätze von Micaela Falco ständig scheitern.«

Micaela ballt so fest die Fäuste, dass ihre Fingernägel in die Handflächen einschneiden.

»Dazu komme ich gleich, Zweiter Kommandant«, erwidert Jerry, der errötet ist, weil er getadelt wurde. »Data, schickst du mir bitte die neuesten Projektionen auf die Bildschirme?«

Eine Vielzahl von Grafiken erscheint.

»Als wir erkannt haben, dass auch Micaelas zweite Mission schiefgelaufen ist, haben wir eine Reihe von Gegenkontrollen vorgenommen und dabei etwas sehr Seltsames entdeckt. Data, markierst du bitte die Grafik Nummer eins?«

Das Bild wird vergrößert und nimmt nun die Mitte jedes Bildschirms ein.

»Das hier zeigt die Zunahme des Nebels in unserer Gegenwart ab Stunde null an. Wie ich euch bei unserer letzten Besprechung schon sagte, ist der Nebel dichter als sonst. Aber schaut euch mal das hier an …«

Eine Säule leuchtet rot auf. Sie entspricht der Uhrzeit 14 Uhr 13.

»Das ist eine wichtige kleine Vertikale, sie zeigt eine plötzliche Zunahme des Nebels an. Gewöhnlich kommt es zu derartigen Spitzen, wenn der Zeitagent auf dem Feld erscheint und beginnt, auf die Vergangenheit einzuwirken. Aber Micaela war zu dieser Uhrzeit bereits seit einiger Zeit in die Gegenwart zurückgekehrt.«

Auf einen Wink von Jerry hin leuchtet eine andere Säule auf. »Hier, nach Micaelas zweitem Einsatz dasselbe. Eine unerwartete Spitze probabilistischer Interferenzen. Und ich bin noch nicht fertig, da ist etwas noch Interessanteres ...«

Die erste Säule der Grafik leuchtet auf.

Micaela liest die fett geschriebene Zeitmarke: »19 Mai, 11:56.«

»Das ist der Zeitpunkt, als in Bologna die Bombe explodiert ist«, erklärt Jerry. »Wenn die Stoppuhr zu laufen beginnt, registriert MARIE die probabilistischen Felder. Und diese Spitze zeigt an, dass zur Stunde null bereits nennenswerte Zeitwellen bestanden. Mit anderen Worten: Die Explosion der Bombe ist bereits in Nebel gehüllt.«

»Aber das ist nicht möglich!«, widerspricht die Kommandantin. »Der Nebel kann erst dann entstanden sein, als Micaela das erste Mal in die Vergangenheit gereist ist.«

»Das stimmt«, bestätigt die Agentin. »Um 11 Uhr 56 war ich noch zu Hause und wusste nichts von diesem Ereignis.

Und ganz sicher hatte ich da nicht vor, in die Vergangenheit zu reisen.«

»Genau.«

»Deshalb hätte da noch kein Nebel sein dürfen. Kein bisschen. Null Prozent«, betont Micaela.

Der Analyst schaut Data an, beide nicken.

»Es passiert hier etwas sehr Seltsames, Herrschaften. Die Parameter spielen verrückt und wir haben keinerlei Hinweise darauf, warum das so ist. Es ist beinahe so, als würde die Vergangenheit versuchen, sich unserer Kontrolle zu entziehen.«

18

Donnerstag, 18. Mai, 21:34
14 Stunden und 22 Minuten vor Stunde null

Ron und Gimbo springen aus dem Flugzeug und rasen im freien Fall durch die Luft. Die zerstörte Stadt unter ihnen wird immer größer. Sie ist ihr Ziel. Gimbo nimmt Kurs auf das Stadion, das am eindeutigsten identifizierbare und gleichzeitig am stärksten zerstörte Bauwerk. Die von den Geschossen irgendeines Kriegs hinterlassenen Löcher in den Wänden sind deutlich zu sehen.

»Bist du sicher?«, fragt Ron.

»Vertrau mir, dort unten finden wir jede Menge neuer Waffen.«

»Dort finden wir auch unsere Feinde«, gibt Ron zu bedenken, doch die Entscheidung ist bereits gefallen.

Sie öffen ihre Fallschirme und Gimbo lenkt seinen auf die Tribünen zu, während Ron, der den Wind nicht miteinberechnet hat, fortgetrieben wird und mitten auf dem Parkplatz landet. In offenem Gelände.

»Was machst du denn?«, ruft ihm sein Freund über den Kopfhörer zu. »Da erwischen sie dich auf jeden Fall!«

Er hat nicht unrecht, denn noch bevor Ron den Boden berührt, wird er beschossen. Die Feinde haben sich irgendwo rechts von ihm versteckt, doch als Ron das Gesicht in ihre Richtung dreht, wird er von der Sonne geblendet und kann sie nicht erkennen. Er rollt sich auf dem Teer ab, befreit sich vom Fallschirm, rennt los und schießt unterwegs mehrmals mit seinem Maschinengewehr.

»Gimbo, komm und hilf mir …«

»Heißt das, ich soll zusammen mit dir Selbstmord begehen?«

Ron hechtet hinter das Wrack eines Eiswagens und späht hinter dessen Ecke hervor. Aber alles, was er sieht, ist eine Handgranate, die in hohem Bogen auf ihn zufliegt. Gleich darauf füllt grelles gelbes Licht den Monitor und die Worte *DU BIST TOT!* blitzen auf.

Puh.

»Los, Gimbo«, sagt Ron. »Hör du auch auf, wir spielen noch mal.«

»Hm«, erwidert sein Freund, der nicht aufgehört hat zu schießen. »Hängt davon ab.«

»Wovon?«

»Von dir«, erwidert Gimbo. »Hast du wirklich Lust mitzumachen, oder nicht? Heute Abend spielst du wie eine ausgestopfte Krähe.«

Eine ausgestopfte Krähe ist in Gimbos persönlichem

Slang ein hoffnungsloser Fall. Und tatsächlich kann sich Ron an diesem Abend nicht so recht auf ihrer beider Lieblingsspiel konzentrieren.

»Es ist, weil ...«

»Was?«

»Enrico Neri.«

Auf den Monitoren setzt Gimbo zu einer gewagten Flucht an, verfolgt von zwei Milizionären mit Pumpguns. Mit einem Glückstreffer liquidiert er den einen, doch der andere erledigt Gimbos Figur mit einem Kopfschuss. Nun ist auch für ihn das Spiel vorbei: Sie sitzen beide im Wartesaal des Spiels.

»Was soll mit Enrico Neri sein?«

»Mir ist heute etwas mit ihm passiert.«

In Wahrheit mehr als »etwas«. Am Vormittag hatte Enrico Anstalten gemacht, Ron die Kehle durchzuschneiden, am Nachmittag hatte er ihn umarmt wie einen alten Freund und zweihundertfünfzig Euro aus seiner Tasche fallen lassen, ohne es zu bemerken. Dann war Ron zu ihm nach Hause geradelt, um ihm das Geld zurückzugeben, und war dort anstatt Enrico dem schönsten Mädchen der Welt begegnet. Dem als Dienstmädchen verkleideten schönsten Mädchen der Welt, das ihn weggejagt hatte. Und er, Ron, hatte ihr nachspioniert. Doch kurz darauf war sie einfach verschwunden. Und er hatte die Alarmanlage ausgelöst und war geflohen wie ein Dieb.

Alles in allem also eine eher komplizierte Geschichte

und Ron weiß nicht, wo er mit dem Erzählen anfangen soll.

Gimbo lässt seine Spielfigur, einen muskelbepackten, zwei Meter großen Afroamerikaner, um Rons Spielfigur herumtanzen.

»Was war denn heute mit Enrico? Hast du dich plötzlich in ihn verliebt und ihr habt im Klassenzimmer rumgemacht? Weißt du, mir kannst du es sagen, ich finde, man darf lieben, wen man will, Hauptsache, ihr werdet glücklich …«

»Hör mit dem Schwachsinn auf«, unterbricht ihn Ron. »Es geht darum … Also, ihm sind zweihundertfünfzig Euro aus der Tasche gefallen und ich habe sie aufgehoben.«

»Wow! Und hat er es gemerkt? Dass er sie verloren hat, meine ich.«

Ron schüttelt den Kopf. »Ich glaube nicht …«

»Dann behalt sie doch. Der weiß gar nicht, wohin mit all seinem Geld. Für ihn ist es, als würde er fünfzig Cent verlieren. Wo hast du das Geld denn gefunden? Am Boden? Dann gehört es dem, der es als Erster gesehen hat … Du könntest die Gelegenheit nutzen und deinem lieben Freund Gimbo ein schönes Geschenk machen. Wie wäre eine neue *skin* für meine Spielfigur?«

Vielleicht sollte ich ihm alles erzählen, überlegt Ron, doch er beißt sich zum tausendsten Mal an diesem Abend auf die Unterlippe.

Es gibt Dinge, die man nicht einmal seinem besten

Freund erzählen kann. Wenn man zum Beispiel der Liebe seines Lebens begegnet ist, die jedoch über ähnliche Superkräfte wie Ant-Man verfügt oder zumindest über einen Superanzug, der es ihr ermöglicht, auf winzige Dimensionen zu schrumpfen und sich hinter einer Rolle Toilettenpapier zu verstecken. Denn wie sollte sie, verflixt noch mal, sonst aus dem Badezimmer entkommen sein?

Ron weiß, was er gesehen hat, da ist er sich sicher. Hundertprozentig.

»Hör mal«, sagt er. »Ich muss ihm das Geld zurückgeben.«

»Auch gut. Dann gibst du es ihm eben morgen, in der Schule.«

Eine logische Antwort, aber Ron spürt, dass sie in diesem Fall falsch ist. Micaela war in Enricos Haus mit irgendetwas beschäftigt. Je länger er darüber nachdenkt, desto überzeugter ist er, dass es nichts mit Putzen zu tun hatte. Es war einfach zu seltsam ... oder vielmehr sie: Sie war einfach zu seltsam.

Irgendetwas war da im Gange.

Er muss Enrico finden. Mit ihm reden.

Damit er ihn dieses Mal wirklich umbringt?

Ja, es ist riskant. Vielleicht. Und doch glaubt Ron nicht, dass ihm wirklich etwas passieren könnte. Oder zumindest hofft er es.

»Weißt du was?«, sagt er. »Ich fahr schnell los und bringe es ihm. Ich radle zu ihm nach Hause. Zur Villa Neri.«

Gimbos Figur auf dem Monitor bekommt einen Lachanfall. »Willst du dich wirklich mit dem Rad die steile Via dell'Osservanza hinaufquälen? Mal abgesehen davon, dass du ihn höchstwahrscheinlich gar nicht zu Hause antreffen würdest.«

»Warum?«

»Weil Camillas Eltern die Besitzer dieses Parkcafés in den Giardini Margherita sind. Du weißt schon, *Le Serre*, das Gewächshaus. Oder vielleicht sind sie auch nur Freunde der Besitzer, so genau weiß ich es nicht. Tatsache ist, dass Enrico sich abends dort immer mit seiner Süßen trifft.«

»Woher weißt du denn das?«

»Paolo hat es mir erzählt.«

»Seit wann redest du mit dem?«

»Seit er Baseball spielt und in meiner Mannschaft gelandet ist. Aber …«

Ron wird niemals erfahren, was Gimbo ihm noch sagen will, denn auf einmal wird ihm dessen Stimme zusammen mit dem Kopfhörer von den Ohren gerissen.

Auch ohne sich umzudrehen, weiß er, wer das getan hat: die breiten, mit reichlich Hornhaut und Ölresten versehenen Hände seines Vaters.

»Hey, Pa.«

»Von wegen *hey, Pa*. Darf man wissen, was du da machst?«

»Ich spiele mit Gimbo.«

»Ja, klar.« Rons Vater dreht sich um und schaltet das Licht ein. (Ron spielt immer im Dunkeln.) Dann setzt er sich auf die Kante des Schreibtischs, der unter seinem Gewicht knarzt. Rons Vater ist ein sehr großer und kräftiger Mann. Jemand, der für sein Alter ein bisschen zu gerne isst. »Also, Ronaldo. Was ist mit dir los?«

Ron hebt eine Augenbraue. »Wie meinst du das?«

Sein Vater macht es sich auf dem Schreibtisch bequem und stößt dabei einen Becher voller Stifte um. Er beugt sich Ron entgegen. »Deine Mutter sagt, dass du heute Nachmittag plötzlich verschwunden bist. Und als du zurückgekommen bist, saßen wir mitten beim Abendessen und du hast völlig fertig ausgesehen. Du hattest niemandem gesagt, dass du später kommen würdest. Du hast nicht mal bemerkt, dass das Essen schon kalt war, und hast dich dann hier in deinem Zimmer eingeschlossen, um vor dich hin zu wichsen ... Ich verstehe dich ja gut, in deinem Alter ist masturbieren etwas völlig Normales, aber man sollte es auch nicht übertreiben, verstehst du?«

Ron würde am liebsten in seinem Stuhl versinken. »Papa, ich habe wirklich mit Gimbo gespielt, der außerdem immer noch mit mir verbunden ist und deshalb alles mitgehört hat.«

Gimbo, oder besser dessen sportlicher afroamerikanischer Avatar, verneigt sich auf dem Bildschirm und hebt grüßend eine Hand.

Rons Vater schaut ihn an. »Ach. Grüß Fabrizio von mir

und schalt das Ding aus.« Dann wendet er sich wieder seinem Sohn zu: »Warum kommst du nicht rüber zu uns, Ron? Deine Schwester und ich schauen uns den Anfang der Championship an …«

Stimmt, denkt Ron, es ist halb zehn und das Spiel hat schon vor einer Weile angefangen. Unglaublich, dass sein Vater Inter im Stich gelassen hat, um zu ihm zu kommen und mit ihm zu reden. Wer weiß, wie seine Mutter ihn dazu gebracht hat.

Ron ist beinahe gerührt. »Papa, ich bin für Bologna, das weißt du doch.«

»Aber …«

Ron dreht sich auf seinem Stuhl, angelt nach den Schuhen, die er abgestreift hatte, und zieht sie an. »Ich würde wahnsinnig gerne mit euch das Spiel anschauen, aber ich kann nicht. Ich muss noch mal los.«

»Um diese Uhrzeit?«

»Ja, leider, es muss sein. Ein Freund von mir … Er hat seinen Geldbeutel verloren und ich habe ihn gefunden. Ich muss ihm das Geld bringen …«

»Sag mir die Wahrheit …Triffst du dich mit einem Mädchen? Hast du eine Freundin?«

Ron muss an Micaela denken, aber wenn er schon nicht den Mut hatte, Gimbo von ihr zu erzählen, dann wird er sich jetzt sicherlich nicht seinem Vater anvertrauen. Das wäre … *peinlich*. Auf gar keinen Fall aber will er zu Hause bleiben, um sich das x-te Spiel anzuschauen und dazu

Popcorn zu essen. Von dem Buttergeruch, der aus dem Wohnzimmer herüberweht, ist ihm schon ganz schlecht.

»Ich bin gleich wieder zurück, das schwöre ich.«

Ron weiß, dass alles eine Frage der Schnelligkeit ist. Wie bei den Videospielen. Dem Feind keine Zeit zum Nachdenken lassen, damit er nicht begreifen kann, was gerade passiert. Ihm keine Möglichkeit geben zu reagieren.

Er grinst seinen Vater verlegen an, wie um ihn um Entschuldigung zu bitten, läuft an ihm vorbei, flitzt durch die Tür, quer durch das Wohnzimmer, wo seine Schwester mit einem blau-schwarz gestreiften Schal auf der Couch sitzt.

»Wo willst du hin?«, fragt die Mutter.

»Bin gleich wieder da«, antwortet Ron hastig. »Macht euch keine Sorgen.«

Und bevor ihn jemand aufhalten kann, rennt er schon im dunklen Treppenhaus die Stufen hinunter.

Freitag, 19. Mai, 21:51
9 Stunden und 55 Minuten nach Stunde null

Micaela betritt allein die Cafeteria von Sektor Lila. Obwohl es ein fensterloser Raum ist, der sich in sechzehn Metern Tiefe unter der Erde befindet, wirkt er luftig und angenehm und erinnert ein bisschen an New Yorker Cafés: Es gibt Holztischchen und Ledersofas, einen Billardtisch und eine Kochecke mit Mikrowelle, in der man sich die gruseligen Fertiggerichte heiß machen kann, die im Tiefkühlschrank lagern.

Als das Team in die Kapsel eintrat, wurde dieser gesamte Bereich der unterirdischen Basis versiegelt, sodass nur sie sich hier aufhalten können. Die Cafeteria ist so etwas wie das schlagende Herz des Sektors, in stärkerem Maße als der Transfersaal oder das Besprechungszimmer. Hier ist der Ort, an dem man für eine Weile dem Druck entkommt, sich wirklich entspannen kann.

Major Coleman isst gemeinsam mit der Adjutantin Major Liz Weber. Er lächelt und redet, und Liz lacht ab und zu schrill auf. Es sieht ganz so aus, als würden die beiden miteinander flirten. Sie fordern die Agentin nicht auf, sich zu ihnen zu setzen, aber Micaela hätte sowieso keine Lust, an einem Tisch mit zwei Vorgesetzten zu essen. Oder zumindest nicht mit diesen beiden.

Sie geht zu dem Tiefkühlschrank, öffnet ihn und nimmt sich aus dem obersten Fach eine Pizza. Als Italienerin fällt es Micaela nicht leicht, diese mit rotem und weißem Zeug belegte Scheibe als »Pizza« zu bezeichnen, doch sie weiß aus Erfahrung, dass sie wesentlich besser schmeckt als die Lasagne, das Gulasch oder das Fischcurry. Sie legt die Scheibe in die Mikrowelle und lässt sich auf einem Sofa am gegenüberliegenden Ende des Raums nieder, vor dem Fernseher.

Der an der Wand aufgehängte Bildschirm ist mit einer Database voller alter Filme verbunden, die von einem Zufallsgenerator ausgewählt werden. Gerade läuft *Die Glücksritter* und sie sieht die Szene, in der ein als Weihnachtsmann verkleideter Dan Aykroyd ein riesiges Lachsfilet vom Büffet klaut, um es sich unter die Jacke zu stopfen.

Die Glücksritter ist der Lieblingsfilm ihres Vaters, der sich, komme, was wolle, an Heiligabend nach dem Essen aufs Sofa fallen lässt und sich diesen Film von Anfang bis Ende anschaut. Er lacht bei jeder Pointe.

Micaela hat sich deshalb immer über ihn lustig gemacht, ein Pilot wie er müsste doch eher *Top Gun* oder so was in der Art mögen, doch ihr Vater versichert ihr jedes Mal, dass *Die Glücksritter* viel besser sei. Und obwohl sie diesen Film insgeheim immer gehasst hat, schaut sie ihn sich jetzt gerne an, denn er erinnert sie an zu Hause und an die Zeit, als sie eine Gymnasialschülerin war, wie Enrico, wie Ron, und sich am Heiligabend nach dem Essen mit Freundinnen getroffen hat, um gemeinsam heiße Schokolade zu trinken, zu reden und zu lachen.

Seither sind nur einige wenige Jahre vergangen und doch erkennt sie sich in jenem Mädchen nicht mehr wieder. Denn inzwischen ist sie Leutnant der Luftwaffe und zu einer Spezialeinheit abkommandiert. Sie lebt mit einer Frau zusammen, in die sie verliebt zu sein glaubt. Wann genau ist sie erwachsen geworden, wann ist ihr das passiert? Vielleicht war es gar kein präziser Moment, es geschah einfach, nach und nach. Ron, zum Beispiel ist es noch nicht passiert, aber es wird bald so weit sein und … Warum denkt sie eigentlich gerade an ihn? Er ist doch nur ein Vergangener, ein Element ihrer Mission.

Ein Attentäter.

Sie dürfte gar nicht über ihn nachdenken.

Micaela holt sich ihre Pizza und fängt an zu essen. Die Schiebetür geht auf und die Kommandantin und der Analyst treten ein.

»Dürfen wir uns zu dir setzen?«, fragt die Generalin und nimmt gegenüber von Micaela Platz. Jerry, der Analyst, tut es ihr nach und stellt sein Tablet auf dem Tischchen ab.

Als er ihre halb gegessene Pizza sieht, fragt er: »Darf ich mir ein Stück nehmen?«

Micaela nickt. »Gibt es Neuigkeiten?«

»Wir haben einen neuen Eintrittspunkt gefunden«, sagt die Kommandantin. »In einer knappen halben Stunde. Schaffst du das?«

Sie gibt sich nicht die Mühe, leise zu sprechen. Alles, was innerhalb des Teams geschieht, dürfen alle mitbekommen, sie haben keine Geheimnisse voreinander.

»Ja, ich schaffe es«, antwortet Micaela. »Aber glaubt ihr, dass es jetzt funktionieren wird?«

»Die Prognosen von MARIE sind vielversprechend«, sagt Jerry mit vollem Mund. »Laut Computer wird Enrico einen Nervenzusammenbruch haben, besser gesagt, er hatte ihn schon, gestern Nacht, um genau 22 Uhr 17. Diese Krise bringt ihn dazu, aus einem Lagerraum seines Vaters Sprengstoff zu stehlen und ihn in die Schule mitzunehmen.«

Micaela denkt an den bildschönen jungen Mann, der kurz davor stand, einem Mitschüler die Kehle durchzuschneiden. Ihr kommt es eher vor, als hätte er den Nervenzusammenbruch bereits gehabt, und zwar schon vor einiger Zeit.

»Und was soll um genau 22 Uhr 17 passieren?«, erkundigt sie sich.

Der Analyst hält ihr das Tablet hin, auf das er ein neues Dossier geladen hat.

»Versuchen wir mal, uns in Enrico hineinzuversetzen. Er ist sehr intelligent und begabt und bisher ist sein Leben in geraden Bahnen verlaufen. Vielleicht zu gerade. Er wurde mit Erwartungen beladen, mit Vorstellungen von einer glücklichen Zukunft vollgestopft, mit der Idee aufgezogen, dass Erfolg etwas ist, das ihm zusteht. Dann beginnt alles schiefzulaufen. Ein Skandal wird aufgedeckt, der Vater haut ab, die Schule entwickelt sich zur Katastrophe, die Freunde halten Abstand, die Mutter verfällt dem Alkohol und lässt ihn schließlich ganz im Stich. Ganz schön viel Scheiße auf einmal, findet ihr nicht? Entschuldigt bitte, dass ich ›Scheiße‹ gesagt habe.«

»Hauptsache, du kommst mal zum Punkt«, ruft ihn die Kommandantin zur Ordnung.

»Ja, klar, ich wollte sagen … Das ist ganz schön viel, mit dem er fertigwerden muss. Zumal für einen Teenager. Was bleibt ihm denn noch? Doch nur seine Freundin. Camilla De Marinis. Laut unserem Dossier ist sie die Letzte, die an seiner Seite geblieben ist … Bis gestern Abend eben. Um 22 Uhr 17.«

»Was ist denn passiert?«, fragt Micaela.

»Die beiden treffen sich in einer Bar in Bologna, sie reden miteinander und streiten sich. Camilla lässt ihn stehen, knallt die Tür hinter sich zu und Enrico schickt sie zum Teufel. Dann geht er an den Tresen und bestellt sich ein Bier.«

»Ist er nicht erst sechzehn?«, fragt die Kommandantin.

»Ja, aber er kennt die Barkeeperin und sie macht für ihn

eine Ausnahme. Jedenfalls … Als er zu dem Tisch zurückkehrt, an dem er mit seiner Freundin saß, sieht er Camillas Handy am Boden liegen. Er hebt es auf, entsperrt es, weil er ihren Zahlencode kennt, und *WRUMMS!*«

Micaela seufzt. Es wäre ihr wesentlich lieber, wenn Jerry ihr das, was sie wissen muss, kurz und knapp berichten würde. Sie braucht die nackten Fakten, und nichts anderes.

»*WRUMMS*?«

»Enrico klickt um 22 Uhr 17 auf Google Foto, die genaue Uhrzeit wissen wir, weil sie vom Server abgespeichert wurde, und fängt an, sich die Fotos seiner Freundin anzuschauen. Und entdeckt … Also, das ist wirklich nicht leicht zu verdauen … Er entdeckt eine Serie von Fotos, die Camilla zusammen mit seinem Vater zeigen.«

Jerry hat die Bilder auf das Tablet geladen.

Camilla ist ein sehr hübsches Mädchen, das jünger als sechzehn wirkt. Auf einem Foto sitzt sie in einem Cocktailkleid an einem Restauranttisch, auf einem anderen trägt sie einen Bikini und befindet sich an Bord einer Jacht. Stets bei ihr ist ein Mann mit dichtem grauen Haar, der sie wie etwas umarmt, das ihm gehört. Die scharf geschnittenen Gesichtszüge und die Form der Augen ähneln stark denen seines Sohnes Enrico.

»Es gibt noch explizitere Bilder, aber die erspare ich euch«, sagt Jerry. »Tatsache ist, dass Signor Neri die Freundin seines Sohnes zu seinen Sex-und-Drogen-Partys einlud. Ein ekelhafter Vater, findet ihr nicht auch?«

»Was für uns wichtig ist«, fasst die Kommandantin zusammen, »ist, dass Enrico diese Bilder gesehen hat und seelisch total aus dem Gleichgewicht geraten ist. Deswegen wollen wir durch den kommenden Einsatz verhindern, dass Enrico diese Bilder sieht.«

Sonnenklar, denkt Micaela.

»Der Plan ist also relativ einfach: Du wirst um genau 22 Uhr 14 in die Vergangenheit eintreten, also drei Minuten bevor Enrico an seinen Tisch zurückkehrt. Du landest in der Abstellkammer der Bar. Sie heißt *Le Serre*, weil sie wie ein Gewächshaus aussieht.«

Jerry ruft den Grundriss des Lokals auf und zeigt ihn Micaela, während die Kommandantin fortfährt: »Enricos Tisch ist der hier.« Auf dem Tablet leuchtet ein kleiner Punkt auf. »Der Junge dagegen wird hier sein …« In der Nähe der Theke erscheint ein weiterer leuchtender Punkt. »Er wird alleine sein und seinem Tisch den Rücken zukehren, deshalb kann er dich nicht sehen. Du gehst zu seinem Tisch, bückst dich, hebst Camillas Handy auf, verlässt die Bar und zerstörst das Handy, indem du mit einem Stein draufschlägst oder was sich sonst anbietet. Dann wirfst du es in einen Mülleimer und kehrst hierher zurück.«

Jerry grinst. »Kein Handy, keine kompromittierenden Fotos. Keine Fotos, kein Nervenzusammenbruch … und deshalb auch keine Bombe. Wieder einmal die Welt gerettet.«

Micaela schaut den Analysten an und denkt, dass sie

gern auch so viel Vertrauen in ihre Mission hätte. Würde eine so unbedeutende Aktion tatsächlich genügen, um eine Katastrophe zu verhindern?

Sie hofft es wirklich.

»Vorhin im Besprechungsraum hast du gesagt, dass dieser seltsame Nebel aufgekommen ist, bevor wir in die Kapsel eingetreten sind. Bist du dir da sicher?«, fragt sie. »Wie beunruhigend ist das?«

Der Analyst zuckt mit den Schultern, die Kommandantin seufzt. »Sehr. Es handelt sich um eine äußerst problematische Situation ... Ich hätte gerne Hilfe von außen erbeten, aber ich fürchte, wenn wir unsere Kapsel durchbrechen, könnte alles noch schlimmer werden. Jetzt machen wir erst einmal weiter wie bisher. Wie Jerry schon sagte, sind die Prognosen für diesen neuen Einsatz sehr ermutigend.«

»Eine neunundachtzigprozentige Wahrscheinlichkeit, dass alles so läuft wie geplant«, bestätigt der Analyst. »Für einen dritten Einsatz innerhalb einer Mission ist das nicht schlecht ... Jedenfalls ist es die beste Karte, die wir spielen können.«

»Wir können es uns nicht leisten zu scheitern«, stellt die Kommandantin abschließend fest.

Vielleicht soll das ja ermutigend klingen, doch Micaela beschleicht eher ein unangenehmes Gefühl, so etwas wie eine böse Vorahnung.

Wird MARIE, der Supercomputer, recht behalten?

Wird der Plan dieses Mal funktionieren?

Sie weiß nicht warum, aber sie kann einfach keinen Optimismus aufbringen.

Auf dem Fernseher über ihnen an der Wand steigt der als Weihnachtsmann verkleidete Dan Aykroyd aus einem Bus aus und bleibt auf dem Bürgersteig stehen. Er wirkt verzweifelt. Als er auf seine Füße hinunterschaut, sieht er, dass ein Hund ihn anpinkelt. Gleich darauf fängt es an zu regnen. Er zieht aus der Innentasche seiner Weihnachtsmannjacke eine Pistole und richtet sie gegen seinen Kopf.

Dann schießt er.

21

Donnerstag, 18. Mai, 22:03
13 Stunden und 53 Minuten vor Stunde null

Enrico spricht langsam. Seine Sätze klingen wirr und undeutlich, das Bier ist daran schuld, er hat schon zwei große Gläser getrunken und würde sich gerne ein drittes holen.

»Dann bin ich zurück nach Hause«, sagt er. »Ich war müde und hatte Huuunger, sooo fuuurchtbaren Hunger ... Ich hääätte wer weiß was gegessen ...«

Camilla und er sitzen an einem kleinen Tisch in der Ecke des Lokals, das früher ein Gewächshaus war.

Es ist relativ voll, Leute um die dreißig, die noch etwas trinken, bevor sie nach Hause gehen, und Studenten und Dozenten von der Uni, die ihren Abend hier ruhig angehen lassen, mit der Perspektive, bis in die frühen Morgenstunden durchzumachen.

»Uuund da war der Zettelll ...«, fährt Enrico fort. »Von meiner Muuutter, dieser Schlllampe. Siiie is' weg, versteeehst du? Sie hat mich allllein gelllassen ...«

Camilla nickt verständnisvoll. Dann klingelt ihr Handy, das sie auf den Tisch gelegt hat, neben die beiden Gläser. Ohne nachzudenken, beugt sie sich darüber, um auf das Display zu schauen, und muss kichern.

»Waaarum ... lllachst du?«

»Giulia hat mir etwas geschickt. Schau nur, wie süß!« Sie hält ihm das Handy hin: Auf dem Display sieht man einen auf dem Rücken liegenden Hund und eine Frau, die einen Staubsauger auf seinem Bauch hin und her gleiten lässt. »Ist das nicht niedlich?«

Der Junge schiebt die Hand mit dem Handy weg und für einen Moment übernimmt der andere Enrico die Kontrolle, beherrscht seinen Körper, veranlasst ihn aufzuspringen. »Ich erzähle dir gerade ... Meine Mutter hat mich verlassen ... Und dich interessiert nur der Scheiß von Giuliaaah?«

Er bleibt aufrecht stehen, so gut wie er in seinem Zustand aufrecht stehen kann, während sich Giulias bildhübsches Gesicht verzieht.

»Giulia ist meine Freundin und ihre Nachricht ist nett.«

»Aaaber meine Mama ...«

»Deine Mama, deine Mama«, erwidert sie genervt. »Ich weiß, dass du gerade eine schwierige Zeit durchmachst, das habe ich schon verstanden, aber es ist doch keine Tragödie, dass deine Mutter für ein paar Tage weggefahren ist. Ganz im Gegenteil. Sie hat dir eine Kreditkarte zurückgelassen. Und du hast das Haus ganz für dich allein. Ich fände das toll. Wir könnten in aller Ruhe bei dir zu Hause chillen, Party machen …«

Der andere Enrico schaut sie mit blutunterlaufenen Augen an. Seine Stimme ist jetzt so spröde wie zerbrochenes Glas.

»Fuck, was redest du da?«

»He, hörst du mal auf, so aggressiv zu sein?« Nun steht auch Camilla auf. »Du bist unerträglich geworden, Enrico. Heute nach der Schule habe ich dich geküsst und es kam mir vor, als würdest du dich vor mir ekeln. Jetzt stinkst du nach Bier und jammerst die ganze Zeit … Du willst nicht, dass ich mit zu dir komme? Schön, dann eben nicht. Und weißt du was? Ich komme nie wieder zu dir, wir lassen das mit uns einfach.«

Sie dreht sich um und geht. Enrico versucht, sie aufzuhalten, aber es gelingt ihm nur, sein Bierglas umzustoßen, das über den Tisch rollt, ohne zu zerbrechen. Er will Camilla hinterherlaufen, doch sie hat schon zu viel Vorsprung. Er sieht, wie sie die Tür der Bar öffnet und hinaus in die Nacht geht. Er könnte sie verfolgen, aber er ist sich nicht sicher, ob er in der Lage wäre, sie einzuholen. Auch weiß er nicht, was der andere Enrico täte, wenn es ihm gelänge. Inzwischen hat er Angst vor sich selbst.

Er lässt sich auf den Stuhl fallen. »Schlllampe«, lallt er vor sich hin.

Er stellt das umgefallene, leere Bierglas auf und fragt sich, was mit solch einem Objekt aus Glas passieren würde, wenn plötzlich das Lokal in die Luft flöge. Überall scharfe Scherben … Nein, nein, nein! Schluss damit! Er darf so etwas nicht mehr denken! Vielleicht hilft noch ein bisschen Bier … Ja, das ist genau das, was er jetzt braucht.

Er schwankt zur Theke. »Ein Bbbier!«

Die Barkeeperin ist eine Zwanzigjährige mit grün-gelbem Haar. Unter dem ärmellosen Top kommen die tätowierten Schultern gut zur Geltung.

»Hast du heute Abend nicht schon genug getrunken?«

»Ich willl …«

Enrico verstummt, weil irgendwo in der Nähe ein Handy läutet. Das Signal ist ein K-Pop-Song, ziemlich laut. Camilla liebt dieses Gedudel. Enrico hasst es.

»Ich willl … ein Bbbier.«

Die Barkeeperin schüttelt den Kopf. »Hör mal, ich will keinen Ärger, und wenn du hier betrunken rausgehst, dann bekomme ich den mit Sicherheit. Geh nach Hause, ja? Und Auto fahren solltest du jetzt auch nicht mehr.«

Ein Typ, der allein an einem Tisch sitzt und trinkt, hebt den Kopf. »Macht mal jemand das Handy da aus?«

Tatsächlich läuft der K-Pop-Song weiter und wird immer lauter. Es ist *unerträglich*.

»Wenn du mir was sssu trinken gibbbst, sssahl ich dir dasss Dopppelte«, erwidert Enrico und legt seine Kreditkarte auf die Theke.

Die junge Frau ignoriert ihn und wendet sich stattdessen an die Gäste: »Kann da bitte mal jemand rangehen?«

Das Lied bricht ab, alle atmen erleichtert auf. Einen Augenblick lang ist Ruhe, doch dann fängt der Song von Neuem an.

»Oh, gütiger Himmel!«, stöhnt die Barkeeperin.

»Du, das ist das Handy von dem Jungen hier«, sagt der Typ und weist zu dem Tisch, an dem Enrico kurz zuvor gesessen hat. Er steht auf, bückt sich und nimmt das Handy. Es ist das von Camilla.

»Gehört es dir?«, fragt er Enrico und hält es ihm hin.

»Ja …«

»Dann gehst du vielleicht mal ran, anstatt uns hier alle zu nerven. Was ist los, bist du besoffen?« Er schaut die Barkeeperin an. »Ist der nicht noch ein bisschen zu jung, um sich hier volllaufen zu lassen?«

»Er ist achtzehn«, gibt die junge Frau zurück.

»Hast du dir den Ausweis zeigen lassen?«

»Ich habe mir angeschaut, was ich mir anschauen muss, und das geht dich überhaupt nichts an.«

Während die beiden miteinander streiten, starrt Enrico benommen auf das Display von Camillas Handy. Die Nummer, die da angezeigt wird, kennt er nicht, und der Anrufer gibt endlich auf.

Enrico betrachtet das Handy, als wäre es ein Omen. Es muss ihr heruntergefallen sein, als sie aufgestanden ist. Und wenn sie nicht angerufen worden wäre, hätte er das nicht einmal gemerkt.

»Hör mal«, sagt die Barkeeperin. »Hier ist eine Cola für

dich. Die geht aufs Haus, aber wenn du die ausgetrunken hast, verschwindest du.«

In Gedanken versunken nimmt Enrico das Glas entgegen und kehrt mit dem Handy in der Hand zu seinem Tisch zurück. Jetzt hat ihn also auch Camilla verlassen. Genau wie sein Vater und seine Mutter und seine Freunde und alle anderen. Oder … Es ist nicht das erste Mal, dass das passiert, wahrscheinlich überlegt sie es sich noch mal. Er wird ihr das Telefon zurückgeben und sie wird …

3-4-4-1-4-1. Das ist der Code, mit dem sie ihr Handy entsperrt. Enrico hat ihr tausendmal dabei zugesehen, aber er wusste bis jetzt gar nicht, dass er ihn auswendig weiß.

Er gibt die Zahlen ein, und schon ist das Handy entsperrt. Camis Handy, mit all ihren Nachrichten und Geheimnissen.

Während er nachschaut, welche Apps sie hat, überkommt ihn so etwas wie ein Schuldgefühl: Er dürfte nicht darin herumstöbern … Wenn Camilla merkt, dass sie ihr Handy verloren hat, zurückkommt und ihn dabei erwischt, dann …

Andererseits hat sie ihn wie einen Idioten stehen lassen. Als er ihr seine Probleme anvertraut hat, hat sie gelacht. Sie hätte ihm zuhören, wenigstens ein bisschen Anteilnahme vortäuschen sollen, anstatt nur an diesen Blödsinn zu denken, an Memes mit Hunden und Staubsaugern und ähnlichen Kram.

An all das denkt Enrico, während seine Fingerspitze das Icon von Google Foto berührt. Die Fotogalerie öffnet sich. Das erste Foto zeigt eine strahlende Camilla, die dem Objektiv einen Kussmund entgegenstreckt, während ihre Freundin Giulia sie von hinten umarmt.

Diese Giulia, das ist vielleicht eine Freundin …

Weitere Fotos. Sie und Enrico beim Skifahren. Fotos von Klassenkameraden. Von der Schule. Dann sieht Enrico noch ein Foto und er lässt das Handy fallen.

Das Gerät fällt mit dem Bildschirm nach oben, sodass Enrico gezwungen ist, dieses Foto ein zweites Mal zu sehen.

Das kann nicht wahr sein, denkt er.

Das.

Kann.

Nicht.

Wahr.

Sein.

Er drückt sich die Fingernägel so fest in die Handballen, dass Blut kommt. Noch tiefer. Noch tiefer.

Dann springt er von seinem Stuhl auf.

Donnerstag, 18. Mai, 22:12
13 Stunden und 44 Minuten vor Stunde null

Bologna kann eine furchtbare Stadt sein, zum Beispiel im Winter, wenn der Himmel tagelang grau bleibt, es ständig regnet und es überall muffig riecht.

Bologna kann eine teuflische Stadt sein, zum Beispiel im Sommer, wenn die roten Ziegelbauten in der Sonne glühen und die Bäume zusehends austrocknen.

Bologna kann aber auch herrlich sein, vor allem an einem Maiabend, wenn man sechzehn Jahre alt ist und mit aller Kraft auf ein Ziel zuradelt, ohne zu wissen, was einen dort erwartet.

So tritt Ron in die Pedalen und spürt die Kraft seiner Beine, die Spannung seiner Muskeln, das Blut, das schneller als sonst durch die Adern zu fließen scheint. *Irgendetwas* wird passieren, diese Vorahnung ist ein sehr intensives Gefühl, das ihn beherrscht, er kann es sich nicht erklären, aber es ist da, und es kreist um Enrico.

Enrico, Enrico, Enrico.

Für ihn ein Fremder, der zufällig drei Jahre lang zwei Schulbankreihen vor ihm saß, und von dem er sich jetzt auf unwiderstehliche Weise angezogen fühlt, wie ein Nachtfalter von einer Kerze.

Enrico.

Und Micaela.

Sie ist ebenfalls in die Sache verwickelt, auch wenn Ron nicht weiß, wie und warum.

Worin verwickelt?

Inzwischen ist Ron bei den Giardini Margherita angelangt, eine Parkanlage, die tagsüber das beliebteste Naherholungsgebiet der Innenstadt ist, ein Tummelplatz für Jogger, Eis schleckende Kinder und Picknickfans, um diese Zeit aber zu einem Ort der Stille geworden ist.

Er fährt durch das Tor. Es sind nur wenige Leute unterwegs, nur ein paar Polizeipatrouillen, die ihre Runden gehen, und die Nachtschwärmer, die zu einem der beiden Lokale im Park wollen oder sie gerade verlassen haben: das *Chalet* und *Le Serre*.

Ron radelt auf *Le Serre* zu, durch dessen Glasscheiben rosa- und orangefarbene Lichter schimmern. Er schiebt sein Rad in den Fahrradständer vor dem Lokal, schließt es ab und stellt fest, dass zwischen den geparkten Mofas und Motorrollern auch Enricos Elektroauto steht. (Man sieht nicht viele Exemplare dieses Modells, außerdem ist das von Enrico wunderschön, blau mit roten Türen.)

Mission erfüllt. Enrico ist tatsächlich hier.

Ron geht zur Tür, doch bevor er sie öffnet, fällt ihm ein, dass *Le Serre* ein Lokal für Erwachsene ist, für Leute, die schon einen Beruf haben oder zumindest studieren. Eigentlich gehört er nicht hierhin.

Sie werden ihn sofort als Minderjährigen erkennen, beim Eintreten aufhalten oder ihm Fragen stellen, auf die er keine Antwort weiß, und ihn fortschicken.

Aber was hat er zu verlieren? Im Grunde tut er ja nichts Böses. Schlimmstenfalls wird er unverrichteter Dinge nach Hause zurückkehren.

Entschlossener als zuvor macht Ron einen Schritt auf die Tür zu und zieht sie auf, und ausgerechnet Enrico schiebt sie von der anderen Seite nach außen, um das Lokal zu verlassen, und stößt Ron mit der Wucht eines Lkws um.

»Du schon wieder!«, brüllt er, als er den Jungen sieht. »Was willst du heute bloß von mir? Ständig läufst du mir über den Weg.«

Ron weiß keine gute Antwort auf diese Frage, aber ein Blick reicht, um zu erkennen, dass mit seinem Mitschüler irgendetwas nicht stimmt. Er sieht nicht mehr aus wie ein Renaissance-Engel, sondern erschüttert, hat gerötete Augen und wirres Haar.

»Ent… entschuldige«, stammelt Ron und will eigentlich noch etwas hinzufügen, doch Enrico lässt ihm keine Zeit und schubst ihn zur Seite, tritt beinahe auf ihn drauf. Er steigt in sein Elektroauto, schaltet die Scheinwerfer ein und fährt mit quietschenden Reifen davon.

»Und jetzt?«, fragt sich Ron.

Nur um Enrico zu treffen, hat er die halbe Stadt durchquert. Tatsächlich hat er ihn auch gesehen, doch die Begegnung ist überhaupt nicht so verlaufen, wie er es sich vorgestellt hatte. Nicht dass er gehofft hatte, irgendetwas zu erreichen oder zu erfahren, aber ... Was soll er jetzt tun? Enrico verfolgen? Als ob er mit seinem Rad eine Chance hätte, das schnelle kleine Auto einzuholen.

»He, du!«, ruft die Barkeeperin, eine junge Frau mit bunt gefärbten Haaren. »Komm doch mal her.«

Ron betritt das Lokal. Er schaut sich verloren um, während die Frau ihn anstarrt.

»Bist du ein Freund von Enrico?«

»Mehr oder weniger.«

»Dann kannst du ihn vielleicht davon abhalten, Auto zu fahren. Er hat getrunken.«

»Ich fürchte, dafür ist es zu spät«, antwortet Ron. »Er ist schon weg.«

»Mit dem Auto?«

»Ja.«

»Scheiße«, flucht die Barkeeperin. »Hoffen wir, dass ihm nichts passiert.«

Für sie ist die Angelegenheit damit erledigt und auch für Ron, in gewisser Weise. Was kann er jetzt noch tun? Er kann schlecht die Polizei anrufen und Enrico anzeigen.

Zum Glück ist die Villa von Enricos Eltern nicht weit von hier, mit etwas Glück wird er dort unversehrt ankommen. Das hofft er zumindest.

Ron schaut sich um, sieht die Leute, hört ihre Stimmen, das Klirren der Gläser, riecht den Duft des Brots, das in einem kleinen Backofen aufgebacken wird. Er merkt, dass er Hunger hat. Das hat mit Enrico und allem anderen nichts zu tun. Ihm wird bewusst, dass sein Abendessen schon länger als eine Stunde zurückliegt, was sich für einen Sechzehnjährigen ungefähr so lang wie ein halbes Erdzeitalter anfühlt.

»Gibt es bei euch auch Panini?«

Die Barkeeperin, die inzwischen wieder den Tresen abwischt, wirft ihm einen Blick zu und reicht ihm ein Menü. Es ist alles relativ teuer, doch Ron hat noch Enricos Geld in der Tasche und geht davon aus, dass dieser es ihm nicht übel nehmen wird, wenn er hier etwas davon ausgibt. Anscheinend hat der ohnehin gerade ganz andere Sorgen.

Also liest sich Ron das Menü in aller Ruhe durch und will sich schon fast für eine gefüllte Focaccia entscheiden, als am anderen Ende des Lokals eine Tür mit der Aufschrift *Privat* aufgeht und Micaela den Raum betritt.

Sie trägt Springerstiefel, hauteng Jeans mit großen Rissen an den Knien und einen Glitzerpulli. Geschminkt ist sie auch, mit schwarzem Eyeliner und violettem Lippenstift, damit wirkt sie älter und sehr selbstsicher.

Schön.

Ron fühlt sich etwas eingeschüchtert ... Aber dann sagt er sich, dass er sich auf keinen Fall so verhalten darf: Er ist kein Kind mehr und Micaela ist nicht die erwachsene Frau, als die sie sich ausgibt.

Also zwingt er sich zu lächeln und lehnt sich in einer Pose an den Tresen, die gleichzeitig lässig und interessiert wirken soll. »Wen haben wir denn da?«

Micaela bemerkt ihn und zuckt zusammen.

Sie wirkt erschrocken, deshalb hebt Ron beschwichtigend die Hände. »Hey, alles in Ordnung. Ich wollte nur ein Panino essen, ich will dir nicht auf die Nerven gehen.« Schnell fügt er noch hinzu: »Wenn du Enrico suchst, wirst du ihn hier nicht mehr finden. Er ist gerade weg.«

Micaela erstarrt. Es ist, als schaue sie durch Ron hindurch. Ron fällt auf, dass sie nicht gerade so aussieht, als würde es ihr gut gehen ... Sie zittert. In einer so warmen Nacht?

»Hast du gehört, was ich gerade zu dir gesagt habe?«

»Enrico ist hier«, antwortet Micaela. »Er sitzt an dem Tisch dort hinten.« Sie zeigt auf ein Tischchen, auf dem ein Bierglas und ein Colaglas stehen, beide leer.

»Wie ich dir schon gesagt habe: Er ist gerade weggegangen«, erklärt Ron. »Aber wenn du willst, können wir uns an den Tisch dort setzen.«

Noch während er es sagt, ist er sich sicher, dass das Mädchen ihn stehen lassen wird. Stattdessen geht Micaela geradewegs auf den Tisch zu. Unsicher dreht sich Ron zur

Barkeeperin um, die alles mit angesehen hat, und bestellt zwei Focaccias und zwei Colas.

Danach eilt er zu dem Tisch, um sich zu Micaela zu setzen. »Ich habe dir etwas zu essen bestellt.«

»Ich habe keinen Hunger«, erwidert sie, bückt sich unter den Tisch und sucht dort nach etwas, das sie offensichtlich nicht finden kann, denn gleich darauf ruft sie: »Es ist nicht da!«

»Was?«

»Das Handy. Die Freundin von Enrico Neri, Camilla De Marinis, hat ihr Handy verloren. Es müsste hier unten am Boden liegen.«

Micaela sieht völlig erschüttert aus.

Ron erinnert sich, dass Enrico ein Handy in der Hand hatte, als er an der Tür in ihn hineingelaufen ist. Ein großes Handy mit einer Glitzerhülle, das bestimmt nicht seines war, denn das hatte Ron ja an diesem Vormittag kaputt gemacht.

»Du kommst zu spät. Ich glaube, dass Enrico das Handy hat. Er hatte es jedenfalls in der Hand, als er hier rausgerannt ist ... Er wirkte ziemlich verzweifelt.«

»Ich kann nicht zu spät dran sein«, widerspricht Micaela in einem Ton, als wäre sie sich dessen sicher.

»Doch«, sagt Ron. »Du bist es aber.«

Es fühlt sich seltsam an, spätabends mit einem Mädchen wie diesem in einer Bar zu sitzen. Aber es ist auch cool. Wie in einem Traum.

»Du hast gesagt, Enrico wirkte verzweifelt«, fragt Micaela hastig. »Wo ist er hin?«

»Das weiß ich nicht. Wirklich nicht. Ich bin ihm hier an der Tür begegnet, er hat ein Gesicht gemacht, als … Er sah aus, als hätte er soeben erfahren, dass die Welt untergeht. Er hat mich beiseite geschubst und ist davongerannt und in sein Auto gestiegen. Ich habe keine Ahnung, wo er hingefahren ist.«

»Fuck«, sagt Micaela. »Fuck, fuck, fuck.« Sie greift sich mit beiden Händen an den Kopf. »Das kann doch nicht möglich sein.«

»Was?«

»Das hier. Es kann einfach nicht sein. Es kann nicht geschehen sein.«

Die Barkeeperin kommt mit den Focaccias und den Getränken. Der Duft ist verlockend, doch Micaela scheint an Nahrung nicht interessiert zu sein.

Nicht schlimm, denkt Ron. Notfalls wird er eben alles selbst essen. Er greift sich eine Focaccia und beißt davon ab.

»Hör mal«, sagt er. »Vielleicht kann ich dir ja helfen. Ich habe gemerkt, dass etwas nicht stimmt, streite es bitte nicht ab. Und es geht um etwas Wichtiges, oder?«

Micaela schaut ihn schweigend an und Ron fasst das als Ermutigung auf weiterzureden.

»Ich habe viel darüber nachgedacht. Vor heute Vormittag habe ich dich noch nie in der Schule gesehen, da bin ich mir ganz sicher. Daran könnte ich mich sonst erinnern.«

Ein Lächeln huscht über Micaelas Gesicht, sie kann es sich nicht verkneifen, und deshalb lächelt jetzt auch Ron. Er beißt schnell von seiner Focaccia ab und fährt fort: »Ich habe gedacht, dass du vielleicht aus einer anderen Stadt hierhergezogen bist, aber niemand wechselt Ende Mai die Schule, einen Monat vor dem Ende des Schuljahrs. Und du bist in der Zwölften, also machst du bald deinen Abschluss.«

»Ich gehe nicht mehr aufs Gymnasium, Ron«, gibt Micaela leise zu. »Ich war schon vor zwei Jahren fertig. Jetzt arbeite ich.«

»Erzähl mir aber nicht, dass du bei Familie Neri putzt, das glaube ich dir nicht. Du wusstest nicht einmal, wie die Haustür aufgeht. Und ich habe mitbekommen, wie du aus dem Badezimmer verschwunden bist … Entschuldige, das muss ich dir erklären: Ich habe nur so getan, als wäre ich weggegangen, und bin dann zurückgekehrt, um dich durch das Fenster zu beobachten. Ich bin kein Spanner oder so, ich war nur neugierig. Und du hast dich einfach in Luft aufgelöst. Erst warst du da, dann nicht mehr. Deshalb will ich endlich verstehen … Bist du eine Einbrecherin? Ein Detektivlehrling? Irgend so etwas in der Art?«

Ron geht davon aus, dass Micaela jetzt verärgert ist oder zu lachen anfängt, stattdessen starrt sie ihn einfach nur mit diesen riesigen, verstörenden Augen an, als käme sie aus einer anderen Welt.

Ihm bleibt die Focaccia im Hals stecken. »Also ... stimmt das? Bist du wirklich eine Detektivin?«

»So etwas in der Art«, gesteht Micaela. »Sagen wir mal ... Ich muss Enrico im Auge behalten. Doch meine Mission läuft schief. Wir beide dürften gar nicht miteinander reden. Das ist ein ganz großes Problem.«

Ron nimmt einen großen Schluck Cola, vor allem deshalb, um sich Zeit zum Nachdenken zu verschaffen. »Ich finde nicht, dass es ein Problem ist. Ich finde es sehr schön.«

Dieses Mal hält sich das Lächeln ein bisschen länger auf ihrem Gesicht, bevor es verschwindet.

»Nein, es ist wirklich ein Problem.«

»Kann ich dir denn helfen?«

»Nein, das kannst du nicht. Das kann niemand. Es gibt immer nur einen Agenten pro Ereignis, das ist eine feste Regel. In dieser Mission bin nur ich allein aktiv, bis sie beendet ist.«

Ron fällt auf, dass Micaela völlig verschwitzt ist und dass sie immer noch zittert, vielleicht hat sie ja Fieber. Instinktiv steht er auf, streckt eine Hand über den Tisch und legt sie ihr auf die Stirn. Als er sie berührt, spürt er wieder diesen elektrischen Schlag, diese besondere Energie, die zwischen ihnen fließt. Ob Micaela sie ebenfalls wahrnimmt?

»Du bist ja total heiß.«

»Das ist nicht wichtig. Sag mir lieber: Um wie viel Uhr hat Enrico das Lokal hier verlassen?«

»Kurz bevor du reingekommen bist. Ein oder zwei Minuten vorher, schätze ich.«

»Zwölf oder dreizehn Minuten nach zehn«, rechnet Micaela nach. »Das bedeutet, dass ich zu spät gekommen bin.«

»Ja, das habe ich dir doch schon gesagt.«

»Aber ich kann nicht zu spät dran sein …«

Wieder greift sie sich an den Kopf und Ron denkt, dass ein Gespräch mit ihr wie eine Achterbahnfahrt ist. Kaum hat er den Eindruck, dass er etwas verstanden hat, schon rinnt ihm der Sinn wie Sand durch die Finger.

Er schiebt das noch unberührte Colaglas zu ihr rüber. »Trink was«, sagt er. »Das wird dir guttun.«

Micaela schluchzt, jedenfalls glaubt Ron das, erst im nächsten Augenblick begreift er, dass sie lacht.

»So ein Blödsinn«, spottet sie. »Das ist doch kein Aspirin.«

Nun muss auch Ron lachen. »Okay, Aspirin habe ich nicht dabei. Aber Cola hilft auch.«

Wieder schaut Micaela ihn an, ihre hellen Augen leuchten wie Sterne. Ron hat immer gedacht, das wäre ein alberner Vergleich, Augen wie Sterne, doch bei ihr trifft es zu. Bei ihr schon.

»Weißt du …«, seufzt Micaela. »Hier läuft gerade alles schief. Und die Vorschriften sagen, dass sich der Agent in Notfällen an die gegebenen Umstände anpassen muss.

Verstehst du mich? Nein, natürlich nicht. Jedenfalls ist es so, dass du mir vielleicht doch helfen könntest.«

»Wirklich?«

»Ja, aber es bleibt nicht mehr viel Zeit.« Micaela greift zu dem Colaglas, trinkt einen Schluck und verzieht das Gesicht. »Dein Freund Enrico ist gerade dabei, etwas Furchtbares zu tun. Etwas wirklich Entsetzliches, verstehst du? Der schlimmste Fehler seines Lebens. Etwas, das für sehr viele Menschen grausame Folgen haben wird. Ich versuche, ihn aufzuhalten, aber ich muss jetzt gehen. Wie spät ist es?«

Ron schaut auf sein Handy. »Zwanzig nach zehn.«

»Ich brauche die präzise Uhrzeit. Ich bin um 22 Uhr 14 hier eingetroffen. Wie spät ist es jetzt genau?«

Ron sieht auf dem Handy nach. »22 Uhr 22.«

»Verdammt. Also, ich weiß, dass dir das alle sehr komisch vorkommt, aber du musst mir vertrauen, okay? Enrico steht kurz davor, in Schwierigkeiten zu geraten, und man muss ihn daran hindern, etwas zu tun, das er sein Leben lang bereuen wird. Deshalb musst du auf ihn aufpassen, Ron. Ihm dicht auf den Fersen bleiben. Die ganze Nacht lang, wenn es sein muss, ihn die ganze Zeit über im Auge behalten, und wenn wir uns wieder treffen, erzählst du mir alles, was du gesehen hast.«

Ron strahlt. »Wenn wir uns wieder treffen?«

Er hofft, dass Micaela nun ein weiteres Mal lächelt, weil sie so schön ist, wenn sie lächelt, doch sie bleibt ernst. Sehr ernst.

»Ja, noch ein Mal, und du musst mir dann alles berichten. Hast du verstanden? Aber versprich mir eines …« Micaela nimmt seine Hand zwischen ihre beiden. Sie sind eiskalt. »Keine Polizei«, sagt sie leise. »Absolut keine Polizei. Und egal, was passiert, du darfst mit niemandem über mich reden, kapiert? Versuch auch nicht, Enrico aufzuhalten, versuche nicht, mit ihm zu sprechen … Du würdest schlimmeres Unheil anrichten, als du dir vorstellen kannst. Du darfst es absolut nicht. Du musst einfach nur die Augen offen halten. Versprichst du mir das?«

Ihr würde Ron sogar versprechen, in einem Pinguinkostüm die Wüste zu durchqueren. Er nickt vorsichtig.

»Aber«, sagt er.

»Was, aber?«

»Ich will etwas wissen. Micaela … ist das dein richtiger Name?«

»Ja.«

»Und dann?«

»Und dann was?«

»Micaela, und der Nachname?«

Sie zögert und beißt sich leicht auf die Unterlippe, etwas, das Ron unglaublich sexy findet.

»Micaela Falco«, sagt sie schließlich. »Warum willst du das wissen?«

»Weil ich nicht jemandem vertrauen kann, von dem ich nicht einmal den Nachnamen kenne.«

Sie steht auf, streicht ihm ganz zart über die Wange,

vom Kiefergelenk beinahe bis zum Mundwinkel, und ihm stellen sich die Härchen im Nacken auf, und auch noch etwas anderes, *Shit*, immer im ungünstigsten Moment. Ron glaubt, dass er jetzt einen unvergesslichen Satz von sich geben oder aber ebenfalls aufstehen müsste, um sie zu küssen, doch dazu bleibt ihm keine Zeit. Denn ohne ein weiteres Wort zu sagen, verlässt Micaela abrupt den Tisch, durchquert das Lokal, eilt in die Toilette und schließt sich darin ein.

Ron wartet darauf, dass sie wieder rauskommt, eine Minute, zwei, drei. Dann steht er auf und schaut nach.

Micaela ist nicht mehr da.

Sie ist verschwunden.

Und dieses Mal aus einer Toilette ohne Fenster.

Freitag, 19. Mai, 22:24
10 Stunden und 28 Minuten nach Stunde null

Micaela kehrt in die Gegenwart zurück und das Erste, was sie dort macht, ist, sich zu erbrechen. Sie trifft den Plastikkittel der Ärztin und verliert sofort danach das Bewusstsein, gleitet in eine wirre Welt voller gedämpfter Geräusche und vorbeifliegender Bilder.

Die Bar in Bologna, Ron, der sie anschaut, die Kondenswassertropfen auf dem Colaglas, die Barkeeperin mit den bunten Haaren, das Smartphone, das nicht dort war, wo es sein sollte.

Auch dieser Einsatz ist gescheitert und die Bombe wird explodieren, explodieren, explodieren.

Noch dreizehneinhalb Stunden, in denen man intervenieren kann, und sie ist schon dreimal in die Vergangenheit zurückgekehrt. Sie muss es ein viertes Mal tun und dabei ihr Leben aufs Spiel setzen oder ihre geistige Gesundheit oder beides.

»Leutnant Falco. Micaela! Hörst du mich?«

Etwas trifft sie mit voller Wucht. Eine Ohrfeige.

»Leutnant!«

Micaela öffnet die Augen. Sie liegt wie jedes Mal auf der Behandlungsliege, die Fixierriemen tun ihr weh. Die Welt um sie herum ist rot, aber das liegt nur am Blut, ihrem Blut, das ihr die Sicht verschleiert.

»Sie kommt zu sich«, sagt die Ärztin. »Die Spritze wirkt.«

»Gut«, erwidert die Kommandantin. Ihre Stimme klingt distanziert und kalt. »Kann sie mich hören? Versteht sie, was ich ihr sage?«

»Ich denke, ja. Sie wird noch ziemlich verwirrt sein. Es war keine schöne Reise. Aber sie müsste jetzt bei Bewusstsein sein.«

Bei jedem Atemzug zerschneidet die Luft Micaelas Lunge. Die Riemen sitzen zu eng. Was geschieht hier? Warum geht es ihr so schlecht?

Die Kommandantin erscheint in ihrem Blickfeld, im Neonlicht wirkt ihre Haut grünlich, rings um die Augen sitzen Falten. Micaela kommt sie wie eine Eidechse vor. Eine riesige, schuppige Eidechse mit einem bösen Reptiliengesicht.

»Leutnant Falco«, sagt die Eidechse. »Kannst du mich hören?«

Micaela nickt, sie versucht auch, etwas zu sagen, aber es gelingt ihr nicht.

»Wischt ihr doch das Gesicht ab, gütiger Himmel«, poltert die Kommandantin. Eine behandschuhte Hand reibt

Micaelas Gesicht mit einem feuchten Tuch ab, und das nicht allzu sanft.

»Leutnant, hörst du mich? Verstehst du, was ich sage?«

»Ich verstehe«, antwortet Micaela. »Der Einsatz ist …«

»Gescheitert«, beendet die Kommandantin ihren Satz. »Aber das weißt du ja bereits, weil es nämlich deine Schuld ist.«

»Ich … nein … Das Handy war nicht dort, wo … Enrico hatte es schon …«

»Micaela, du kannst dich da nicht herausreden. Wir wissen alles.«

Die Kommandantin sieht wieder wie ein menschliches Wesen aus, eine Frau in einem Luftwaffenoverall mit einem Frauengesicht, doch am Gesichtsausdruck hat sich nichts geändert. Sie nimmt von irgendeiner Fläche, die Micaela nicht erkennen kann, ein Tablet und hält es ihr vor das Gesicht. Auf dem Display ist ein körniges Schwarz-Weiß-Foto zu sehen. Von oben aufgenommen, zeigt es Micaela und Ron an dem Tischchen von *Le Serre*. Micaela hält Rons Hand, der Junge lächelt.

»Wir haben eine ganze Serie solcher Fotos«, erklärt die Kommandantin. »Das Videoüberwachungssystem des Lokals hat eure ganze Unterhaltung aufgenommen und Data konnte die Aufnahmen aus dem Computersystem der italienischen Polizei extrahieren. Hier versperrt uns der Nebel nicht die Sicht. Diese Bilder sind zu hundert Prozent gesichert.«

Micaela begreift, was hier passiert. Sie will sich von den Riemen befreien und versucht sich trotz der Schmerzen aufzurichten.

»Es ist nicht so, wie es aussieht … Ich …«

»Du solltest lieber den Mund halten, wenn du deine Situation nicht noch verschlimmern willst.« Die Kommandantin schaut sie enttäuscht an. »Leutnant Falco, du wirst des Hochverrats und der Verschwörung beschuldigt, sowie der Verletzung des Militärkodexes in Friedenszeiten. Aus diesen Gründen müssen wir dich verhaften.«

Micaela blinzelt. Ihre Augen füllen sich mit Tränen. »Kommandantin, Generalin, Émilie, du musst mich anhören, es ist nicht so, wie es aussieht, ich …«

»Bringt sie weg. Sperrt sie im Agentenzimmer ein, aber nehmt ihr vorher Computer, Tablet und Smartwatch weg. Überwacht sie, während ich versuche, den Schaden zu begrenzen.« Ein letztes Mal beugt die Kommandantin sich über Micaela. »Von dir hätte ich das am wenigsten erwartet! Ich habe dich unter tausend Kandidaten ausgewählt, und das trotz deines Alters. Ich habe dich aus der Akademie rausgeholt, ich habe dir die einzigartige Chance geboten, im wichtigsten Projekt der Menschheitsgeschichte eine Hauptrolle zu spielen … Und jetzt sind wir gescheitert! Ich schäme mich für dich.«

Micaela erwidert nichts darauf, sie kann es gar nicht. Tränen und Blut nehmen ihr die Sicht, ihre Nase ist voller Schleim, der Mageninhalt steigt in ihrer Speiseröhre hoch. Sie hat das Gefühl, nicht mehr atmen zu können. Sie würgt.

Die Behandlungsliege bewegt sich unter ihr, sie schieben sie aus dem Transferraum heraus.

»Nein, ich bitte euch«, würde Micaela gerne sagen. »Es ist nicht so, wie ihr denkt. Ron ist nicht so, wie ihr denkt … Er könnte uns helfen. Ich musste improvisieren, auf ein Gefühl hin vertrauen, mir blieb keine andere Wahl. Es ist kein Verrat. Ich bitte euch! Bitte!«

All diese Worte stecken in ihrem Kopf fest, aber sie kann sie nicht aussprechen. Außerdem würde ihr sowieso niemand zuhören.

Ihre Haut kribbelt, als würde man sie mit elektrischem Strom foltern.

»Ron … Ron!«

Das Licht der Neonlampen an der Decke sticht ihr in die Augen. Sie schließt die Lider.

Zittert.

Es ist vorbei. Dieses Mal ist es wirklich vorbei.

24

Donnerstag, 18. Mai, 23:48
12 Stunden und 8 Minuten vor Stunde null

Grande ruht sich in seinem Krankenhauszimmer aus.

Wenn er ehrlich zu sich selbst ist, geht es ihm nicht besonders gut. Er ist müde und kraftlos und die Wange, aus der er sich ganze Stücke herausgebissen hat, tut scheußlich weh.

Sie mussten die Innenseite nähen, mit mehreren Stichen, und haben sich dabei keine große Mühe gegeben, ihm Schmerzen zu ersparen, ganz im Gegenteil. Es war ihm vorgekommen, als hätte der Typ, der da mit Nadel und Faden hantierte, regelrecht Spaß daran gehabt, ihm wehzutun.

Doch Grande ertrug es, ohne zu klagen, denn er begriff, dass er einen Preis zahlen musste, und er hatte ihn bezahlt und dafür das erhalten, was er wollte. Denn während er auf dem Bett lag und schrie, herumzappelte und sich wie ein Irrer aufführte, betrat ein älterer Arzt mit einem langen weißen Schnurrbart sein Zimmer.

Er trat an sein Bett, machte ein besorgtes Gesicht und rief: »Raus hier, alle, und zwar sofort!«

Die beiden Wächter gehorchten, denn angesichts eines vollgebluteten Betts und eines selbstbewusst auftretenden Arztes erübrigt sich jede weitere Diskussion.

Camuncoli und Montanari eilten aus dem Zimmer, und sobald sie weg waren, beugte der Arzt sich über Grande und flüsterte ihm mit Zwiebelatem zu: »Gegen Mitternacht erhältst du eine Nachricht.«

Er gab ihm ein Handy, eines von diesen Zwanzig-Euro-Dingern mit Knopftasten, mit denen man nicht ins Internet kommt. Grande steckte sich das Handy unter den Gummi der Unterhose, sodass es vom Krankenhausnachthemd verdeckt wurde. Danach führte der Arzt seine Untersuchung durch und rief anschließend wieder die Polizisten ins Zimmer.

»Der Anfall ist vorbei.«

»Darf man erfahren, was das war?«, fragte Camuncoli.

»Wir wissen es nicht. Wir müssen weitere Untersuchungen durchführen. Heute Nacht bleibt er erst mal zur Beobachtung hier. Ich schicke gleich einen her, der ihm die Wange näht, er hat sie ja beinahe ganz aufgegessen.«

Wenig später wurde Grande genäht, dann schmierten sie ihm Gel auf den Kopf und machten ein EEG. Während sie noch damit beschäftigt waren, kam eine Ärztin mit kurzem lockigen Haar dazu.

»Ich habe mir die Patientenakte durchgelesen und

möchte mir ein paar Sachen näher anschauen. Besonders das Kribbeln und die Kraftlosigkeit des einen Arms machen mir ein bisschen Sorgen. Es könnte ein Schlaganfall sein.«

»Dann hat der Häftling also einen Schlaganfall gehabt?«, fragte Camuncoli nach.

»Vielleicht ein Schub von transitorischen ischämischen Attacken. Ich habe bereits mit dem Maggiore-Krankenhaus telefoniert, in Bologna sind sie die Spezialisten für solche Fälle. Morgen verlegen wir ihn dorthin, damit ein paar weitere Untersuchungen durchgeführt werden können. Wenn die Befunde unauffällig sind, werden sie ihn danach wahrscheinlich entlassen.«

Grande versteht nicht viel von Medizin, doch er weiß, dass es bei Schlaganfällen darum geht, dass das Gehirn nicht mehr ausreichend mit Blut versorgt wird und dass die Folge davon bleibende Lähmungen sein können. Allein schon der Gedanke daran versetzt ihn in Angst und Schrecken. Er war immer ein kräftiger, ein harter Mann und er will nicht zu einem Pflegefall werden. Lieber erwürgt er sich mit seinen eigenen Händen.

Das plötzliche Vibrieren des Handys in seiner Unterhose löst einen Krampf im Unterleib aus. Das Geräusch ist ohnehin leise und wird von der Decke noch zusätzlich gedämpft, doch Camuncoli schaut trotzdem von dem Buch auf, das er gerade liest, ein dicker Western mit dem englischen Titel *Lonesome Dove*.

»Grande«, sagt er. »Hast du einen fahren lassen?«

»Ich fürchte ja«, antwortet der. »Ich muss mal ins Bad.«

Wegen der verletzten Wange klingt die Antwort jedoch nur wie Gemurmel. Vielleicht hätte er sich eine weniger schmerzhafte Strategie ausdenken sollen, um den Arzt mit dem weißen Schnurrbart an sein Bett zu holen. Jetzt wird er sich ein paar Tage lang beim Sprechen so anhören, als hätte er eine heiße Kartoffel im Mund.

»Kannst du nicht warten?«, fragt Camuncoli. »Ich bin todmüde und bald kommt unsere Ablösung, die übernehmen dann die Nachtschicht.«

»Dann wird es hier gleich ganz schön nach Scheiße stinken.«

Der Hauptkommissar legt sein Buch weg. »Verstanden. Dann mal los.«

Er steht auf und geht Grande voran ins Bad, schaltet das Licht ein und kontrolliert mit einem Blick den Raum. »Komm schon, beweg dich.«

Grande lässt sich jedoch Zeit, geht langsam und mit steifen Schritten, auch damit ihm das Handy nicht aus der Unterhose fällt. Er klappt den Toilettendeckel auf und macht Anstalten, direkt vor dem Polizisten sein Nachthemd hochzuheben.

»Deinen Arsch will ich mir nicht ansehen«, brummt Camuncoli. »Ich warte draußen auf dich, aber die Tür bleibt offen.«

»Danke, Herr Hauptkommissar«, sagt Grande und setzt sich auf die Schüssel.

Er holt das Handy aus der Unterhose und aktiviert es mit dem Daumen. Auf dem Display erscheint die Benachrichtigung, dass er eine SMS erhalten hat.

Er öffnet sie.

Diego. Leichter Job. Erwarte Bestätigung.

Nur fünf Worte, doch für Grande besagen sie mehr als ein langes Gespräch.

Diego Gonzales ist ein Name, nach dem er schon lange gesucht hatte, der Name des Mannes, der ihn verpfiffen und in den Knast gebracht hat, nachdem sich Grande ein Leben lang erfolgreich hinter der Fassade eines ehrlichen Geschäftsmanns versteckt hatte.

Grande ist nicht übermäßig erstaunt: Er hatte eine Liste mit fünf Namen im Kopf und Diego war darauf Nummer drei gewesen. Ein Venezolaner, der dabei ist, sich auf Logistik und Transporte zu spezialisieren, und sich somit in Grandes Branche etablieren will. In erster Linie geht es dabei um Giftmüll, der von deutschen Produktionsstätten bis nach Süditalien gekarrt wird. Wenn es sich gerade anbietet, geht es auch mal um Drogen.

Der Typ macht Grande schon seit ein paar Jahren Konkurrenz, hat sich aber nun offenbar dazu entschlossen, den nächsten Schritt zu wagen und Grande ein für alle Male aus dem Spiel zu werfen.

Diego also. Der Mann, der sein Leben ruiniert hat.

Hinter seinem Namen stehen zwei Wörter: *Leichter Job*. Was bedeutet, dass Mancino die Zielperson bereits beobachtet hat und davon ausgeht, sie ohne größere Probleme ausschalten zu können.

Ein einfacher, sauberer Mord. Ohne Zeugen.

Ebenso wie Grande hat auch Mancino sein ganzes Leben in den Apenninen verbracht, mit der Jagd auf Wölfe und Wildschweine. Deshalb plant er mit Sicherheit, ein Präzisionsgewehr zu verwenden, sich damit auf dem Dach eines Gebäudes auf die Lauer zu legen und aus einer gewissen Entfernung zu schießen. Zielen, Luft anhalten. *Klick.*

Wenn Mancino schreibt, dass es ein leichter Job sein wird, Diego zu erschießen, dann wird es das auch sein und der Anschlag wird gelingen. Aber natürlich will der Einarmige eine Bestätigung, bevor er etwas unternimmt, einen direkten Befehl von Grande. Deshalb hat er ihm das Telefon zukommen lassen, damit er, Grande, darüber nachdenken und ihm antworten kann. Es genügen zwei Buchstaben, »ja«, und am folgenden Tag wird sein Handlanger dem Widersacher ein Hohlspitzgeschoss in den Kopf jagen.

Manchmal ist es so leicht, einen Menschen zu töten … Aber auch wenn er große Lust hätte, sofort eine Bestätigung zurückzuschicken, geht es doch um eine wichtige Entscheidung, die er nicht auf die leichte Schulter nehmen darf.

»Na«, fragt der Hauptkommissar. »Dauert die Sitzung noch lange?«

Er steckt den Kopf ins Bad, und Grande versteckt das Handy in der hohlen Hand und drückt diese gegen den Bauch, so als ob er schlimme Schmerzen hätte.

»Einen Moment noch, ganz kurz. Bin fast fertig.«

Sobald sich der Polizist zurückgezogen hat, steht Grande auf und drückt den Knopf der Spülung. Anschließend wäscht er sich die Hände.

Um dann ebenso langsam, wie er ins Bad gegangen ist, in sein Bett zurückzukehren.

25

Freitag, 19. Mai, 00:01
11 Stunden und 55 Minuten vor Stunde null

Enrico sitzt am Klavier, mit durchgedrücktem Rücken und dem Kinn auf der Brust. Seine Hände liegen auf dem geschlossenen Klavierdeckel.

Seit drei Jahren hat er keine einzige Note mehr gespielt. Seit seinem ersten Tag auf dem Gymnasium. Seit dem Tag, ab dem er Nein sagen konnte. Die Klavierstunden hatte er, seit er sechs Jahre alt war, weil sein Vater es so wollte. In Wahrheit hatte er auch Spaß daran gehabt, vor allem wegen seiner Klavierlehrerin, Signora Zilli. Eine ältere Frau, Witwe eines sehr reichen Mannes, der starb, als sie noch keine vierzig war. Signora Zilli hatte kein zweites Mal geheiratet, dafür aber Dutzende von Liebhabern, die sie in ihrer Villa in der Via dell'Osservanza empfing, ein paar Häuser unterhalb der Villa von Enricos Eltern.

Natürlich erteilte sie nicht deshalb Unterricht, weil sie

das Geld brauchte. Es war eher so, als hätte Enrico und sie einander gesucht und gefunden. Drei Nachmittage in der Woche ging er zu ihr, zu Fuß und allein, und Signora Zilli bot ihm einen Fruchtsaft an oder ein Stück Kuchen. Danach zündete sie sich die erste von unendlich vielen Zigaretten an, bat ihn, sich an ihren großen Flügel zu setzen, und hörte ihm mit geschlossenen Augen beim Spielen zu. Sie zwang ihn, wieder und wieder dieselbe Note, dieselbe Passage zu wiederholen.

»Man muss versuchen, perfekt zu sein«, sagte sie. »Es wird uns niemals gelingen, aber wir müssen es versuchen.«

Und Enrico hatte es versucht, um sie stolz auf sich zu machen.

Er wurde ziemlich gut und in der letzten Klasse der Mittelschule überlegte er, sich an einem Konservatorium zu bewerben. Sein Vater war jedoch dagegen gewesen. Klavierspielen war für ihn in Ordnung, solange es ein Hobby blieb, aber jetzt sollte damit Schluss sein, schließlich gab es für seinen Sohn wichtigere Dinge. Er hätte mehr als genug Klavierstunden bei Signora Zilli gehabt, es würde keine weiteren mehr geben.

Enrico hatte gehorcht. Keine Klavierstunden mehr, kein Konservatorium. In der Villa Neri wurde es stiller.

Wer weiß, was die Zilli tatsächlich über mich gedacht hat, überlegt er. Ob sie mich wirklich gern gehabt hat?

Beinahe hätte er Lust, sie zu fragen, aus dem Haus zu gehen und die Straße hinunter, bei ihr zu klingeln, obwohl es schon Mitternacht ist, und ihr alles zu erzählen, notfalls über die Gegensprechanlage. Dass er nun ganz allein ist. Dass alles verloren ist.

Doch er tut es nicht.

Er hat nicht die Kraft, ihr zu sagen, dass seine Mutter fortgegangen ist. Und dass sein Vater seine, Enricos, Freundin fickt, und er das weiß, weil er die Fotos gesehen hat.

Diese Fotos verfolgen ihn immer noch. Eines davon, das erste, ist ein von unten nach oben aufgenommenes Selfie.

Sein Vater hat es mit Camillas Handy gemacht. Sie sind zusammen, in ihrem Klassenzimmer, sogar ganz in der Nähe von Enricos Schulbank. Sein Vater trägt Sakko und Krawatte, so als käme er gerade von der Arbeit. Camilla hat ein knappes rotes Kleid an, das sehr sexy wirkt. Sie stehen eng umschlungen, sie hat ihr Bein um seine Beine gewickelt und küsst ihn, richtig heftig mit Zunge. Ihr Becken ist gegen den Unterleib des Mannes gepresst, der so viel älter ist als sie und der ihr die Hand auf die Hüfte gelegt hat, nein, auf den Arsch, seine Hand liegt wirklich auf ihrem Arsch, und er schaut in die Kamera, sein Vater, so als wolle er sich aus dem Kuss lösen, um diese Szene noch besser aufs Bild zu bekommen, während Camilla die Augen geschlossen hält …

Sie ist wunderschön.

Und küsst seinen Vater.

Wann ist das Foto entstanden? Vielleicht noch vor Weihnachten, in der Zeit, als sein Vater Gespräche mit den Lehrern geführt hatte. Enrico hatte sich gewundert, dass sein Vater die Zeit gefunden hatte, zu den Sprechstunden zu gehen. Er war geradezu gerührt gewesen und hatte sich gesagt, dass sein Vater vielleicht seine Abwesenheit in den letzten Monaten und all die Probleme, die er verursacht hatte, wiedergutmachen wollte.

Doch nein, es war einfach nur um Camilla gegangen. Von allen Mädchen der Welt ausgerechnet sie.

Bastard.

Auf Camillas Handy, das jetzt neben ihm auf dem Klavierdeckel liegt, sind noch viele andere Fotos, von denen einige in gewisser Hinsicht viel schlimmer sind. Auf dem einen sind sie zum Beispiel im Bett, auf einem anderen sitzen beide rittlings auf der Guzzi California von 1971, dem Motorrad, das Enrico niemals auch nur anfassen durfte.

Doch es ist das erste Foto, das ihm am meisten zusetzt. Gerade weil es in seinem Klassenzimmer geknipst wurde, beinahe auf seiner Schulbank, wie um zu sagen: »Wir machen das absichtlich hier, um dich zu verletzen.«

»Psst«, flüstert Enrico sich selbst zu. »Psst.«

Er steckt die Hand in die Tasche und zieht sein Messer heraus, er hat es schon lange, noch aus der Zeit, als er mit Paolo und den anderen Freunden in den Bergen wandern ging. Damals, als er noch Freunde hatte. Es ist ein gutes Messer und es schneidet perfekt, präzise, dünne Schnitte.

Rote Blutstropfen fallen auf das Klavier, *tick, tock, tick, tock*, hallt es durch das große leere Haus.

Er ist allein.

Niemand weiß, wo er ist.

Er könnte sich dieses Messer ins Herz rammen und sein ganzes Leben auf den Fußboden entleeren.

Er könnte in die Küche gehen und eine Flasche Alkohol über Regalbretter, Holzmöbel, Steckdosen und Vorhänge kippen, ein Streichholz anzünden und zuschauen, wie die Küche Feuer fängt, das Haus Feuer fängt. Ein schöner Anblick. Wenigstens würden sie ihn dann zur Kenntnis nehmen. Es wäre seine Rache.

Tick, tock tropft das Blut, *tick, tock*, und er stößt das Messer noch einmal hinein, dieses Mal in den anderen Unterarm. Der Rhythmus ändert sich, wer weiß, wie Zilli diese rote Musik finden würde, wer weiß, ob sie mit dem Fuß den Takt dazu klopfen würde, während sie an ihrer Zigarette zieht.

»Nein«, sagt Enrico.

Er wird nicht sein Haus in Brand setzen.

Die Schule. Um alle aufzurütteln.

Die Schule ist die Welt, sie ist etwas Wichtiges.

Auch ihm war sie früher wichtig und er hatte sich jahrelang Mühe gegeben, hatte gelernt und geübt.

Man muss versuchen, perfekt zu sein.

Und als er es geschafft hatte, als er dachte, er hätte es beinahe geschafft, wäre beinahe oben am Gipfel angekommen, haben sie ihn gepackt und hinuntergestoßen.

Sie alle.
Seine Freunde, die ihm den Rücken zugedreht haben.
Seine Mutter, die fortgegangen ist.
Die Lehrer, denen immer nur die Noten wichtig waren.
Der Schuldirektor mit seinem verfickten Volvo.
Die Klassenkameraden.
Camilla.
Sein Vater.

Es gibt einen Song von *Aerosmith*, eine Gruppe für Alte, aber eine von diesen unverschämten, bösen Gruppen. Darin heißt es: *Don't get mad, get even.*

Ärgere dich nicht, räche dich.

Für ihn hört sich das wie ein guter Plan an.

Enrico atmet durch und betrachtet das Blut auf dem lackierten Holz des Klaviers. Die Tropfen bilden auf der glatten Oberfläche kleine glänzende Kugeln. Er fährt mit einem Finger darüber. Lächelt.

Er wollte nie an diesen Punkt kommen, aber es ist nicht seine Schuld. Sie haben ihn dazu gezwungen. Und jetzt sind sie allein dafür verantwortlich.

Er steht auf, ganz langsam, und legt das Messer auf ein Regalbrett.

»Es ist ganz allein eure Schuld«, sagt er.

Und nun geht Enrico: in sein Zimmer, wo er den Schulrucksack über dem Bett auskippt, sodass Bücher, Hefte, Füller und Stifte herausfallen.

Mit dem leeren Rucksack geht er in die Küche, wo er

nach einer Flasche Wodka greift, die sein Vater von einer seiner Reisen aus Moskau mitgebracht hat. Er öffnet sie und trinkt lange daraus, ohne abzusetzen, dann gießt er sich etwas davon über die frischen Schnitte. Das Brennen verschafft ihm eine Welle von Klarheit, die ihn zum Lächeln bringt, ohne dass er weiß, warum.

Don't get mad, get even.

Und genau das hat er jetzt vor.

26

Samstag, 20. Mai, 00:16
12 Stunden und 20 Minuten nach Stunde null

Micaela hat Diana in einem Supermarkt kennengelernt. Sie hatte gerade die Akademie verlassen, um in der Nummer 42 anzufangen, und ihr war übergangsweise ein Einzimmerappartement zugewiesen worden, das der tschechischen Luftwaffe gehörte und in der Nähe des Stadtzentrums von Prag lag.

Aufgrund ihres Studiums an der Akademie war Micaela es bereits gewohnt, nicht mehr zu Hause zu wohnen, doch ein eigenes Appartement war etwas ganz Neues. Noch dazu im Ausland. Sie hatte das Gefühl, einen großen Schritt nach vorne gemacht zu haben.

Sie erinnert sich, dass sie an jenem Tag in den Supermarkt gegangen war, um etwas Gemüse, ein paar Flaschen Bier, Küchenpapier und einen Bodenreiniger zu kaufen. Dann war sie ratlos vor dem Waschmittelregal gestanden, weil sie kein Wort Tschechisch sprach und deshalb keine

Ahnung hatte, was sich in den bunten Plastikflaschen verbarg.

»Ob das hier das Richtige ist?«, hatte sie leise zu sich selbst gesagt und eine Plastikflasche aus dem Regal gezogen.

»Bist du Italienerin?«, hatte eine Stimme gefragt.

Diana war ins Stadtzentrum gefahren, um einen Freund zu besuchen, der in einem anderen Appartement der Luftwaffe wohnte, genau neben dem von Micaela. Sie hatte Wein und ein Brathuhn für das gemeinsame Abendessen einkaufen wollen, doch all das wusste Micaela damals noch nicht. Zu Diana hatte sie gesagt, dass sie tatsächlich Italienerin und gerade erst hergezogen sei, und Diana hatte sie zum Abendessen eingeladen. Als sie zu Dianas Freund kamen, hatten er und Micaela festgestellt, dass sie Nachbarn waren.

Sie hatten sich vorgestellt: Diana und der Freund hatten beide den Rang eines Oberleutnants inne, Micaela war Leutnant, aber aus Sicherheitsgründen hatte keiner der drei die *Budova č. 42* erwähnt. Sie hatten sich darauf beschränkt, gemeinsam zu essen, sich einen Film anzuschauen, und hatten sich später voneinander verabschiedet. Am folgenden Tag waren Micaela und Diana einander ausgerechnet in der Nummer 42 begegnet.

Sie hatten gelacht.

Und etwas war übergesprungen. Ein Funke.

Wenn Micaela jetzt darüber nachdenkt, wird ihr klar,

dass vor allem Diana diesen Funken wahrgenommen und alles daran gesetzt hatte, dass eine Flamme daraus geworden war.

Der erste Kuss war von Diana ausgegangen, an einem verregneten Abend, unter dem Dach eines Bushäuschens. Diana war es auch gewesen, die vorgeschlagen hatte zusammenzuziehen, »dann können wir uns die Kosten teilen«, aber da wusste Micaela bereits, dass es um wesentlich mehr ging.

Und jetzt liegt sie auf dem Feldbett des Agentenzimmers, ihr Rückzugsort, der zu einem Gefängnis geworden ist. Die Tür ist abgeschlossen, davor stehen die Erste Wache oder die Zweite Wache oder alle beide, um auf sie aufzupassen.

Sie kann nicht raus.

Die an der Decke angebrachte Videokamera nimmt alles auf, was sie macht, sagt, *denkt*.

Im Grunde geht es ihr jetzt noch gut, aber später, wenn die Mission für abgeschlossen erklärt worden ist, wird sie vor ein Militärgericht kommen, das hat ihr die Kommandantin versprochen. Und Micaela kennt Brigadegeneralin Émilie Gillet. Sie ist eine Frau, die ihre Versprechen hält.

Was werden sie Diana sagen? Vermutlich, dass Micaela aus dienstlichen Gründen versetzt wurde. Diana kennt die in Nummer 42 üblichen Vorgehensweisen, sie wird keine Fragen stellen. Oder sie stellt sie doch und wird von der Militärbürokratie abgeblockt werden. Ein Monat wird vergehen, dann zwei, dann drei, und schließlich wird Diana jemand anderen kennenlernen und Micaela vergessen.

So läuft es eben.

Und Micaela wird im Hochsicherheitstrakt irgendeines Militärgefängnisses alt werden, in Isolierhaft, und mit niemandem reden können, nie wieder.

»Mittlerweile wird diese verdammte Bombe explodiert sein«, sagt sie, »und mir wird es nicht gelungen sein, das zu verhindern.«

Das belastet sie am stärksten, denn Leutnant Micaela Falco ist jemand, der keine Fehler macht. In der Grundschule war sie Klassenbeste, in der Mittelschule und am Gymnasium ebenfalls, obwohl sie am Gymnasium eine Klasse übersprungen hatte. Sie war jedes Jahr Siegerin bei Leichtathletik- und Querfeldeinlaufwettbewerben, wurde in der Akademie schon auf ihre erste Bewerbung hin aufgenommen und schnitt als Sechstbeste der Bewerber ab.

Noch nie hat sie bei einer Prüfung, einem Test oder einem Wettbewerb versagt.

Nie bei einer Mission. Aber dieses Mal doch?

Aus welchem Grund?

Na ja, diese Frage ist leicht zu beantworten.

Weil Enrico Neri jemand wie sie ist, dazu abgerichtet, perfekt zu funktionieren. Und ungefähr im selben Augenblick, aber vierundzwanzig Stunden früher, befindet sich Enrico in einem Lagerraum in Bologna und klaut Sprengstoff, um ihn später in seiner Schule zu platzieren. Er tut es, weil sein Leben in tausend Scherben zersprungen ist und mit ihm auch sein seelisches Gleichgewicht.

Micaela hat versucht, ihm diesen Zusammenbruch zu ersparen, doch es ist ihr nicht gelungen. Und das ist genau der Punkt.

Sie hat verhindert, dass Enrico einen Mitschüler mit dem Messer verletzt und von der Schule verwiesen wird. Sie hat verhindert, dass er erfährt, dass seine Mutter ihn verlassen hat. Und sie hat versucht, die traumatisierenden Fotos zu vernichten, auf denen zu sehen ist, wie seine Freundin mit seinem eigenen Vater rummacht.

Der dritte Einsatz ist auf dramatische Weise gescheitert und Micaela weiß auch, warum: Sie ist zu spät gekommen. Warum die beiden ersten Einsätze keine Wirkung gezeigt haben, hat kompliziertere Gründe ...

Warum war nicht alles nach Plan verlaufen?

Ron, überlegt sie und dreht sich auf dem Feldbett auf die andere Seite. Vielleicht ist Ron das Problem.

Er war in Micaelas ersten Einsatz verwickelt gewesen, doch MARIE hatte ihr nicht sein Dossier übermittelt. Jerry hat recht, so etwas kann passieren, die Daten und die Dossiers treffen nach und nach ein, und zu jenem Zeitpunkt waren seit Stunde null nur wenige Minuten vergangen, aber ...

Könnte das ein Indiz sein?

Micaela ist sich allerdings sicher, dass er in dem Lokal im Park ehrlich zu ihr war. Er ist ein anständiger Junge, er kann nicht an dem Bombenattentat beteiligt sein, egal, was MARIE sagt. Oder aber Micaela hat wirklich einen schlimmen Fehler gemacht, den ersten in ihrem Leben, und die Kommandantin hat recht daran getan, sie einsperren zu lassen.

Da ist noch etwas, über das sich Micaela den Kopf zerbricht: dieser verdammte Nebel. Normalerweise stört er eigentlich nicht, eine kuriose Abweichung von den raumzeitlichen Bedingungen, für den sich nur ein kleiner exklusiver Kreis von Zeitwissenschaftlern interessiert. Für die Agenten stellt er nicht wirklich ein Problem dar ... Man braucht nur ein paar Gegenmaßnahmen zu ergreifen, wie zum Beispiel das Team in einer Kapsel zu isolieren, und kann dann seiner Arbeit nachgehen, ohne mit Komplikationen rechnen zu müssen.

Aber warum ist es dieses Mal anders? Und warum hat sich der Nebel bereits vor Micaelas erster Reise gebildet?

Mittags war sie noch gar nicht in der Basis eingetroffen und das Team war noch nicht in der Kapsel. Warum hatte Supercomputer MARIE zu diesem Zeitpunkt bereits probabilistische Veränderungen festgestellt? War MARIE beschädigt? Wird sie sabotiert?

Fragen, Fragen, Fragen, und Micaela fällt keine gute Antwort ein. Währenddessen läuft die Stoppuhr und es bleibt nicht mehr viel Zeit.

Was macht eigentlich die Kommandantin, wenn sie hier festgesetzt ist? Wählt sie gerade jemand anderen aus dem

Team aus, um ihn als Ersatzagent in die Vergangenheit zu schicken? Etwas Derartiges hat es noch nie gegeben, die Konsequenzen sind unvorhersehbar. Aber in einer derartigen Situation, wenn die Mission zu scheitern droht …

Oder die Kommandantin ändert ihre Meinung über Micaela und gibt ihr eine letzte Chance.

Das ist das, was sich Micaela erhofft.

Eine letzte Chance.

Der Kommandantin ein für alle Male beweisen, dass sie, Micaela, recht hat.

(Ron wiedersehen.)

Die Explosion verhindern.

Die Schule und all die Jugendlichen und Lehrer retten.

Siegen.

27

Samstag, 20. Mai, 00:20
12 Stunden und 24 Minuten nach Stunde null

Rot und Blau steigen an einem Rastplatz in der Nähe von Autobahnausfahrt vierzehn aus und schauen den Rücklichtern nach, die sich entfernen.

»Wie weit ist es?«, fragt Blau.

»Ungefähr anderthalb Kilometer«, antwortet Rot.

Es sind nur zehn Grad Celsius und sie sind leicht angezogen, doch die kühle Luft ist das geringste ihrer Probleme.

Rot holt sein Handy hervor, stellt die Navi-App ein und klettert über die Leitplanke. Mithilfe der Taschenlampenfunktion des Handys bahnen sie sich ihren Weg durch ein dicht bewachsenes Waldstück. Nach einigen Metern gelangen sie zu einem Radweg und folgen ihm mit schnellen Schritten.

»Vielleicht«, sagt Blau, »hätten wir uns näher dran absetzen lassen sollen …«

»Sei still«, entgegnet Rot. »In den Anweisungen steht, dass du den Mund halten sollst.«

Das ist nicht wahr, in den Anweisungen steht nichts Derartiges, aber er hat gerade keine Lust auf Unterhaltungen.

Der Radweg führt unter einer Bahnüberführung hindurch, es stinkt nach Urin. Auf der anderen Seite stehen viele Bäume. Sie gehen ein paar Hundert Meter weiter, bis sie an eine Straße kommen, die zu den Häusern am Rand eines Dorfes führt. Einige ziemlich neu aussehende Mehrfamilienhäuser wechseln sich mit Holzbaracken ab, auf einer Wiese steht eine lange Reihe parkender Autos.

»Idyllisch«, kommentiert Blau.

Hintereinander her gehen sie an einem Mehrfamilienhaus nach dem anderen vorbei, bis sie zu einem hohen, mit Stacheldraht gekrönten Maschendrahtzaun kommen.

Auf einem Schild steht auf Tschechisch und Englisch: *MILITÄRGELÄNDE – EINTRITT VERBOTEN.*

»Ist es hier?«, fragt Blau.

Rot schüttelt den Kopf. »Das hier ist das Kommando- und Kontrollzentrum der 26. Luftwaffenbrigade. Die Basis ist darunter. Sechzehn Meter unter der Erde. Es wird nicht leicht werden.«

»Nein, sicher nicht.«

Sie gehen weiter, am Zaun entlang, bis sie zu einem überdachten Eingang mit einer geschlossenen Schranke kommen. Im Wachhaus steht ein Soldat, der in die Dunkelheit späht.

Rot schaut auf seine Uhr: zweiunddreißig Minuten nach Mitternacht. Sie sind drei Minuten zu früh dran.

»Jetzt warten wir.«

Sie hocken sich hin und verharren reglos. Ringsum ist es ganz still, bis auf ihre Atemgeräusche.

Um genau fünfunddreißig Minuten nach Mitternacht vibriert das Telefon des Wachsoldaten. Der Mann zögert, denn ein persönliches Gespräch entgegenzunehmen wäre eine Verletzung der Dienstvorschrift, aber um diese Zeit ist er hier draußen vollkommen allein. Was also hat er zu befürchten?

Er zieht das Handy aus der Tasche und nimmt das Gespräch an. Seine Stimme klingt fröhlich und sanft. Der Anruf scheint von seiner Freundin oder jedenfalls einer ihm nahestehenden Person zu kommen. Er redet, lacht ein bisschen, redet wieder und dreht sich um, sodass er dem Fenster des Wachhauses den Rücken zudreht.

Der Moment ist gekommen. Rot und Blau schleichen flink zum Wachhaus, schauen kurz zu dem Soldaten hinüber, steigen über die Schranke und laufen schnell weiter, bis die Dunkelheit sie verschluckt.

Blau will jetzt etwas sagen, doch Rot legt sich einen Finger quer auf die Lippen. Sie laufen weiter. Vor ihnen liegt eine Straße, die zu beiden Seiten von weit auseinanderstehenden Gebäuden gesäumt wird.

»Überwachungskameras«, flüstert Rot. »Folge mir, wir müssen außerhalb ihres Aktionsradius' bleiben.«

Sie joggen im Zickzack weiter, zählen dabei ihre Schritte und machen in den dunklen Ecken kurz Pause, um zu verschnaufen.

Sie brauchen knapp zehn Minuten, um *Budova č. 42* zu erreichen.

Das Gebäude ist wesentlich größer, als Rot erwartet hatte, und wirkt feindselig.

Während das übrige Kontrollzentrum um diese nächtliche Stunde menschenleer zu sein scheint, wird der Hangar von starken Scheinwerfern erhellt und man sieht Gabelstapler und herumlaufende Soldaten. Das Gebäude ist auf allen Seiten von einer Stacheldrahteinfassung umgeben, der einzige Zugang wird von zwei Soldaten mit Maschinengewehren bewacht.

Rot und Blau ducken sich hinter einen am Straßenrand abgestellten Jeep, der ungefähr hundert Meter von ihrem Ziel entfernt ist.

Blau zeigt auf die Männer am Eingang. »Bekommen auch die beiden jetzt einen Anruf?«

»Nein, aber wir warten auf eine Mitfahrgelegenheit. Halte dich bereit, wir warten noch … fünfundvierzig Sekunden.«

Als achtunddreißig Sekunden vergangen sind, zerschneiden die Lichtkegel zweier Scheinwerfer die Nacht. Brummend fährt ein Lkw des Modells Tatra T810 mit dicken Geländereifen und einem mit einer olivgrünen Plane abgedeckten Anhänger die Straße entlang.

Rot und Blau drücken sich eng an die Seite des Jeeps und halten die Luft an.

Als genau fünfundvierzig Sekunden vergangen sind, rollt der Lkw an ihnen vorbei. Der Motor hustet, dann röchelt er und schließlich geht er aus und das Ungetüm bleibt mitten auf der Straße stehen. Der Fahrer versucht, ihn anzulassen, zweimal, dreimal, aber nichts geschieht. Aus dem Inneren der Fahrerkabine dringen tschechische Flüche nach außen.

Schließlich steigt der Fahrer, der einen dunklen Militäroverall trägt, aus und geht gestikulierend und immer wieder auf sein Fahrzeug zeigend auf die Wachsoldaten zu.

»Jetzt!«, sagt Rot.

Die beiden heben die Plane des Anhängers an und klettern auf die Ladefläche. Das ist leichter gesagt als getan, denn die Anhängerwand ist ziemlich hoch. Rot rutscht immer wieder an dem Metall ab und kann sich nicht hochziehen, doch Blau, der schon oben ist, streckt ihm eine Hand entgegen.

Im Schutz der Plane schaltet Rot die Taschenlampenfunktion seines Handys ein. In ihrem Licht werden Dutzende von identisch aussehenden großen Plastikboxen sichtbar, die auf dem vorderen Teil der Ladefläche gestapelt sind und von dunklen Riemen gehalten werden.

»Irgendwo muss eine Box mit einer roten Farbmarkierung an der Seite sein.«

Fieberhaft suchen sie danach, weil sie wissen, dass sie nicht viel Zeit haben.

»Hier«, sagt Blau schließlich. »Sie ist hier, ganz hinten.«

Die Box aus dickem stabilen Plastik sieht genauso aus wie die anderen, aber an der Seite ist ein Farbschmierer zu erkennen, halb verwischt, so als hätte jemand versucht, ihn zu beseitigen.

Die Box steht auf zwei anderen und ist durch Riemen an den seitlichen Griffen mit dem übrigen Stapel verbunden, was bedeutet, dass ihr Deckel angehoben werden kann. Als Rot und Blau ihn hochheben, sehen sie im Licht ihrer Handytaschenlampe nur einige Luftpolsterfolienrollen.

Die Box ist riesig. Rot und Blau klettern hinein und ziehen den Deckel über ihren Köpfen zu.

»Bisschen eng …«

»Psst!«

Draußen erklingen Stimmen. Der Lkw-Fahrer kehrt mit jemand anderem zurück, vielleicht sind es die Wachen oder aber ein Mechaniker. Sie reden. Dann hört man wieder den Motoranlasser starten und absterben. Starten und absterben.

»Vertrau mir«, flüstert Rot und tatsächlich springt der Motor endlich röhrend an.

Der Fahrer ruft etwas, vielleicht ein »Danke«, und der Lkw setzt sich in Bewegung.

Knappe hundert Meter weiter hält er für die Kontrolle an der Schranke an, bleibt mit laufendem Motor stehen, fährt an, bleibt erneut stehen. Das Motorengebrumm verstummt.

»Wir sind drin«, sagt Rot. »Jetzt müssen wir vollkommen still sein.«

Sie hören andere Geräusche, die Plane des Anhängers wird angehoben, Männer steigen auf die Ladefläche und reden sehr schnell auf Tschechisch miteinander. Die Boxen werden bewegt und auf Gabelstapler geladen. Die Box, in der sich Rot und Blau verstecken, ist eine der letzten. Die Männer sind jetzt müde, die Box wird hin und her geschoben, die beiden Menschen darin rollen hilflos hin und her, doch beide achten streng darauf, kein Geräusch von sich zu geben.

Es vergeht Zeit, laut der Uhr von Rot sind es sechs Minuten, dann bewegt sich ihre Box nicht mehr und es wird still.

»Jetzt?«, flüstert Blau.

»Noch zwei Minuten.«

Nach einer Minute und zwanzig Sekunden hören sie ganz in ihrer Nähe plötzlich Stimmen und schnelle Schritte. Offenbar hat jemand etwas vergessen. Wenn sie ihr Versteck vorzeitig verlassen hätten, wären sie entdeckt worden.

»Jetzt!«

Sie heben den Deckel der Box, die ganz oben auf einen Stapel gestellt wurde. Zum Glück stand in den Anweisungen, dass sie in diese markierte Box steigen sollen, sonst würden sie jetzt mitten im Stapel stecken und könnten sich nicht befreien.

Rot und Blau finden sich in einem Gang wieder, der

stark an das Verkaufslager von IKEA erinnert: zu beiden Seiten hohe Metallregale, ein Betonfußboden und an der Decke Neonröhren.

»Hier entlang«, sagt Rot. »Überall sind Überwachungskameras, sie werden uns sehen, deshalb müssen wir schnell sein.«

Bestimmten, auf den Fußboden aufgemalten farbigen Linien folgend laufen sie durch das Lager zu einer verschlossenen Tür. Rot tippt in den Nummernblock eine sechzehnstellige Zahlenkombination ein, die er vom Display seines Handys abliest.

Hinter der Tür liegt ein menschenleerer Flur. An der nächsten Ecke biegen sie nach rechts ab, an der folgenden nach links, wieder befinden sie sich vor einer verschlossenen Tür mit einem Nummernblock.

»Vorsicht jetzt!«, sagt Rot. »Auf der anderen Seite steht eine Wache. Er heißt Tom. Wir müssen ihn ausschalten.«

»Du hättest mir seinen Namen lieber nicht sagen sollen.«

»Tut mir leid.«

Rot gibt einen Zahlencode ein, aber dieses Mal scheint er nicht zu stimmen, denn ein rotes Lämpchen leuchtet auf. Zweiter Versuch, wieder rotes Licht. Beim dritten Versuch leuchtet abermals das rote Lämpchen und ein Warnsignal ertönt.

Rot schlägt mit der flachen Hand gegen die Tür, wieder und wieder.

»Macht auf, macht auf!«, ruft er auf Englisch. »Das ist ein Notfall.« Zu Blau gewandt sagt er: »Hier sind mehrere Soldaten zuständig, die einander ablösen. Nick ist einer, der Befehle ganz genau befolgt. Tom dagegen ist nachlässig und langweilt sich im Dienst zu Tode. Er wird nachsehen wollen, was hier los ist.«

Tatsächlich geht wenige Sekunden später die Tür auf und ein um die zwanzig Jahre alter Mann schaut sie verblüfft an. Ihm wird klar, dass Rot und Blau nicht hier sein dürften, er will sein Gewehr auf sie richten, doch die beiden schlagen ihn nieder: Blau, indem er ihn mit beiden Fäusten gleichzeitig am Kinn trifft, Rot mit einem Kniestoß in den Magen.

Stöhnend geht Tom zu Boden.

»Weiter!«, ruft Rot. »Schnell!«

An Tom vorbei laufen sie einen kurzen Flur entlang. Er führt zu einem Aufzug, dessen Tür sich automatisch vor ihnen öffnet.

Sie hasten hinein und Rot legt beide Handflächen auf die glatte Wand. Die Augen hat er weit aufgerissen, damit die versteckten Sensoren seine Iris einscannen können.

Auf Englisch sagt er laut einen Satz, der in den Anweisungen steht: »Ich bedauere, in eure Kapsel einzudringen, aber wir müssen mit Generalin Émilie Gillet sprechen. Kommt da raus und holt uns.«

Der Aufzug erbebt und beginnt, sich abwärts zu bewegen. Eine schrille Alarmsirene schaltet sich ein.

Freitag, 19. Mai, 00:59
10 Stunden und 57 Minuten vor Stunde null

Immer weiter radelt Ron durch das nächtliche Bologna.

Der Radweg liegt in der Mitte der breiten Straße, sodass zu beiden Seiten jeweils drei Fahrspuren verlaufen. Um diese Zeit sind sie leer, nur ab und zu flitzt ein Auto mit überhöhter Geschwindigkeit vorbei und verschwindet dann im Dunkeln.

Ron hat keine Ahnung, wie viele Kilometer er im Laufe des Tages schon zurückgelegt hat, aber er ist sich sicher, wenn er so weitermacht, kann er sich bald für den Giro d'Italia anmelden.

Gegen halb elf, nach seinem Gespräch mit Micaela, war er in die Via dell'Osservanza zurückgekehrt, vor die Villa Neri, und war sich wieder wie ein Nachtfalter vorgekommen, den es zu einer Kerze zieht ... Dann verbrennt er sich die Flügel und stirbt.

Enricos Auto stand mitten auf der Straße, so als ob sein

Besitzer vergessen hätte, es ordnungsgemäß zu parken. Ron schaute durch die Autofenster, doch Enrico saß nicht drin. Einer plötzlichen Eingebung folgend, klemmte er zwischen Radlauf und Radkasten den GPS-Tracker, den ihm seine Schwester Serena für sein Fahrrad geschenkt hatte.

»Jetzt werde ich immer wissen, wo du bist, mein Freund.«

Ungefähr eine halbe Stunde nach Mitternacht schalteten sich Lichter am Gartentor ein. Ron konnte gerade noch hinter einen Strauch hechten, als Enrico das Haus verließ, ins Auto stieg und losfuhr.

Ron hatte nicht den Eindruck, dass es Enrico besonders gut ging. Er kam ihm nicht einmal mehr *lebendig* vor. Mehr wie ein Zombie, wie ein Roboter. Ein ferngesteuerter Automat.

Das Grinsen in Enricos Gesicht dagegen hatte nichts Roboterhaftes, dafür war es umso erschreckender. Das Grinsen eines Menschen, der zu allem bereit ist.

Er steht kurz davor, etwas Furchtbares zu tun, hatte Micaela gesagt. *Der schlimmste Fehler seines Lebens.*

Plötzlich war Ron hundertprozentig sicher, dass sie damit recht hatte. Die App auf seinem Handy zeigt ihm die Position seines GPS-Trackers auf einen halben Meter genau. Sobald Enricos Mikroauto hinter der ersten Kurve verschwunden war, hatte Ron sein Handy am Fahrradlenker befestigt und war zur Verfolgungsjagd aufgebrochen. Um zu sehen, was passieren würde, um zu versuchen, diese absurde Geschichte zu begreifen, vor allem aber, um das Versprechen zu halten, das er Micaela gegeben hatte.

Also radelt er jetzt, so schnell er kann, an der Porta Saragozza vorbei, vorbei auch an seinem Gymnasium, das so düster aussieht wie alle Schulen nachts. Vorbei an der Porta Sant'Isaia und der Porta San Felice und auch an der Porta Lame mit dem Gefallenendenkmal.

Ron kontrolliert die App, radelt um den Kreisel herum und biegt in die Via Zanardi ein. Das GPS-Signal zeigt an, dass Enricos Auto jetzt stehen geblieben ist, in ungefähr einem Kilometer Entfernung, und Ron ist froh darüber, denn die Via Zanardi führt auf den äußeren Stadtring und dort sind Fahrräder verboten.

Ron wird langsamer, auf keinen Fall darf Enrico ihn bemerken. Das Mikroauto steht am Straßenrand, in der Nähe einer Garage mit halb hochgezogenem Kipptor. Enrico muss dort drin sein.

Ron lehnt sein Rad an einen Laternenpfahl und geht näher. Durch den Torspalt sieht er den gelblichen Lichtkreis einer Taschenlampe hin und her wandern. Ron zögert, doch dann bückt er sich und schaut durch den Spalt hinein.

Die Garage ist wesentlich größer, als er beim Anblick des Tors dachte. Mindestens drei bis vier Autos würden dort hineinpassen, doch es stehen keine darin, sondern Kartons in zahlreichen, bis unter die Decke hinaufgestapelten Reihen.

Enrico hat einen davon geöffnet und lädt dessen Inhalt in seinen Schulrucksack. Um ihn besser beobachten zu können, versucht Ron, das Kipptor weiter anzuheben, doch schon bei der ersten Bewegung quietscht es laut. Enrico wirbelt herum und Ron kann gerade noch rechtzeitig den Kopf einziehen und beiseitespringen.

Er drückt sich flach an die Außenwand und rechnet fest damit, dass Enrico nachschauen kommt, doch nichts passiert. Ron fasst neuen Mut und späht wieder in die Garage.

Der geöffnete Karton scheint voller Plastikstangen zu sein, schätzungsweise vierzig Zentimeter lang, mit einem rot gefärbten Ende. Enricos Rucksack ist bereits prall gefüllt und doch schiebt er eine weitere Stange hinein und noch eine, immer so weiter, bis er den Reißverschluss nicht mehr zubekommt.

Nun geht er zu einem weiteren Karton, holt etwas heraus, das wie ein Kugelschreiber aussieht, sowie einen zigarettenschachtelgroßen Metallgegenstand, steckt beides in die Hosentasche, und in die andere Hosentasche eine kleine Rolle Kabel.

Ron kann sich auf das, was Enrico da tut, keinen Reim machen. Micaela hätte mir wenigstens einen Hinweis geben können, denkt er.

Enrico ist fertig. Vor Anstrengung ächzend, hievt er sich den schweren Rucksack auf den Rücken und geht zum Tor. Ron zieht sich zurück, läuft ein Stück den Bürgersteig entlang, versteckt sich hinter einem Altglascontainer und beobachtet, wie sein Mitschüler herauskommt, das Garagentor schließt und ins Auto steigt. Er fährt los.

»Scheiße«, sagt Ron, wenig begeistert von der Aussicht auf eine weitere Radtour durch Bologna mit unbekanntem Ziel.

Er schaut in der App nach und sieht, wie der kleine rote Positionspunkt weitergleitet.

»Okay. Versuchen wir es.«

Er steigt aufs Fahrrad und will gerade losfahren, als sein Handy klingelt und auf dem Display das lächelnde Gesicht seines Vaters erscheint. Es ist ein Foto, das seine Schwester Serena vor ein paar Jahren im Urlaub aufgenommen hat, das Bild eines sonnengebräunten, glücklichen Mannes. Doch Ron weiß, wenn sein Vater ihn kurz nach ein Uhr nachts anruft, dann ist er überhaupt nicht glücklich.

Er ruft sofort zurück und hält den Hörer vom Ohr entfernt, damit er von dem zu erwartenden Gebrüll nicht taub wird.

»Ähm … ja, es ist ein bisschen spät geworden«, versucht er sich zu rechtfertigen, »aber es ist alles in Ordnung, Papa …«

»Von wegen in Ordnung«, schneidet ihm sein Vater das Wort ab und verkündet, dass Ron ab sofort Hausarrest hat, und wenn er nicht augenblicklich nach Hause kommt, bis zu seinem achtzehnten Geburtstag auch in Hausarrest bleiben wird.

Nach diesem Gespräch ist Ron verzweifelt. Auf der einen Seite stehen Micaela und die Mission, die sie ihm anvertraut hat, auf der anderen Seite sieht er sich der Wut seines Vaters gegenüber.

Der Vater siegt, vor allem deshalb, weil er seine Drohungen gewöhnlich wahr macht.

Also radelt Ron seufzend los, Richtung zu Hause, und zwar so schnell, wie er kann.

29

Samstag, 20. Mai, 02:17
14 Stunden und 21 Minuten nach Stunde null

Rot wartet in einem kleinen leeren Raum.

Er ähnelt den Räumen, in denen in Filmen Verdächtige von der Polizei verhört werden, nur dass es in den Filmen immer einen Tisch gibt und einen großen Einwegspiegel, hinter dem sich Polizisten verstecken, um den Verdächtigen zu beobachten. Vor allem aber gibt es einen Anwalt, der anwesend ist, um die Rechte des Verdächtigen zu verteidigen.

In diesem Raum hingegen sind nur er und der Stuhl, an den sie ihn gefesselt haben, oder besser gesagt gekettet, denn sie haben nicht nur seine Handgelenke, sondern auch die Fußknöchel mit Handschellen fixiert und eine Kette um seine Brust und die Stuhllehne gewickelt.

Sie haben ihm außerdem eine Sturmhaube aus schwarzer Mikrofaser über den Kopf gezogen, die sein gesamtes Gesicht bedeckt und nur zwei kleine Löcher für die Augen freilässt. Abgesehen davon hat er nur noch seine Unterhose an, denn seine Kleidung haben sie ihm weggenommen und sein Handy ebenfalls.

Was Blau betrifft ... Rot weiß nicht genau, was mit ihm passiert ist: Als sich die Fahrstuhltür öffnete, standen zwei Soldaten in Kampfausrüstung vor ihnen. Rot hat sich sofort auf den Boden geworfen und seine Hände vom Kopf weggestreckt, und weil er daraufhin nur ein paar Fußtritte einstecken musste, ist er alles in allem noch gut weggekommen. Blau dagegen hat den Helden gespielt und wollte sich verteidigen, was bei den beiden Soldaten nicht gut ankam: Sie haben ihn gründlich verprügelt, bevor sie ihn weggebracht haben.

Doch obwohl Rot weniger einstecken musste, hat er ziemliche Probleme: Mit der Sturmhaube bekommt er zu wenig Luft, die Handschellen schneiden ihm schmerzhaft ins Fleisch und die Kette um die Brust zwingt ihm eine extrem unbequeme Sitzhaltung auf. Inzwischen spürt er seine Arme und seine Beine nicht mehr.

Jemand betritt das Zimmer und Rot zuckt zusammen.

Eine Frau. Um die fünfzig, eher klein.

»Generalin«, begrüßt Rot sie.

Die Frau schaut ihn an, ohne ihm zu antworten, und ihm wird bewusst, dass er es auf Italienisch gesagt hat. Vielleicht hat sie ihn nicht verstanden. Er versucht es noch einmal auf Englisch und sie schaut ihn so verächtlich an, dass ihm das Blut in den Adern gefriert.

»Wie du siehst«, sagt sie, »sind wir aus dieser verdammten lila Tür herausgekommen und haben euch geholt.«

Die Kommandantin betrachtet ihn aufmerksam. Weil es im Raum keinen zweiten Stuhl gibt, bleibt sie stehen und schaut ihn sich von oben bis unten an.

»Ich weiß, wer du bist«, sagt sie. »Ich weiß, wann du geboren wurdest, wie deine Familienangehörigen heißen und wo du lebst. Welche Hobbys du hast. Was ich nicht weiß, ist, warum du meinen Namen kennst. Und wie es dir gelungen ist, all unsere Sicherheitsvorkehrungen auszutricksen.«

Nun schweigt sie, und Rot begreift, dass er mit Reden dran ist und dass er schnell sein muss, überzeugend und vor allem ehrlich, weil er keine zweite Chance haben wird.

»Mein Handy«, sagt er. »Ihr habt es mir weggenommen. Kann ich es bitte zurückhaben?«

»Brauchst du es, um meine Frage zu beantworten?«

»Ja.«

»Ohne dein Telefon kannst du sie nicht beantworten?«

Rot gibt sich Mühe, ihrem Blick standzuhalten. »Doch, aber Sie würden mir nicht glauben.«

Sie macht eine Geste, zur Decke hin, zu niemandem eigentlich, und sofort darauf tritt ein Mann in Bermudas ein, der einen großen orangefarbenen Kopfhörer um den Hals hängen hat. Der Mann hält ein Handy in der Hand, das er der Kommandantin übergibt.

»Danke, aber er muss jetzt gehen«, erklärt Rot. »Ich bin nur dazu autorisiert, mit der Kommandantin zu sprechen.«

»Ich bin diejenige, die hier die Regeln aufstellt«, widerspricht die Generalin.

Rot ignoriert das und sagt zu dem Mann: »Entschuldige bitte, Jerry. Wir beide unterhalten uns später.«

Dieser Name, Jerry, schlägt wie eine Bombe ein. Sowohl die Kommandantin als auch der Mann in Bermudas zucken sichtlich zusammen. Schon im nächsten Augenblick bereuen sie es, ihre Gefühle preisgegeben zu haben, doch Rot weiß, dass dieser Punkt an ihn ging.

»Sie müssten auch meine Hände frei machen«, sagt er. »Sonst kann ich mit dem Handy nichts anfangen.«

Die Kommandantin ist sich nicht schlüssig, ob sie ihn erschießen oder aber ihm nachgeben soll.

Rot lächelt so gewinnend wie möglich. »Bitte. Ich kann alles erklären.«

Die Frau fasst einen Entschluss, nimmt die Schlüssel aus der Tasche ihres Overalls und öffnet die Handschellen, die Rots Handgelenke fixieren. Aber nur die. Danach gibt sie ihm sein Handy, stellt sich genau vor ihn und zieht aus einer anderen Tasche ihres Overalls eine Pistole.

So bleiben sie einen langen Augenblick. Rot, weiterhin gefesselt und mit einer Pistole vor der Nase, ist bemüht, sich auf sein Telefon zu konzentrieren, und merkt, dass es in der ihm aufgezwungenen Haltung nicht einfach ist, damit zu hantieren.

»Das ist nicht sehr bequem«, sagt er.

»Pech gehabt. Eine falsche Bewegung und ich erschieße dich.«

»Ich bitte Sie, tun Sie es nicht«, sagt Rot. »Um Nicoles willen.«

Das ist die zweite Bombe, und die Kommandantin reagiert, indem sie einen Schritt nach vorne macht und ihm die Mündung ihrer Pistole gegen die Stirn drückt. Das Metall ist eiskalt.

»Woher kennst du den Namen meiner Tochter? Jetzt erschieße ich dich wirklich.«

»Ich kenne ihn, weil er hier steht«, antwortet Rot. »Es steht alles hier. Sehen Sie selbst.«

Das Handy hat keinen Empfang, es zeigt keinen einzigen Balken, doch zum Glück hatte Rot alles auf den internen Speicher übertragen. Er zeigt die Aufnahme einer dicht beschriebenen Seite. Seine Anweisungen.

Die Kommandantin beginnt zu lesen, und während sie weiterliest, wird sie immer blasser, bis ihre Haut buchstäblich einen hellen Ascheton annimmt.

»So sind wir hereingekommen«, erklärt Rot. »Wir haben alles befolgt, was hier aufgeschrieben ist. Da steht alles drin, auch der Name des Analysten und der Ihrer Tochter.«

Die Kommandantin nimmt ihm das Handy ab und Rot sieht, dass sie zittert. Nur ganz leicht, kaum wahrnehmbar, aber sie zittert. Schließlich senkt sie die Pistole, die sie die ganze Zeit über auf Rot gerichtet hatte, und steckt sie zurück in den Overall. Aus ihrem Blick spricht nicht mehr Verachtung, sondern nur noch Neugier.

»Ich habe immer noch Lust, dich zu erschießen«, sagt sie. »Aber davor brauche ich Antworten. Warum bist du hier?«

Rot begreift, dass er es geschafft hat. Der Fisch hat angebissen.

»Das«, sagt er zur Kommandantin, »ist der interessanteste Teil dieser ganzen Angelegenheit.«

30

Freitag, 19. Mai, 03:25
8 Stunden und 31 Minuten vor Stunde null

In Krankenhäusern ist es niemals still. Sogar mitten in der Nacht bewegen sie sich, atmen sie, schnarchen sie, blasen durch Ventilatoren, Beatmungsgeräte und Sauerstoffflaschen.

Grande lauscht und nimmt all das Leiden wahr, das sich hinter den vielen Geräuschen verbirgt, die Schmerzen der Kranken, die Müdigkeit der Nachtschicht, die Langeweile, den unangenehmen Geschmack der Medikamente, den sauren Nachgeschmack des Kaffees.

In seinem Zimmer sind zwei neue Polizisten, die gekommen sind, um die anderen abzulösen. Ferranti. Pau. Sie haben es sich gemütlich gemacht, schauen sich mit Kopfhörern Filme an und haben schon seit Stunden nicht mehr von ihren Handys aufgeschaut.

Sie glauben, dass er schläft, doch Grande kann nicht schlafen. Er würde gerne, doch das Krankenhaus hält ihn wach, es stichelt, es zwingt ihn, in einer Endlosschleife über immer dieselben Dinge nachzugrübeln.

Genauer gesagt, über ein Ding: Kann man mit einem Telefon einen Krieg auslösen?

Das ist die Frage, die Giovanni Grande schon seit Stunden durch den Kopf geht. Denn es besteht die Gefahr, dass ein Krieg ausbricht. Ihm ist das sehr wohl bewusst, mit derselben Sicherheit, mit der ein Schachmeister anhand der Position der Figuren auf dem Brett das Ende der Partie vorhersagen kann.

Lange Zeit fühlte sich Grande gegenüber einem unsichtbaren und deshalb stärkeren Feind im Nachteil. Er ist ins Gefängnis gekommen und vom Gefängnis ins Krankenhaus, dorthin, wo die Kranken und Schwachen landen, die Untersten in der menschlichen Hackordnung.

Doch dann hat Grande einen klugen Zug getan. Es ist ihm gelungen, sich eines Handys zu bemächtigen, und jetzt hat er die Möglichkeit, einen Gegenangriff zu starten und eine wichtige gegnerische Figur aus dem Spiel zu werfen.

Diego. Der Mann, der ihn hinter Gitter gebracht und seine ehrbare Fassade zerstört hat. Der Gedanke, ihn zu töten, lässt Grande erzittern. Er weiß, welche Genugtuung ihm diese einfache Entscheidung verschaffen würde. Doch er weiß auch, dass Diego nur eine Figur in einem wesentlich größeren Spiel ist. Hinter ihm müssen andere stehen, die in Italien und vielleicht auch in Venezuela arbeiten, und das sind gewichtige Leute, die wirklich Geld besitzen und auch Macht und die keinerlei Skrupel haben, Menschen zu töten oder sogar ein ganzes Land in Schutt und Asche zu legen.

Und noch etwas anderes beschäftigt Grande: Sollte er die Herausforderung annehmen und einen Krieg entfesseln, würde er früher oder später Hilfe brauchen. Er müsste andere gewichtige Leute um Gefallen bitten, und diese Gefallen müssten früher oder später erwidert werden, was wiederum weitere Tote und noch viel mehr Schutt und Asche zur Folge hätte.

Wenn Grande die Ermordung von Diego in Auftrag gibt, kann er nicht mehr zurück. Andererseits ist er jetzt ein verletzter Löwe. Er ist öffentlich bedroht worden und ein Anführer, der nicht den Mut hat, auf Drohungen angemessen zu reagieren, hat kein Recht mehr, Anführer zu bleiben, und wird früher oder später getötet.

Was also soll er tun?

Kriege sind eine sehr delikate Angelegenheit, man muss sie sich gut überlegen. Grande denkt in seinem Bett gründlich nach. Er spürt den Druck des zwischen seinen Beinen versteckten Handys. Natürlich kann er es nicht benutzen, nicht mit Pau und Ferranti, die in seinem Zimmer sitzen und auf ihn aufpassen, doch allein schon zu wissen, dass es in seiner Reichweite ist, beunruhigt ihn.

Er muss sich entscheiden, welche Haltung er einnehmen wird, was er machen wird. Sich zurückziehen oder angreifen? Die Apokalypse auslösen oder das Gesicht verlieren?

Es gäbe auch noch eine dritte Möglichkeit und Grande stellt überrascht fest, dass sie ihm ein Lächeln auf das Gesicht zaubert.

Er könnte sterben.

Wenn er sterben würde, wäre alles anders, alles vorbei. Seine Figur wäre vom Schachbrett verschwunden und er hätte endlich seine Ruhe, auf einem schönen Friedhof mit vielen Bäumen.

Ach ja, ach ja.

Er stellt sich die Allee des Friedhofs Certosa in Bologna vor, die Damen, die Blumensträuße auf die Gräber legen, der Sonnenschein, in dem alles beinahe schön aussieht.

Sterben wäre gar nicht so schlecht.

Ein bisschen Frieden finden.

In Ruhe gelassen werden.

Doch es gibt da ein Problem: Er hat überhaupt nicht die Absicht, sich umzubringen, und deshalb muss er jetzt aufhören herumzutrödeln und diese verdammte Wahl treffen.

Diego töten.

Ja oder nein?

Das ist schon alles. Weiß oder Schwarz, Kopf oder Zahl.

Grande dreht sich in seinem Bett um, presst die Schenkel zusammen, um das Handy deutlicher zu spüren, als könnte ihm das Gerät einen Rat geben. Doch es ist nur ein totes Kästchen und er grübelt weiter.

Die beiden Polizisten im Raum bekommen von alledem nichts mit.

31

Samstag, 20. Mai, 04:02
16 Stunden und 6 Minuten nach Stunde null

Nie hätte er sich träumen lassen, denkt Grande, dass in nur vierundzwanzig Stunden so viel passieren kann.

In der Nacht zuvor war er in Bologna im Krankenhaus gelegen, von zwei in seinem Zimmer sitzenden Polizisten bewacht, er hatte sich im Bett hin und her gewälzt und kein Auge zubekommen.

Jetzt dagegen ist Grande sehr, sehr weit von Bologna entfernt, frei wie ein Vogel und in Gesellschaft einer schönen Frau, die sich bei ihm untergehakt hat. Sie werden gleich eine Raststätte betreten, die nachts aufhat, und Grande denkt, dass es ihm heute sehr viel besser geht als gestern, zweifellos.

Zweifellos.

Er schiebt die Tür der Raststätte auf und die Frau an seiner Seite drückt seinen Arm fester, um ihn zu stützen. Er weiß das zu schätzen, nicht etwa, weil er ihre Hilfe braucht, sondern weil sie ihm gefällt. Ihre Schönheit wirkt in diesem halb leeren Lokal vollkommen fehl am Platz, es sitzen nur ein paar Kaffee trinkende Lastwagenfahrer darin.

Grande wählt einen etwas abseitig stehenden Tisch aus, von dem er die Eingangstür im Blick behalten kann, und wartet, bis ein Kellner zu ihnen kommt, ein Mann, dem man die Anstrengung der langen Nachtschichten deutlich ansieht.

»Bring uns etwas zu essen«, sagt Grande. »Und zwei Bier.«

Der Kellner scheint ihn nicht zu verstehen und versucht, etwas zu entgegnen, doch Grande tut, als höre er es nicht, und der andere zieht resigniert davon.

Als sie wieder allein sind, schimpft die Frau mit ihm: »Wenn Sie einen Schlaganfall gehabt haben, sollten Sie keinen Alkohol trinken.«

»Nicht einmal ein Bier?«

»Nicht einmal das.«

»Puh«, macht Grande, dann lächelt er. Es ist lange her, dass eine Frau den Mut hatte, es mit ihm aufzunehmen. Er hatte vergessen, wie sich das anfühlt.

Er streckt seine Schultern: Die letzten vierundzwanzig Stunden, bis er vom Krankenhaus hierher gelangt ist, waren kompliziert. Nur seinen Adrenalinschüben verdankt er, dass er durchgehalten hat, und jetzt muss er erst einmal verschnaufen. Sich auf die Prüfung vorbereiten, die auf ihn wartet.

Er merkt, dass sie ihn beobachtet. »Entschuldigen Sie bitte«, sagt er. »Ich war in Gedanken.«

»Das macht doch nichts. Es war ein anstrengender Tag.« Und etwas später: »Eigentlich müssten Sie ins Krankenhaus zurück.«

»Ich verspreche Ihnen, dass ich das tun werde, sobald alles abgeschlossen ist. Und was werden Sie tun, *danach*?«

Die Frau zögert, zuckt mit den Schultern und fängt an, ihm von ihrem Leben zu erzählen, von ihrer Scheidung. Ein Leben wie viele, doch sie erzählt es mit Leichtigkeit und mit einer Ironie, die ihn beeindruckt. Eine starke Frau.

Der Kellner kehrt mit zwei Gläsern Bier, zwei Gläsern mit Wasser und Eiswürfeln und zwei Suppentellern mit einer dampfenden Masse zurück. Schwierig zu erkennen, woraus sie besteht. Vielleicht ist es eine Art von Gulasch.

Lächelnd zieht Grande die Wassergläser zu sich her. »Das Bier ist für Sie. Ich sollte keinen Alkohol trinken.«

Die Frau kostet das Essen und sagt, dass es Gulasch und pikant sei, aber gut schmecke.

Grande merkt erst jetzt, dass er nicht sehr hungrig ist, und trinkt deshalb nur sein Wasser, ohne dabei die Tür aus den Augen zu lassen.

»Und Sie ... wie sind Sie ... hier gelandet?«, fragt die Frau.

Grande weiß, was sie eigentlich von ihm wissen will. Er soll ihr erzählen, wie er seine Transportfirma aufgebaut hat und wie er in jene andere Branche gerutscht ist, die, in der richtig viel Geld umgesetzt wird.

Wie er die kleine Villa in Bolognas Viertel Interporto von einem alten Industriellen geschenkt bekommen hat, der nur sein Leben retten wollte. Wie er jahrelang von morgens bis abends gearbeitet hat.

Von Maria, wie es damals war, als sie sich ineinander verliebten, wann sie begriffen und versucht hat, ihn zu verlassen, wie er sie daran gehindert hat, und wie sie ihn dann doch noch ausgetrickst hat, indem sie an Krebs gestorben ist.

Von seinem Sohn, der von zu Hause weg ist, sobald er das konnte, und nie mehr zurückgekehrt ist.

Und wie dann die Polizei gekommen ist, um ihn zu verhaften, und von dem Prozess, dem Gefängnis, der Suche nach dem Namen des Verräters, Diego, Diego Gonzales, und von der Entscheidung, was zu tun sei. Was *mit ihm* zu tun sei.

Es gibt so vieles, das Grande dieser Frau gern anvertrauen würde, doch er tut es nicht. Er schweigt einfach. Er schweigt und lässt die Tür nicht aus den Augen, mit zusammengekniffenen Lippen und halb geschlossenen Augen.

»Verzeihen Sie«, sagt sie nach einer Weile leise. »Ich wollte nicht indiskret sein.«

»Das macht nichts.«

»Glauben Sie, dass alles gut gehen wird?«

»Es wird so laufen, wie es laufen soll. Jetzt bringen wir erst einmal diese Nacht hinter uns. Dann folgt der nächste Zug.«

32

Samstag, 20. Mai, 05:18
17 Stunden und 22 Minuten nach Stunde null

Während Grande kein Auge zutut, schläft Micaela. Doch plötzlich wacht sie wieder auf. Sie hatte gar nicht gemerkt, dass sie auf dem Feldbett eingeschlafen war, vollständig angezogen und bei eingeschaltetem Licht.

»Was war das?«, flüstert sie.

Sie merkt, dass im Raum irgendetwas anders ist. Sie streckt eine Hand aus, berührt den Gegenstand, der auf ihrem Kissen liegt, nur wenige Zentimeter von ihrem Kopf entfernt, und springt erschrocken auf.

Jemand hat das Zimmer betreten, während sie schlief. Wer war das? Und warum ist sie nicht aufgewacht?

Sie schaut zur Überwachungskamera an der Decke hinauf. Sicherlich hat die alles aufgenommen, doch Micaela hat zu den Aufnahmen keinen Zugang.

»Wer war das?«, fragt sie laut. »Wer hat das hier reingebracht?«

Micaela nimmt den Gegenstand, dreht ihn zwischen den Händen hin und her und untersucht ihn. Er ist in feuerrotes Papier eingewickelt, mit einem goldenen Zierbändchen, das mit Klebeband an dem Papier befestigt wurde.

Ein Geschenk.

Wer kann ihr in einer derartigen Situation ein Geschenk gemacht haben? Und warum hat die Kommandantin erlaubt, dass es ihr gebracht wird?

Nein, denkt Micaela, mit Sicherheit weiß die Kommandantin nichts davon. Sie hat sie ja gerade erst verhaften lassen. Also muss es jemanden geben, der die Überwachungskameras neutralisiert hat, um ihr heimlich ein Geschenk zuzustecken. Ob es Data war? Der Analyst? Einer der Wachsoldaten?

Micaela überlegt, ob sie das Päckchen öffnen soll oder nicht. Es könnte wer weiß was darin sein. Es könnte eine Falle sein. Dann aber denkt sie, tiefer als jetzt kann sie gar nicht in Schwierigkeiten stecken, was soll ihr noch Schlimmeres passieren?

Sie entfernt Bändchen und Klebeband und zerreißt das Papier. Darunter findet sie eine noch in Zellophan eingeschweißte DVD. Ein Film. *Die Glücksritter*.

Auf der DVD-Hülle klebt ein Post-it, auf dem auf Italienisch steht: *Schauen wir ihn uns Weihnachten gemeinsam an?* Die Beschriftung ist von Hand, aber sie kennt diese Schrift nicht. Wer könnte es geschrieben haben?

Sie ist immer noch mit dieser Frage beschäftigt, als die

Schiebetür zur Seite gleitet und die Kommandantin eintritt. Instinktiv versteckt Micaela die DVD unter ihrem Kissen. Lieber keine weiteren Probleme aufkommen lassen.

Die Kommandantin bemerkt es nicht, weil sie Micaela gar nicht anschaut. Sie betrachtet alles andere, das Feldbett, den Tisch, die Überwachungskamera an der Decke, aber nicht sie.

»Wie geht es dir?«

»Ausgezeichnet«, antwortet Micaela.

»Das war eine ernst gemeinte Frage. Ich erwarte eine ernst gemeinte Antwort.«

»Ziemlich schlecht«, gibt die Agentin zu. »Sie wissen doch, wie man auf der Basis sagt? *Nach dem dritten geht's ins Krankenhaus.* Der letzte Einsatz war hart, meine Reaktionen sind verlangsamt, mir ist schwindelig und übel, ich fühle mich benommen. Ich bin mir nicht sicher, ob ich mich erinnern kann, was in den letzten vierundzwanzig Stunden genau passiert ist.«

»Ich kann dir die Ärztin schicken, damit sie dich untersucht.«

»Ich brauche die Ärztin nicht. Ich will nur hier raus und meine Arbeit wiederaufnehmen.« Micaela zögert, bevor sie hinzufügt: »Ich habe das, was mir vorgeworfen wird, nicht getan.«

Endlich sieht die Generalin Micaela an. Ihr Rücken ist gerade und stocksteif. Eine Auswirkung der vielen Jahre in der Armee, denkt Micaela, doch ihr wird klar, dass sie über die Generalin nur sehr wenig weiß. Außer dass auch sie ein Wunderkind war, das unsanft die Rangleiter hinaufgeworfen wurde, um schließlich eine der wichtigsten und geheimsten strategischen Basen der Welt zu befehligen.

»Ich habe das, was mir vorgeworfen wird, nicht getan«, wiederholt Micaela energischer.

»Leugnest du, mit diesem Jungen gesprochen zu haben? Mit Ronaldo Senai.«

»Nein.«

»Und hast du möglicherweise vergessen, dass ein Gespräch mit einem Vergangenen, sofern die Richtlinien der Mission es nicht direkt vorschreiben, einen Verstoß gegen die Dienstvorschriften darstellt?«

»Ich kenne die Dienstvorschriften«, erwidert Micaela.

»Dann ist die Anklage ja korrekt. Du gehörst vor ein Militärgericht.«

»Die Mission war kompromittiert, Kommandantin. Ich sollte in jenem Lokal rechtzeitig ankommen, um das Handy von Enricos Freundin an mich zu nehmen und zu zerstören … Laut MARIE sollte dies um 22 Uhr 17 geschehen. Ich bin in der Vergangenheit um 22 Uhr 14 angelangt. Und …«

»Und?«

»Zu diesem Zeitpunkt hatte Enrico bereits alles gesehen und war mit dem Handy in der Hand aus der Bar hinausgerannt. Mein Einsatz war schon gescheitert, bevor er überhaupt begann.«

»Hat Ron dir das alles erzählt?«

Micaela überlegt gut, was sie antworten soll, und nickt schließlich. »Ja, Generalin. Gleich nachdem ich mich in der Bar materialisiert habe, bin ich ihm begegnet. Er hat mich wiedererkannt. Das war das dritte Mal, dass er mich wiedergesehen hat, nach den Einsätze heute Morgen und heute Nachmittag.«

Die Kommandantin atmet laut aus. »In einem Fall aufeinanderfolgender Einsätze kann es Agenten durchaus passieren, denselben Vergangenen mehr als ein Mal zu sehen. Es wäre schön, wenn wir bei jedem Einsatz einer Mission einen anderen Agenten losschicken könnten, doch nach derzeitigem Stand ist es nicht sicher genug.«

»Ich weiß.«

»Aber du hättest nicht mit ihm sprechen dürfen. Und das, was er dir gesagt hat, nicht glauben dürfen.«

Micaela schaut der Kommandantin direkt ins Gesicht. »Mit allem gebotenen Respekt, Generalin, aber wenn ich im Feld bin, ist es meine Aufgabe, die mir am geeignetesten erscheinende Verfahrensweise zu wählen. So steht es auch in den Dienstvorschriften. Als ich ankam, befand sich Enrico Neri nicht in dem Lokal und das Handy lag nicht unter dem Tisch. Ich wusste, dass ich in die Gegenwart zurückkehren musste. Ronaldo Senai war am Ort und bot sich an, mir zu helfen, indem er Enrico im Auge behielt. Weil dies meine beste Chance war, die Mission zu erfüllen, nahm ich sein Angebot an.«

Die Kommandantin zuckt zusammen. »Du ... was hast du ...?«

»Es oblag meiner Verantwortung, die Entscheidung zu treffen. Natürlich habe ich die Nummer 42 in keiner Weise erwähnt. Ich habe Ron nicht in die Gründe für meine Mission eingeweiht und ich habe ihm verboten, mit Enrico auf irgendeine Weise direkten Kontakt aufzunehmen. Dennoch war ich der Ansicht, dass seine Hilfe unentbehrlich ist.«

Die Kommandantin richtet sich noch gerader auf. »Unseren Daten zufolge ist Ronaldo Senai ein Komplize von Enrico Neri!«

»Unseren Daten zufolge besteht eine Wahrscheinlichkeit, dass Ronaldo das sein könnte«, verbessert Micaela sie. »Doch erscheint es ebenso wahrscheinlich, dass das Gegenteil stimmt, und ich bin mir bei Ron sicher. Ich habe ihn genau beobachtet, er hat nicht gelogen. Ich weiß das.«

Die Kommandantin ist wesentlich kleiner als die Agentin, doch die Autorität, die sie ausstrahlt, scheint ihre physische Präsenz zu verstärken. Es ist, als erfülle eine elektrische Spannung den Raum.

Dann löst die Spannung sich auf.

»Du könntest recht haben oder auch nicht«, sagt sie. »Auf jeden Fall stehe ich vor einem beträchtlichen Dilemma. Dies ist eine Situation, für die es in der Geschichte unseres Korps keine Präzedenzfälle gibt. Vielleicht hat sich die Agentin meines Teams des Verrats schuldig gemacht, dennoch kann ich sie nicht ersetzen. Wenn ich dich in die Vergangenheit schicke, könnte ich selbst vor einem Militärgericht landen. Doch wenn ich jemand anderen entsende, passiert dasselbe. Und wenn ich nichts unternehme, kann ich mit mathematischer Sicherheit davon ausgehen, dass diese verdammte Bombe vor siebzehn Stunden explodiert ist und die Toten tatsächlich tot sind. Verstehst du mein Problem?«

Micaela versteht es und steht auf. Sie geht in Habachtstellung.

»Generalin, sowohl Sie als auch ich wollen diese Menschen retten. Ermöglichen Sie mir bitte, es zu tun. Zu kämpfen. Ich bin keine Verräterin, das müssen Sie mir glauben. Das schwöre ich Ihnen auf meine Ehre.«

»Wenn du eine Verräterin bist, hast du keine Ehre.«

»Aber Sie selbst haben mich hierhergeholt, Sie haben mich dazu auserwählt, Agentin zu werden. Sie kennen mich. Sie *wissen* es.«

Der Kommandantin ist deutlich anzusehen, dass sie schon lange nicht mehr geschlafen hat. Tiefe Falten zerfurchen ihr Gesicht.

»Es gibt da noch ein weiteres Problem. Falls ich mich dazu entscheiden würde, dir zu vertrauen und dich zurückzuschicken, wäre das dein vierter Einsatz innerhalb derselben Zeitmission. Du hast mir vorhin gesagt, dass der dritte schwere Folgen hatte, dass du dich benommen fühlst. Ein vierter Einsatz könnte dir bleibende Schäden zufügen.«

»Das ist unwichtig«, antwortet Micaela. »Ich bin bereit, dieses Risiko auf mich zu nehmen.«

»Überlege es dir gut, denn eine Reise in die Vergangenheit, bei der du nicht perfekt in Form bist, könnte unvorhersehbare Konsequenzen haben, und falls du die Katastrophe doch nicht verhindern kannst, würdest du dich dein Leben lang schuldig fühlen. Für eine so junge Frau wie du ist das eine schwere Last. Hinzu kommt, dass dein Körper möglicherweise den Stress gar nicht mehr aushält. Du könntest in ein Koma fallen. Und Diana nie mehr wiedersehen.«

Micaela hätte nicht gedacht, dass die Kommandantin von Diana weiß, beziehungsweise dass sie als höchste Offizierin der Basis so detailliert über das Privatleben ihrer Untergebenen unterrichtet ist, jedenfalls hat sie mit ihr noch nie darüber gesprochen.

Micaela hält die Luft an, denkt an Diana, an die Mail, die ihre Freundin ihr am Nachmittag geschickt hat, an das erste Mal, als sie einander in jenem Supermarkt begegnet sind.

Sie denkt auch an ihre Eltern in Italien, sie hat sie schon seit Monaten nicht mehr gesehen und, um ehrlich zu sein, telefonieren sie auch gar nicht so oft miteinander. Aber sie hatte fest vorgehabt, sie diesen Sommer zu besuchen. Ein paar Tage am Meer zu verbringen.

Ist sie wirklich bereit, all das zu verlieren?

»Kommandantin, vertrauen Sie mir. Ich kann ein viertes Mal in die Vergangenheit zurückkehren und diese Geschichte beenden. Die Bombe wird nicht explodieren, das schwöre ich Ihnen.«

Die Generalin schaut ihr in die Augen, dann steckt sie die Hand in eine Tasche. Als sie sie wieder herauszieht, hält sie darin Micaelas Smartwatch.

»Binde sie dir wieder um. Und versuche, ein bisschen zu schlafen. Sobald MARIE einen neuen Eintrittspunkt errechnet hat, lasse ich dich holen.«

33

Freitag, 19. Mai, 06:34
5 Stunden und 22 Minuten vor Stunde null

Nachricht: *Bist du wach?*

Nachricht: *Heute Morgen hatte meine Mama Frühschicht und hat Theater gemacht.*

Ron wälzt sich brummend im Bett herum und zieht sein Handy unter dem Kissen hervor. Wie spät ist es? Himmel, er hat so gut wie gar nicht geschlafen, weniger als zwei Stunden.

Als er von seiner nächtlichen Expedition zurückgekehrt war, hatte er sie im Wohnzimmer vorgefunden, Mama und Papa, wie zwei kampfbereite Offiziere an der Front. Es gab ein Verhör, Drohungen, *das hier ist kein Hotel, du steckst in ernsten Schwierigkeiten*, das gesamte Elternrepertoire rauf und runter, und als er endlich in sein Zimmer entwischen konnte, dauerte es sehr lange, bis er eingeschlafen war, weil ihm ständig Bilder von Enrico und von Micaela durch den Kopf blitzten.

Sich dem Schlaf zu überlassen, war beinahe wie in Ohnmacht zu fallen und jetzt ist er schon in aller Frühe wieder wach.

Wer nervt da am Telefon? Eine unbekannte Nummer. Die ihm – wie spät ist es? – morgens um sechs schreibt?

Bist du wach oder nicht?

Ja, schreibt Ron zurück. *Aber wer bist du?*

Schweigen.

Dann, mit wütendem Smiley: *Weißt du wirklich nicht, wer ich bin?*

Nein.

Ich bin Teresa.

Ron muss erst mal nachdenken, denn so auf Anhieb und im Halbschlaf fällt ihm niemand ein, der so heißt.

Manus Freundin.

Schlagartig weiß er es wieder. Die Gothic-Frau. Die von der schrecklichen Verabredung zu viert mit Gimbo.

Es war erst gestern, aber es kommt ihm vor, als wäre es viel länger her.

Sorry, das war mein Handy. Es hat mir deine Nummer nicht angezeigt.

Eine weitere Lüge, aber was soll's. Inzwischen fragt sich ein Teil seines Gehirns, wie in aller Welt diese Teresa auf die blendende Idee gekommen sein mag, um diese Uhrzeit ausgerechnet ihn anzuschreiben.

Er will auch sie das fragen, doch sie kommt ihm zuvor, indem sie ihm eine Nachricht nach der anderen schickt, eine regelrechte Flut, die ihn darüber informiert, welche Musik sie am liebsten hört, in welcher Volleyballmannschaft sie spielt, und so weiter.

Ron hört ziemlich bald auf, die Nachrichten zu lesen, an diesem Morgen hat er wirklich anderes im Kopf. Oder besser: eine andere.

Micaela Falco, so heißt sie, hat sie behauptet.

Er verlässt WhatsApp und öffnet Instagram, aber dort wimmelt es nur so von Micaelafalcos, ihm werden knapp hundert Accounts angezeigt.

Er scrollt sie durch, einen nach dem anderen, und schließlich erkennt er sie, an ihrem Profilfoto. Kurze Haare, helle Augenfarbe, sie ist es. Kein Zweifel möglich.

Die Micaela auf dem Foto lächelt und trägt einen grünen Camouflage-Overall, einen Pilotenhelm hat sie sich unter den Arm geklemmt. Im Hintergrund sieht man eine Betonpiste und eine grau lackierte Propellermaschine.

In der Accountbeschreibung steht: *Leutnant der italienischen Luftwaffe. Pilotin. Aktiv.* Und darunter: *26th Air Command, Control and Surveillance Brigade, Prague.*

Eine Militärpilotin, die einer NATO-Luftwaffenbasis in Prag zugeteilt ist. Was soll das sein, ein Scherz? Ein Fake? Ja, das kann gar nichts anderes sein. Micaela kann keine Luftwaffenpilotin sein. Oder vielleicht doch. Aber wenn sie wirklich in Prag lebt, was hat sie dann gestern Abend in Bologna gemacht?

Und warum verfolgt sie Enrico?

Sie hatte zu ihm gesagt, sie sei so eine Art Detektivlehrling. Militärpolizei der Luftwaffe? Oder hatte sie sich über ihn lustig gemacht? Es ist alles viel zu seltsam, um nicht zu sagen absurd, und Ron würde gerne mehr erfahren, aber Micaelas Account ist geschützt, deshalb kann er keine weiteren Fotos sehen, nur das Schlosssymbol, und sonst nichts.

Seufzend dreht Ron sich auf die Seite und lässt den Blick durch das abgedunkelte Zimmer wandern, sieht die Kleidung, die er nachlässig über den Stuhl geworfen hat, die Fotos an der Wand über dem Schreibtisch, den Baseballschläger, zu dessen Kauf Gimbo ihn überredet hatte, als er begann, sich für diesen Sport zu begeistern.

Der gegen die Wand gelehnte Baseballschläger, den Ron noch nie benutzt hat, erinnert ihn an die Stangen, die Enrico in der Nacht aus dem Lagerraum gestohlen hat. Um was damit zu machen? Was war das überhaupt für ein Zeug?

Ron kommt eine Idee und er öffnet die App des GPS-Trackers. Mal abgesehen davon, dass er sich ihn zurückholen muss, weil er sonst von seiner Schwester etwas zu hören bekommt, ist ihm eingefallen, dass die App sämtliche in den letzten vierundzwanzig Stunden aufgesuchte Positionen speichert. So kann Ron sehen, wohin Enrico gefahren ist, nachdem er die Verfolgung abbrechen musste.

Sein Handy ist unerträglich langsam und braucht einige Zeit, um den Stadtplan von Bologna zu laden. Gegen Mitternacht: Via Zanardi. Dann haben sich Rons GPS-Tracker, und somit auch Enricos Auto, über sämtliche Durchgangsstraßen zurückbewegt, über die Enrico zu der Garage gefahren war.

Er wird wohl nach Hause gefahren sein, denkt Ron. Doch nein, da, er hat gewendet und in der Via Ortis angehalten, genau vor ihrem Gymnasium. Laut App hat Enricos Auto über eine Stunde lang vor der Schule geparkt, bis um zwei Uhr morgens, erst danach ist er zur Villa Neri gefahren.

Also ist Enrico eine ganze Weile lang vor der Schule geblieben. Was mag er dort gemacht haben, ganz allein, mitten in der Nacht? Aber vielleicht war er ja nicht allein, vielleicht war jemand bei ihm. Freunde. Komplizen. Vielleicht haben sie mit den Stangen Fenster zerschlagen oder so etwas in der Art.

»Edilstem«, sagt Ron leise vor sich hin.

Das war der Name, der auf den Kartons in der Garage stand.

Er ruft Google auf.

Die Edilstem-Sprengstoffstangen bewirken durch Gaserzeugung die kontrollierte Fragmentation von Gestein oder Beton. Sie eigenen sich für das Demolieren von Gebäuden, die von anderen, nicht zurückzubauenden Gebäuden umgeben sind, weil sie das Risiko von Schäden an Personen oder Konstruktionen minimieren.

Ron ist sich nicht sicher, ob er richtig verstanden hat, deshalb recherchiert er weiter.

Was er für Plastik gehalten hat, ist in Wirklichkeit Sprengstoff, der für den Abriss von Gebäuden entwickelt wurde. Das, was für ihn wie ein Kugelschreiber aussah und das Enrico sich in die Tasche gesteckt hat, war die Sprengkapsel und das zigarettenpäckchengroße Kästchen vermutlich die Zündmaschine.

Wie viele Sprengstoffstangen hat sich dieser Verrückte in den Rucksack gesteckt? Vielleicht zwanzig, fünfundzwanzig Kilo, genug, um ein mehrstöckiges Gebäude in die Luft zu jagen.

Und Enricos Auto stand eine Stunde lang vor der Schule.

Oh Scheiße!, denkt Ron.

Plötzlich ist das Rätsel gelöst.

Und das, was Ron nun vor seinem geistigen Auge sieht, ist wirklich kein schöner Anblick.

34

Samstag, 20. Mai, 06:56
19 Stunden nach Stunde null

Rot trägt einen Camouflage-Overall, Hotelslipper und wieder die Sturmhaube. Er befindet sich in einem ovalen Besprechungsraum und sitzt allein an dem ovalen Tisch. Außer ihm ist noch ein mit einem Maschinengewehr bewaffneter Soldat im Raum, der zwar so tut, als sei er gar nicht da, aber neben der Tür steht, damit Rot nicht weglaufen kann.

Nach einiger Zeit tritt der Soldat beiseite, die Schiebetür öffnet sich und die Kommandantin, der Analyst und ein weiterer Mann treten ein. Letzterer ist genauso gekleidet wie Rot: Camouflage-Overall, Hotelslipper und Sturmhaube.

Es ist sein Freund Blau. Er hinkt und hält sich nicht gerade, sondern eher schief, eine Folge der Prügel, die er von den Wachsoldaten bezogen hat.

Als die Kommandantin auf einen Stuhl zeigt, sinkt er darauf zusammen.

»Bringst du uns bitte Kaffee, Owen? Für uns alle, danke«, befiehlt die Kommandantin dem Soldaten, der schweigend hinausgeht und kurz darauf mit dem umgehängten Maschinengewehr und einem Tablett zurückkehrt. Er stellt das Tablett auf den Tisch und geht wieder hinaus, sodass die vier, nämlich Rot, Blau, die Kommandantin und der Analyst, allein zurückbleiben.

»Ich …«, beginnt Rot, doch die Generalin hebt den Zeigefinger, um ihm zu bedeuten, den Mund zu halten.

Der Analyst holt eine kleine Plastikdose aus der Tasche, drückt auf einen Knopf und geht mit der Dose in der Hand langsam an den Wänden entlang. Dabei schaut er die ganze Zeit auf das Tablet, das er in der anderen Hand hält. Als er die Runde beendet hat, steckt er die Dose wieder ein, holt eine andere hervor und legt sie auf den Tisch.

»Hier sind keine Wanzen«, sagt er leise. »Zumindest keine, die meine Instrumente aufspüren können. Und auch wenn welche da wären, würde mein Störsender sie außer Gefecht setzen.«

»Wir brauchen hier nichts zu befürchten«, sagt Rot. »Das hatte ich euch doch schon gesagt.«

»Du solltest dich nicht allzu sehr auf dich verlassen. Und auch nicht auf deine Anweisungen«, bemerkt die Kommandantin. »Unsere Arbeit hier ist sehr kompliziert, ein winziger Fehler nur und es kommt zur Katastrophe. Das passiert auch erfahrenen Agenten, die minutiös einen Plan befolgen, der von höchsten menschlichen und künstlichen Intelligenzen erarbeitet wurde ... Ganz zu schweigen von dem, was wir hier gerade machen. Wir müssen sehr vorsichtig sein.«

Sie nimmt sich eine Kaffeetasse und trinkt einen Schluck. Auch Rot greift zu einer Tasse und will daraus trinken, indem er die Sturmhaube hochschiebt. Doch das Teil behindert seine Atmung und er läuft Gefahr, schon beim ersten Kaffeeschluck zu ersticken.

»Darf ich die abnehmen?«, fragt er.

»Nein.«

Rot begreift, dass er auf den Kaffee verzichten muss.

»Also«, beginnt die Kommandantin. »In diesem Augenblick bereitet mein Team sich auf den nächsten Einsatz der Agentin vor und es gibt viele wichtige Dinge, um die ich mich kümmern muss. Stattdessen sitze ich hier mit euch. Erklärt mir, warum.«

Blau hält den Kopf gesenkt, vielleicht ist er sogar eingeschlafen.

Also muss Rot antworten. »Haben Sie Micaela Falco wieder freigelassen?«

»Vor anderthalb Stunden. Sie ruht sich aus und wartet darauf, ihren vierten Einsatz anzutreten.« Die Kommandantin knackt mit den Fingerknöcheln. »Jede Zeitreise ist für den menschlichen Körper sehr anstrengend, deshalb werden als Agenten immer nur Luftwaffenpiloten rekrutiert. Aber so oder so: Vier Reisen innerhalb einer einzigen Mission sind zu viel. Ein sehr niedriger Prozentsatz von

Agenten kommt bei den Missionen durch die Maschine selbst ums Leben ... Bei einem vierten Einsatz steigt dieser Prozentsatz allerdings erheblich.«

»Micaela wird es überleben«, entgegnet Rot.

»Das hoffen wir alle. Auch weil wir niemanden haben, der sie ersetzen könnte. Doch ich warte immer noch auf eine Antwort auf meine Frage. Was habt ihr entdeckt?«

Rot beugt sich vor und stützt die Ellbogen auf der Tischplatte ab. Er ist sehr müde, er hat schon seit Langem nicht mehr geschlafen und zwischendurch immer mal wieder das Gefühl, als befände er sich in einer Parallelwelt. Er muss sich konzentrieren, um die richtigen Worte zu finden.

»Sie sind davon überzeugt, dass die Bombe im Gymnasium D'Arturo-Horn von einem jungen Bologneser namens Enrico Neri platziert wurde.«

»In Zusammenarbeit mit einem weiteren jungen Bologneser namens Ronaldo Senai«, erwidert die Kommandantin. »Erzähl mir etwas, das ich noch nicht weiß.«

»Enrico Neri ist unschuldig.«

»Zumindest beinahe unschuldig«, sagt der Analyst, doch mit einer Handbewegung unterbricht Rot ihn. Er hat Angst, den Faden zu verlieren.

»Glauben Sie mir, Kommandantin, der wahre Schuldige ist jemand anderes. Micaela Falco ist nicht die einzige Agentin, die an diesem ... Wie nennen Sie es? Zeitereignis ... arbeitet.«

Die Kommandantin wirft dem Analysten einen Blick

zu, von dem sich leicht ablesen lässt, dass sie Rot nicht glaubt.

»Das ist noch nicht alles«, fährt Rot fort. »Der andere Agent ist jemand, den Micaela kennt.«

»Wer?«

Rot zuckt mit den Schultern. »Vielleicht würde ich ihn erkennen, wenn er vor mir stünde. Seinen Namen wissen wir noch nicht.«

»Das ist alles absurd«, urteilt die Kommandantin. »Für eine Zeitreise benötigt man nicht nur einen Agenten, sondern ein ganzes Team sowie logistische Strukturen. Und eine Maschine. Das ist nichts, was man einfach so im Supermarkt kaufen kann, verstanden?« Sie denkt nach und fährt sich mit den Händen über die Stirn. »Aber tun wir einmal so, als wäre es wahr, um diesen Gedankengang fortzuführen. Zwei Agenten arbeiten an demselben Zeitereignis. Welche Konsequenzen hätte das, Jerry?«

»Die Chronoentropie würde exponentiell anwachsen, gleichzeitig würde der Nebel immer dichter werden. MARIE wäre gar nicht mehr in der Lage, die Ursachen- und Wirkungsprinzipien eines Agenten zu berechnen. Deshalb würden die Einsätze scheitern …«

Er schaut die Kommandantin an, die daraufhin nickt. »Genau so, wie es gerade geschieht. Doch ich verstehe nicht, welchen Sinn das haben soll. Wer würde einen Konter-Agenten hierherschicken, damit er unsere Arbeit behindert?«

Rot seufzt. »Jemand, der einen Grund dafür hat, ein höheres Ziel. Etwas, das eine Bombenexplosion in einer Schule weniger schlimm erscheinen lässt als ... als etwas anderes. Aber überlegen wir mal Folgendes: Wenn wir davon ausgehen, dass hier ein Konter-Agent an der Arbeit ist, dann macht auf einmal alles Sinn. Bei ihrem ersten Einsatz sollte Micaela verhindern, dass Enrico der Schule verwiesen wird. Es ist ihr gelungen, indem sie einen Streit unterbrochen hat, doch kurz darauf hat ein anonymer Fahrer Enricos Auto gegen den Volvo des Schuldirektors gedrückt und der Schulverweis ist wieder wahrscheinlicher geworden.«

Rot schaut zu Blau hinüber, der reglos und mit gesenktem Kopf auf seinem Stuhl sitzt. Er sieht aus, als würde er gar nicht zuhören.

»Bei ihrem zweiten Einsatz sollte Micaela Enrico daran hindern, den von seiner Mutter hinterlassenen Brief zu lesen. Sie hat diesen Brief zerstört, doch kurz darauf tauchte eine gefälschte Kopie auf, die Enrico dann doch gelesen hat. Der dritte Einsatz betraf Camillas Handy: Micaela sollte verhindern, dass Enrico einige darauf gespeicherte Fotos sah. Ein Anruf mit unbekannter Nummer ließ ihr Vorhaben jedoch scheitern, und noch bevor Micaela in der Vergangenheit ankam, wusste Enrico schon alles.«

Der Analyst tippt wie besessen mit zehn Fingern auf seinem Tablet herum.

»Er hat recht, Kommandantin«, sagt er. »Ich habe es überprüft, die Rechnung geht auf. Wirklich!«

»Was willst du damit sagen?«

»Die seltsamen Nebelspitzen, die ich festgestellt hatte ... Die Zunahme der Unwahrscheinlichkeit kurz nach Micaelas Einsatz Nummer eins, kurz nach ihrem Einsatz Nummer zwei und ein paar Minuten vor Beginn von Einsatz drei ... Sie sind mit dieser Theorie kompatibel. Da ist ein Konter-Agent am Werk.«

»Ernsthaft?«

»Ja.« Der Analyst kratzt sich an seinem Dreitagebart.

Die Kommandantin seufzt. »Und der Beginn des Nebels? Die Kurven haben sich bereits verändert, bevor unser Team in die Kapsel eingetreten ist.«

»Das ist das seltsamste Phänomen von allen«, gibt der Analyst zu. »Es erscheint unerklärlich ...«

Unter seiner Sturmhaube muss Rot grinsen. »Tatsächlich gibt es eine Erklärung. Für diese Veränderungen sind mein Kompagnon und ich verantwortlich.«

35

Freitag, 19. Mai, 07:21
4 Stunden und 35 Minuten vor Stunde null

Es ist noch früh am Morgen und Ron klopft heftig an die Glastür des Gymnasiums D'Arturo-Horn.

»Bitte, bitte, machen Sie auf! Es geht um Leben und Tod!«

Er sieht, wie sich Hausmeister Carelli der Tür nähert. Er arbeitet schon seit knapp dreißig Jahren an dieser Schule, aber noch nie hat er erlebt, dass ein Schüler derart wild darauf ist, sie zu betreten.

»Es ist noch viel zu früh«, sagt er und klopft mit einem Finger auf seine Armbanduhr, um deutlich zu machen, was er meint.

Ron gibt nicht auf. »Bitte! Es ist wichtig ...«

Die Glastür dämpft Carellis Stimme. »Was ist? Hast du deine Hausaufgaben im Klassenzimmer vergessen? Oder deiner Freundin einen Liebesbrief geschrieben und jetzt willst du ihn dir doch zurückholen, bevor sie ihn liest?«

Ron hat einen plötzlichen Einfall. Er zieht seinen Geldbeutel aus der Tasche und nimmt zwanzig Euro heraus.

»Bitte«, sagt er nochmals. »Ich bezahle Sie dafür, dass Sie mir aufmachen.«

Der Hausmeister überlegt, dann schließt er seufzend auf.

Ron will ihm den Geldschein geben, doch der Mann weicht zurück.

»Das wäre ja noch schöner. Also, wenn es wirklich so wichtig ist …«

Ron bedankt sich und läuft los, den Gang entlang.

Micaelas Instruktionen waren eindeutig: Falls er etwas Komisches entdeckt, darf er nicht eingreifen, darf nichts tun, sondern muss warten, bis er sie wieder trifft, um ihr davon zu berichten.

Aber, Scheiße, irgendwo da drin könnte eine Bombe sein, und wenn sie wirklich dort ist, muss er die Polizei rufen und alle Schüler und Lehrer daran hindern, die Schule zu betreten. Nur was, wenn er sich irrt?

Abgesehen davon hat Micaela es deutlich genug gesagt: Wenn er die Polizei ruft, löst er ein unvorstellbares Chaos aus. Stimmt das wirklich? Weiß Micaela von der Bombe? Ist sie tatsächlich ein Leutnant der Luftwaffe? Kann er ihr vertrauen?

Was soll er bloß tun?

Erst einmal muss er den Sprengstoff finden, ihn mit eigenen Augen sehen. Deshalb rennt Ron in sein Klassenzimmer, schaut unter den Tischen nach und den Stühlen, unter dem Katheder, kann aber nichts finden. Ihm fällt ein, dass Enrico mit dem Schuldirektor noch eine Rechnung offen hat. Ob er die Bombe in dessen Büro gebracht hat?

Ron geht nachschauen, aber da ist nichts. Was bedeutet, dass der Sprengstoff irgendwo anders versteckt ist … In einem Schrank des Physiklabors. In der Besenkammer im obersten Stock. Im Musikzimmer, das niemand mehr nutzt, seit sich an der Decke dieser riesige Schimmelfleck gebildet hat.

Ron läuft Treppen hinauf und hinunter, hastet Flure entlang und beinahe rennt er mit voller Wucht in die Santini hinein, die heute einen bodenlangen Regenmantel trägt.

»Signor Senai«, flüstert sie so leise, dass er eine Gänsehaut bekommt. »Darf man erfahren, warum Sie hier herumflitzen?«

»Ich …«, stammelt Ron und richtet sich gerade auf.

»Wenn ich mich nicht irre, dann werden wir heute die erste und zweite Stunde gemeinsam verbringen.«

Es klingt wie eine Drohung.

Ron sagt nichts darauf, sondern flieht, im wahrsten Sinne des Wortes, in die Mädchentoiletten. Aber gerade als er auf die Tür zuläuft, sagt jemand: »He!«, und zwei Mädchen aus der Zwölften stehen vor ihm, die eine ist sehr groß mit gewaltigen Brüsten, die andere sehr blass, mit schwarzem Augen-Make-up.

Ron entschuldigt sich, gibt vor, sich in der Tür geirrt zu haben, und denkt, wenn die beiden Mädchen da sind, dann hat der Hausmeister unten aufgeschlossen und bald wird die Glocke zur ersten Stunde klingeln.

Und jetzt?

Er holt sein Handy aus der Tasche, drückt auf die Tasten 1-1-3, doch bevor er das Gespräch beginnt, löscht er die Nummer wieder und steckt das Handy weg.

Dumm, dumm, dumm. Die Polizei speichert sämtliche Anrufe, er riskiert, sich in ernsthafte Schwierigkeiten zu bringen. Einen Mitschüler zu beschuldigen, eine Bombe abgelegt zu haben, ist kein Scherz. Was, wenn er sich irrt und Enrico gar nichts gemacht hat? Ein falscher Alarm dieser Kategorie könnte ein Verbrechen sein, ein ernsthaftes Vergehen.

Ron ruft Google auf, sucht *Bombe in Schule* und kann sich durch eine lange Reihe von Artikeln scrollen, in denen es um falschen Bombenalarm in Oberschulen geht. *Ich wollte nicht abgefragt werden* lautet der Titel eines dieser Artikel. Leider wird nicht berichtet, was mit dem Schuldigen geschah.

Und jetzt?

Wenn diese ganze absurde Geschichte wirklich wahr ist, muss Enrico in der vergangenen Nacht auf irgendeine Weise *in das Schulgebäude* gelangt sein. Dazu muss er das Glas einer Tür oder eines Fensters eingeschlagen haben. Wenn Carelli das gemerkt hätte, wäre er an diesem Morgen mit Sicherheit außer sich gewesen und nicht so ruhig und gelassen wie an jedem anderen normalen Morgen.

Ron weiß nicht, was er tun soll.

Anrufen? Nicht anrufen?

Beides kommt ihm falsch vor.

Und ihm bleibt immer weniger Zeit für eine Entscheidung.

36

Samstag, 20. Mai, 08:02
20 Stunden und 6 Minuten nach Stunde null

Die Smartwatch vibriert an Micaelas Handgelenk und sie wacht auf. Sie ist verwirrt, einen Moment lang glaubt sie, in ihrer Wohnung im Zentrum von Prag zu sein und zu hören, wie Diana duscht.

Doch das Rauschen kommt von der Klimaanlage.

Sie setzt sich auf und von der Bewegung wird ihr schlecht, das ist kein gutes Zeichen. Sie müsste nach Hause fahren, sich ein paar Tage ausruhen.

Wieder vibriert die Smartwatch. Laut Stoppuhr sind zwanzig Stunden und sechs Minuten vergangen. Sobald nach Stunde null vierundzwanzig Stunden vergangen sind, schließt sich das Zeitfenster und Micaela wird nichts mehr tun können. Die Bombe wird dann explodiert sein, und fertig.

Nur noch knapp vier Stunden Zeit.

»Micaela, Micaela«, sagt sie leise zu sich selbst.

Ihre Gedanken schweifen ab, dabei muss sie sich doch konzentrieren.

Auf dem Display der Smartwatch erscheint neben der Stoppuhr eine Nachricht der Kommandantin: *Besprechungsraum*.

Sie steht auf und taumelt. Ihr Körper gehorcht den Befehlen des Gehirns nicht besonders gut, sie fühlt sich, als wäre sie uralt, ihre Knochen und Gelenke schmerzen. Sie schafft es gerade noch so, ihre Springerstiefel anzuziehen. Zum Glück hat sie in ihrem Overall geschlafen. Dann geht sie in den Gang hinaus, erreicht den Besprechungsraum. Vor der Tür steht die Erste Wache.

»Owen, lass mich rein«, sagt Micaela.

»Noch nicht. Die Kommandantin spricht mit jemandem und will nicht gestört werden.«

»Aber sie selbst hat mich gerufen.«

Micaela lehnt sich an die Wand und atmet tief durch, nutzt diese Pause, um zu verschnaufen.

Als sich die Schiebetür öffnet, kommt der Analyst heraus, in Begleitung eines sehr großen und schlanken und eines etwas kleineren, kräftiger gebauten Mannes, die dunkle Sturmhauben tragen. Von ihrem Gesicht sieht man nur die Augen, aber sie schauen weg, als wollten sie keinen Blickkontakt mit Micaela.

»Jetzt kannst du rein«, sagt die Erste Wache und tritt beiseite.

Im Raum ist nur noch die Kommandantin, auf dem Tisch

stehen vier Tassen mit mittlerweile kaltem Kaffee. Die Kommandantin sieht sehr müde aus.

»Wo ist das übrige Team?«, fragt Micaela.

»Sie werden nicht dabei sein. Wir beide führen sozusagen ein sehr privates Gespräch.«

»Und die beiden Typen, die gerade hier rausgekommen sind? Sie sind nicht aus unserem Team. Heißt das, die Kapsel ist geplatzt?«

»Das geht dich nichts an, also vergiss sie gleich wieder.«

Die Kommandantin bedeutet ihr, sich zu setzen, und Micaela gehorcht, froh darüber, dass sie sich ein bisschen ausruhen kann. Dabei hat sie gerade geschlafen. Es ist, als würde ihr Körper zerbröckeln. Von wegen neunzehn, sie fühlt sich, als wäre sie neunzig Jahre alt.

»Es ist eine schwierige Situation«, sagt die Kommandantin. »Möglicherweise befinden wir uns gerade in der schlimmsten Krise, die dieses Korps jemals erlebt hat, seit Zeitreisen erfunden wurden.«

Sie schweigt, und weil sie keine Frage gestellt hat, sagt Micaela nichts darauf. Sie hört zu.

»Nach unserer letzten Unterredung habe ich sehr überraschende Entdeckungen gemacht. Die Schlussfolgerung ist verblüffend, aber wie Sherlock Holmes schon sagte: *Wenn man das Unmögliche ausgeschlossen hat, ist das, was übrig bleibt, die Wahrheit* – so unwahrscheinlich sie auch klingen mag.«

Wieder macht die Generalin eine Pause, wie um sich

auf das vorzubereiten, was sie nun sagen wird. »Ich gehe davon aus, dass du nicht die einzige Agentin bist, die an diesem Zeitereignis arbeitet.«

Micaela hält immer noch den Mund.

»Ich weiß, was du jetzt denkst: dass es nicht sein kann, dass unsere Basis die einzige ist, die dazu autorisiert ist, in dieser Zeitzone zu arbeiten. Dennoch gibt es keine andere mögliche Erklärung und laut Jerry wird sie durch die Untersuchungen des Nebels bestätigt. Irgendwo hat jemand einen Konter-Agenten losgeschickt, dessen Aufgabe darin besteht, deine Einsätze zu sabotieren. Wir wollen diese verfluchte Bombe stoppen, doch es gibt jemanden, der unbedingt will, dass sie explodiert.« Erst jetzt schaut die Kommandantin Micaela ins Gesicht. »Du wirkst nicht überrascht.«

»Das bin ich auch nicht«, antwortet diese. »Ich war zu demselben Schluss gekommen, eben aufgrund des Nebels und dieser seltsamen Spitzen, die nicht den Zeiträumen meiner Einsätze entsprechen. Der Nebel entsteht nur, wenn jemand, der zukünftige Ereignisse kennt, versucht, das Gewesene zu verändern. Deshalb ... muss es ein feindlicher Konter-Agent sein.«

»Hast du vielleicht eine Ahnung, wer das sein könnte?«

Micaela hat die ganze Nacht darüber nachgedacht, doch sie weiß es nicht. »Es ist wahrscheinlich, dass es einer von uns ist ... Soweit ich informiert bin, existieren auf der Welt nur zweiundsiebzig Maschinen, so ist es doch, oder?«

»Dreiundneunzig«, verbessert sie die Kommandantin. »Drei pro Zeitzone, dazu kommen noch einige weitere, die in Reparatur sind, gerade noch konstruiert werden oder ausrangiert wurden und als Ersatzteilspender dienen.«

Micaela denkt nach. »Uns wird vorgeschrieben, stets nur in unserer Zeitzone zu operieren, weil das einfacher ist und weil dadurch Agenten zur Verfügung stehen, die sämtliche Sprachen des Gebiets sprechen. Außerdem erleichtert es die Berechnungen innerhalb des Vierundzwanzigstunden-Zeitfensters. Es ist aber nicht gesagt, dass der Konter-Agent diese Vorschriften tatsächlich befolgt. Er könnte von China oder Afrika aus gestartet sein. Vielleicht steht ihm eine Maschine zur Verfügung, die es ihm ermöglicht, über längere Zeiträume als nur vierundzwanzig Stunden zurückzukehren.«

»Letzteres können wir wohl ausschließen. Das wäre eine derart sensationelle technologische Revolution, die wir auf jeden Fall mitbekommen hätten.«

»Der Konter-Agent weiß immer im Voraus, was ich tun werde«, sagt Micaela. »Er weiß, wann ich in die Vergangenheit starte und wann ich zurückkehre, deshalb muss er Zugang zu unseren Datensätzen haben.«

»Denkst du, dass sich unsere Feinde, wenn wir sie mal so nennen wollen, von außen mit MARIE verbinden?«

»Oder ihnen steht ein vergleichbarer Computer zur Verfügung, mit dem sie dieselben Berechnungen durchführen können.«

Micaela weiß nicht, was sie glauben soll: Alles ist möglich, aber auch das Gegenteil von allem. Sicher ist nur, dass sie gerade eine Krise von unvergleichlichem Ausmaß erleben.

Und als ob das noch nicht genug wäre, muss sie sich dieser Katastrophe mit den Nachwirkungen von drei Einsätzen entgegenstellen, mit schmerzenden Muskeln und einem benommenen Gehirn. Ohne zuverlässige Anweisungen, ohne irgendwelche Richtlinien, auf die sie sich stützen könnte.

Ron, denkt sie. Ich kann nur hoffen, dass ich mich in dir nicht getäuscht habe, denn du bist praktisch meine letzte Hoffnung.

»Bist du in der Lage, auch unter diesen Bedingungen noch einmal zurückzukehren?«, fragt die Kommandantin. »Denn wenn du es tust, kann ich dich nicht beschützen. Du riskierst dein Leben und noch dazu könntest du den derzeitigen Ist-Zustand verschlimmern. Es könnte passieren, dass du bei der Rückkehr von deinem Einsatz eines Chronoverbrechens gegen die Menschheit angeklagt wirst. Und, glaube mir: Das wäre wesentlich schlimmer als Hochverrat. Ist dir das bewusst?«

Micaelas Smartwatch vibriert an ihrem Handgelenk und sie wirft einen Blick auf das Display. Es zeigt ein Foto von einem Strand, vermutlich in der Karibik, mit Meer und Palmen und einem blau-weiß gestreiften Strandpavillon mit Liegestühlen.

Eine Nachricht auf Italienisch steht daneben. *Denk positiv. Geh immer aufs Ganze.*

Micaela kann nicht anders, sie muss grinsen: Es ist eine Anspielung auf *Die Glücksritter*, ein Zitat von einer der beiden Hauptfiguren, die sich verbünden, um die Milliardäre hereinzulegen, die sie in Schwierigkeiten gebracht haben …

Das ist genau die Aufmunterung, die sie jetzt braucht. Eine Idee, an der sie sich festhalten kann.

Sie hebt den Kopf und schaut der Kommandantin ins Gesicht. »Was passieren wird, ist unwichtig. Ich muss es auf jeden Fall versuchen, finden Sie nicht auch?«

»Doch, ja, das finde ich auch.«

»Also, wann soll es losgehen?«

37

Freitag, 19. Mai, 08:13
3 Stunden und 43 Minuten vor Stunde null

Es kann einem auf viele verschiedene Weisen schlecht gehen und an diesem Morgen durchleidet Enrico Neri sie alle.

Als er aufwachte, fühlte sich sein Kopf wie versteinert an und das Einzige, was ihm nach dem Aufstehen gelang, war sich auf den Wohnzimmerfußboden zu erbrechen.

In der Küche mixte er sich eine »Heiße Zitrone« aus heißem Wasser, Zitronensaft und Zucker, ein Rezept, das ihm Signora Zilli verraten hatte, seine ehemalige Klavierlehrerin, das er aber bisher noch nie ausprobiert hatte. Die Limonade hat ihn in das Reich der Lebenden zurückgeholt, auch wenn er noch immer nicht so richtig bei sich ist.

An das, was in der vergangenen Nacht war, kann er sich nicht erinnern. Er weiß nur noch, dass er die Fotos von Camilla und seinem Vater gesehen hat. Die wird er sicherlich niemals mehr vergessen. Der Rest ist Leere, das Nichts, ein großes schwarzes Loch, auf das ein Erwachen mit schmerzenden Gliedern folgte.

Er muss aber irgendetwas gemacht haben, all der Alkohol kann nicht durch Zauberei in seinen Körper gelangt sein. Nein, Moment mal, mit dem Trinken von harten Sachen hat er erst nach seiner Rückkehr nach Hause angefangen, da ist er sich ziemlich sicher. Davor war er irgendwo anders. Aber wo, und warum? Er hat nicht die leiseste Ahnung.

Die letzte Erinnerung ist seine Begegnung mit Ron an der Tür von *Le Serre*, und dass er in dem Augenblick nicht wusste, ob er Ron zu Boden schlagen oder aber umarmen und sich an dessen Schulter ausweinen sollte. Nur das weiß er noch, und dann nichts mehr.

Was ihn wiederum an das erinnert, was ihn derart erschüttert hat: Camilla. Sein einziger Wunsch ist, sie wiederzusehen, und allein dieser Gedanke gibt ihm die Kraft, sich unter die Dusche zu stellen, sich anzuziehen, sich ein Taxi zu rufen und zur Schule fahren zu lassen.

Jetzt steht Enrico am Fuß der Außentreppe, die zum Eingang des D'Arturo-Horn hinaufführt, und wartet.

Camilla wird bald kommen und er beabsichtigt, sie zur Rede zu stellen.

Mittlerweile hat er begriffen, dass sie beide einander nie wirklich geliebt haben. Und doch waren sie lange zusammen. Weil es so richtig war, weil alle es von ihnen erwartet haben, weil sie zusammen *perfekt* waren. Die am besten aussehenden Schüler dieses Gymnasiums, reich, sportlich, intelligent. Supercool. Kinder sehr eng befreundeter Familien. Unvermeidlich, dass sie ein Paar wurden.

Für Enrico war das in Ordnung. Er liebte sie zwar nicht, aber es gefiel ihm, sie um sich zu haben, jedenfalls meistens, und der Sex mit ihr war fantastisch.

Doch Camilla hat ihren Pakt verraten, ihn verraten.

Er kann es kaum erwarten, ihr das ins Gesicht zu sagen.

Er hört das satte Motorengeräusch eines Sportwagens, weiter weg, auf der Durchgangsstraße, dann biegt ein orangefarbener Audi, neuestes Modell, in die Via Ortis ein und bleibt mit quietschenden Reifen in der Nähe der Treppe stehen.

Am Lenkrad sitzt Camillas Mutter und sieht wie ein Instagram-Model aus: gebräunte Haut, hohe Wangenknochen, perfekte Lippen. Sie erkennt Enrico und lächelt ihm zu, während Camilla beim Aussteigen ein sehr ernstes Gesicht macht. Der Audi fährt wieder weg. Camilla zögert.

Enrico geht auf sie zu.

»Hör mal«, sagt sie und weiß offenbar nicht, wie sie fortfahren soll. »Tut mir leid wegen gestern. Ich hätte nicht einfach so gehen sollen. Dich mit dem, was dir gerade geschieht, allein lassen sollen. Es tut mir leid.«

Ach, es tut ihr leid.

»Ich habe das nicht ernst gemeint, als ich gesagt habe, dass wir uns nicht mehr sehen sollen. Ich …«

Enrico zieht ihr Handy aus der Tasche. »Du hast das hier in der Bar liegen lassen.«

Camilla reißt es ihm aus der Hand, drückt es gegen die Brust. »Oh, danke, ich hatte schon Angst, dass ich es verloren habe, Scheiße …« Sie legt ihm die Arme um den Hals, macht Anstalten, ihn zu küssen.

Enrico schiebt sie von sich, aber mit zu viel Kraft. Sie taumelt, fällt rücklings hin, schaut ihn an, schaut zu ihm hinauf und ist so überrascht, dass ihre Augen immer größer werden.

Er fühlt sich eiskalt. »Ich habe die Fotos gesehen. Alle.«

Daraufhin passiert etwas, mit dem er nicht gerechnet hat: Camilla fängt an zu weinen. Es ist ein verzweifeltes Weinen, heftig wie der Regen, der, dem Aussehen der Wolken nach zu urteilen, in ein paar Stunden auf Bologna niedergehen wird.

»Bitte, ich bitte dich«, fleht Camilla, »erzähl es nicht meinen Eltern …«

Und zum ersten Mal sieht er das, was passiert ist, aus einer ganz anderen Perspektive. Am Vorabend hatte er sich erniedrigt gefühlt, hatte gedacht, dass sie eine ekelhafte Hure war, hatte gedacht: Sie hat es mit meinem Vater getrieben, ausgerechnet mit meinem Vater.

Jetzt dagegen wird ihm bewusst, dass der Ekelhafte sein Vater ist, und sie einfach nur ein junges Mädchen, das sein Vater hereingelegt hat, dem er wer weiß was vorgemacht hat, auf seine elegante Art, mit seiner Bildung, seinem Geld, diesem Flair eines Mannes von Welt. Und sie ist darauf hereingefallen. Enrico weiß nicht, ob es besser oder schlimmer ist als das, was ihm zugestoßen ist, und doch waschen Camillas Tränen die Wut weg, ihm bleibt nur noch eine raue Bitterkeit, die in der Kehle brennt.

Er würde ihr gern sagen, dass es ihm leidtut, dass es nicht so hätte enden sollen, doch er ist nicht fähig dazu und kann sich auch nicht rühren. Er schaut sie nur an, mehr nicht, auch die anderen schauen sie an, all die Schüler, die nun ins Gebäude strömen, rings um sie herum hat sich eine Menge angesammelt, wer weiß, was sie denken, aber auch das ist völlig egal.

Und während Enrico dort steht mit seinen Kopfschmerzen und versucht, die Scherben einer zerschmetterten Liebe aufzusammeln, einer Liebe, die nie eine gewesen ist, kommt auf einmal wieder dieser Typ auf ihn zu, dieser Ron Senai, fliegt auf ihn zu wie ein Falke.

Dieses Mal ist Enrico derjenige, der am Boden landet, neben Camilla, er knallt auf den Teer und stellt dann fest, dass Ron auf seinem Bauch sitzt.

Der Junge scheint vom Teufel besessen zu sein. Er hebt eine Faust, lässt sie in Enricos Gesicht krachen und Enrico nimmt einen plötzlichen Schmerz an der Wange wahr, am Mund, den Geschmack von Blut. Die Wucht des Schlags ist so heftig, dass sein Gesicht zur Seite gedreht wird, seine langen blonden Haare landen im Straßenstaub.

»Wo hast du sie hin?«, schreit Ron ihn an. »Du musst mir sagen, wo sie ist. Sag mir, wo sie ist!«

Enrico hat keine Ahnung, was er meint. Er ist noch ganz auf seinen Schmerz und vor allem auf Camilla konzentriert. Auf den Schmerz, den sie beide teilen.

Ron hört auf, ihn zu schlagen, und steht auf, oder besser: Ron hört auf, ihn zu schlagen, weil er von jemandem zum Aufstehen gezwungen wird: Signor Carelli, der einen Schirm wie einen Stock einsetzt.

»Was soll das, was ist los mit euch? Und ihr, was steht ihr hier herum und glotzt? Los, weg mit euch. Mädchen, hast du dir wehgetan? Schämt ihr euch denn nicht, ein Mädchen anzugreifen? Was seid ihr? Tiere?«

Camilla wird aufgeholfen, eine aus der Elften legt ihr eine Hand auf die Schulter, bringt sie weg. Enrico würde ihr gern sagen, dass sie nicht weggehen soll, weil sie reden müssen, doch Carelli packt ihn an der Schulter, und zwar fest, es tut weh, und er befiehlt: »Ihr zwei kommt mit mir mit. Zum Direktor. Jetzt sofort!«

Es sieht aus, als hätte sich die halbe Schule versammelt, um zuzuschauen, wie er und Ron wie Verbrecher abgeführt werden, von Carelli, der als Polizist fungiert. Sie steigen die Treppen hoch und betreten das Büro des Direktors, in dem es nach Staub riecht. Es ist eine wirre Ansammlung aus Kartons und Karteikästen, inmitten derer, wie zufällig dort gelandet, ein Schreibtisch steht.

Der Direktor trinkt gerade Kaffee und hat noch seinen

Mantel an. Signor Carelli erzählt ihm, was passiert ist, und geht dann, lässt die beiden Jungen dort zurück.

Ron hält mit der linken Hand die rechte umfangen, die, mit der er auf Enrico eingeprügelt hat. Theoretisch müssten Faustschläge dem wehtun, der sie einstecken muss, aber ihm kommt es vor, als hätte er sich einen Handknochen gebrochen, während Enrico nicht so aussieht, als hätten ihn die Schläge groß beeindruckt.

»Gut, gut«, sagt der Direktor. »Es ist ein Vergnügen, am Beginn des Arbeitstags zwei Ehrenmänner wie euch beide zu empfangen.«

»Ich wurde angegriffen«, sagt Enrico tonlos.

»Lügner«, murmelt Ron.

Enrico würde ihn gern fragen, warum er ein Lügner sein soll, doch der Direktor kommt ihm zuvor: »Senai, seien Sie still!«

Ron schließt den Mund.

»Signor Neri«, fährt der Direktor fort. »Gestern Nachmittag haben Sie versucht, mein Auto zu zerstören, und heute Morgen sind Sie in eine Prügelei verwickelt. Es kommt mir vor, als würde mit Ihrem Leben etwas nicht stimmen. Was meinen Sie?«

Enrico fängt an zu lachen. Er kann einfach nicht anders. Na ja, klar stimmt mit seinem Leben etwas nicht, sein ganzes Leben ist ihm einfach so weggerutscht, ins Klo gerutscht und er hat auch noch die Spülung gedrückt.

Der Schuldirektor kann das nicht wissen und Enricos

Gelächter macht ihn noch wütender. »Machen Sie sich über mich lustig, Signor Neri?«

»Nein«, antwortet der und lacht weiter.

»Begreifen Sie denn nicht«, sagt der Direktor, »dass Sie von dieser Schule verwiesen werden können? Ich beabsichtige, eine disziplinarische Maßnahme einzuleiten.«

Das sollte eigentlich die schlimmste Drohung sein, die endgültige, totale, doch Enrico berührt sie kaum. Wie mag es Camilla jetzt gehen? Er möchte mit ihr sprechen. Oder nein, vielleicht ist es besser, sie in Ruhe zu lassen, sie muss ohnehin furchtbar durcheinander sein.

Ein erwachsener Mann ... ein Alter. Und sie waren zusammen im Bett? Oh Gott, wie widerlich!

Der Direktor ist inzwischen dazu übergegangen, Ron unter Druck zu setzen.

»Wollen Sie mir bitte erklären, Signor Senai, warum Sie Signor Neri angegriffen haben?«

»Er ...« Ron atmet tief durch. »Das geht nur uns etwas an, Herr Direktor.«

»Ach ja? Es wäre besser, wenn es *auch mich* etwas angehen würde, denn sonst werfe ich euch beide aus meiner Schule raus.«

Ron zögert und Enrico erkennt, dass sich der andere schnell eine Lügengeschichte ausdenkt, irgendetwas Improvisiertes.

»Es ist wegen des Handys«, sagt Ron. »Gestern haben Enrico und ich uns gestritten, aus Versehen habe ich sein

Handy kaputt gemacht, jetzt soll ich es ihm ersetzen, aber ich habe das Geld nicht.«

Enrico grinst wieder. Der Typ hat echt was drauf. Er hat Regel Nummer eins beim Lügen beherzigt: Immer halbe Wahrheiten erzählen.

»Ist das so, Signor Neri?«

Enrico zuckt mit den Schultern. Er weiß, dass alles, was er sagt, gegen ihn verwendet wird, und deshalb hält er lieber den Mund.

Der Direktor ergreift einen Papierstapel und knallt ihn mit voller Wucht auf die Tischplatte. Eine sinnlose Geste, aber offensichtlich liebt er dramatische Inszenierungen.

»Das reicht, ich habe mit euch schon viel zu viel Zeit verloren. Geht in euer Klassenzimmer. Ich erwarte, dass ihr euch heute den ganzen Schultag über vorbildlich verhaltet. Tut ausschließlich das, was von euch als Schüler erwartet wird. Ich werde euch vor dem letzten Läuten holen lassen, um euch mitzuteilen, welche Schritte ich euch betreffend ergreifen werde.«

»Aber ...«, beginnt Ron.

Der Direktor bringt ihn mit einem zornigen Blick zum Schweigen.

»Sollte ich euch heute irgendwo außerhalb eures Klassenzimmers antreffen, werdet ihr beide der Schule verwiesen. Darauf gebe ich euch mein Wort. Und jetzt raus hier. Signor Carelli!«

Der Hausmeister, der offensichtlich die ganze Zeit über

draußen gewartet hat, schaut herein. »Ich begleite die beiden, kein Problem.«

Sie gehen zu ihrem Klassenzimmer und unterwegs überkommt Enrico Neugier, er muss wissen, was Ron von ihm will, warum er ihn geschlagen hat.

»Warum?«, fragt er ihn.

»Ich weiß alles«, antwortet Ron leise. »Ich weiß von der Bombe.«

Enrico starrt ihn verständnislos an.

Was für eine Bombe meint er?

38

Samstag, 20. Mai, 09:07
21 Stunden und 11 Minuten nach Stunde null

»Hier entlang«, sagt der Analyst und zeigt auf den rechten Gang.

Die Basis ist ein klaustrophobischer Ort: niedrige Decken und keine Fenster, heller Teppichboden, Neonröhren, glatte Wände, die alle gleich aussehen. Und unterwegs trifft man niemanden.

Rot und Blau tragen immer noch die Sturmhauben, aber Rot bekommt unter dem Ding zu wenig Luft und sehen kann er auch kaum etwas.

Jerry flüstert ihm leise zu: »Hör mal, ich hatte noch keine Gelegenheit, es dir zu sagen, aber ... All das, was ihr getan habt, ist wirklich brillant. Wenn diese Geschichte zu Ende ist, würde ich gern mit dir darüber reden. Vielleicht finden wir ja auch eine Möglichkeit, weiter zusammenzuarbeiten. Ich habe da einige rekursive Chronogramme, die ich dir gern zeigen würde, ich bin mir sicher, du könntest mir helfen.«

Der Analyst spricht Englisch, mit einem eigenartigen Akzent, er dehnt die Wörter oder verschluckt sie, und Rot kann ihn nur schwer verstehen. Er beschließt, dass Schweigen die beste Strategie ist, auch weil der Analyst es gar nicht zu merken scheint.

Sie erreichen eine Schiebetür. Jerry drückt seine Handfläche gegen eine an der Wand befestigte Metallplatte und bückt sich sodann, um in die Linse eines Spions zu blicken. Die Tür gleitet zur Seite, die drei treten ein, dann geht die Tür wieder zu.

»Scheiße«, sagt Blau, es ist das erste Mal seit langer Zeit, dass er etwas sagt.

Aber es ist auch kein Wunder, dass ihm dieser Anblick zumindest das eine Wort entlockt, denn in dem Raum sieht es aus wie in einem Einkaufszentrum.

Überall sind Spiegel und Hunderte von Garderobenständer auf Rollen, dahinter Regale voller Schuhe jedes erdenklichen Typs sowie Kleidungsstücke in allen nur vorstellbaren Variationen. Auf dem Ständer, der Rot am nächsten ist, hängen Polizeiuniformen sämtlicher europäischer Länder: Für Italien sind das die Uniformen von Polizisten, Verkehrspolizisten und Zollbeamten. Hier ist alles zu finden: von der Galauniform bis hin zur Alltagsuniform für Sommer und Winter, wasserdichte Regenmäntel der deutschen Polizei, schusssichere Westen der französischen *Police Nationale*. Auf dem Garderobenständer daneben hängen weibliche Uniformen der Feuerwehr, wieder aller Länder und für Sommer und Winter. Außerdem: Schürzen für Köche, Tellerwäscher und Konditoren. Berufskleidung für Maurer und Angestellte der Stromversorger. Dann gibt es noch die normale Kleidung, auch hier reicht die Auswahl von Smokings für Galaabende bis hin zu rosa Jogginganzügen mit Tomatensoßenflecken.

»Ja«, meint Jerry. »Wir wissen vorher nie, was unsere Agenten tun müssen oder wo wir sie hinschicken, und normalerweise ist nicht genügend Zeit, um außerhalb der Basis geeignete Kleidung zu kaufen … Deshalb ist es besser, hier eine gut bestückte Garderobe zu haben. Data, der sich um das Sammeln von Daten von außerhalb kümmert, ist gelernter Schneider und kann im letzten Moment alles anpassen, aber auch kontrollieren, ob alle Details stimmen und den Anforderungen der jeweiligen Mission genügen.«

Beeindruckt schaut Rot sich um. Auf einem Kleiderbügel hängt ein Kapuzen-Sweatshirt, das gut zu seinem Namen passt, er nimmt es und zieht es sich an.

Währenddessen durchquert Jerry zielstrebig den Raum, erreicht einen Garderobenständer, der mit einem QR-Code markiert ist, und scannt den Code ein.

»Hier ist es«, sagt er. »Ihr könnt es gerne überprüfen.«

Er schiebt den Garderobenständer auf sie zu und Blau dreht ihn um, damit Rot ihn besser sehen kann.

Auf einem Bügel hängt ein schlichter Hosenanzug in Braun, bestehend aus einer Hose mit Bügelfalten und einer Jacke. Auf dem nächsten Bügel hängt eine cremefarbene Bluse mit hohem Kragen und einem Blumenmotiv als Verzierung. Darunter stehen unauffällige Sneaker. Über der Stange des Garderobenständers hängen außerdem ein schmaler Schal in derselben Farbe wie das Blumenmotiv, ein Unterhemd, Kniestrümpfe. Und eine Unterhose und ein BH, an denen Rots Blick so lange hängen bleibt, bis er es selbst merkt und verlegen wegschaut.

»Das sind alles hundertprozentig organische Materialien«, erklärt Jerry. »Derzeit sind die Zeitreisen nur dadurch möglich, dass den Agenten ein Medikamentencocktail verabreicht wird. Die Infusionen erfolgen durch die Kleidungsstücke hindurch, die auf diese Weise etwas von den Substanzen aufnehmen und deshalb die ganze Zeit über am Körper der Agenten verbleiben. Ihr könnt euch ja vorstellen, was sonst passieren würde: Der Agent würde den Vergangenen nackt gegenüberstehen.« Jerry bekommt einen kurzen Lachanfall, dann fährt er fort: »Leider funktioniert die Prozedur mit nichtorganischen Materialien nicht, deshalb müssen unsere Agenten stets ohne Handy, Uhr, Schlüssel und so weiter auf Zeitreise gehen. Zum Glück können wir beinahe alle Metalle und Kunststoffe durch organische Materialien ersetzen. So sind zum Beispiel Klingen aus Knochen sogar effektiver als solche aus Metall. Pistolen aus organischen Stoffen konnten wir leider bisher noch nicht herstellen, doch eines Tages wird uns auch das gelingen. Sobald der Einsatz abgeschlossen ist, kratzt oder ritzt sich der Agent, um eine unter die Haut implantierte Ampulle mit dem Medikamentencocktail zu durchbohren, woraufhin die Flüssigkeit in seinen Blutkreislauf gelangt und er sofort in die Gegenwart zurückkehrt. Alternativ kann ich über die Maschine ein Signal senden und die Ampulle zerbricht automatisch … Doch das ist nur bei Notfällen üblich.«

Der Analyst spricht immer schneller und Rot wäre froh, wenn er auch nur die Hälfte von dem verstünde, was er sagt.

»Die Reisen sind eine ziemlich schmerzhafte und blutige Angelegenheit. Wenn ein Agent in die Gegenwart zurückkehrt, blutet er am ganzen Körper: ein *Hämhidrose* genanntes Phänomen. Darüber hinaus ist er ziemlich verwirrt. Wir arbeiten daran, diese Nebenwirkungen zu mindern, aber das ist nicht leicht, es muss noch viel darüber geforscht werden, und …«

»Hältst du endlich mal den Schnabel?«, fährt Blau ihn an.

Im Unterschied zu Rot beherrscht er die englische Sprache fließend, er spricht sie mit dem leicht affektierten Akzent des englischen Adels. Nur leider bringt er nicht dessen Selbstbeherrschung auf.

»Du knallst uns schon die ganze Nacht mit Informationen voll … Können wir endlich anfangen? Uns bleibt nicht mehr viel Zeit.«

Rot sieht ein, dass sein Begleiter recht hat, und er fragt Jerry: »Hast du das Material dabei?«

Der Analyst holt alles aus seinen Kitteltaschen hervor und zeigt ihnen das Tablet.

»Wir werden auch das hier brauchen«, sagt er. »Ich bin mit den Recherchen, um die ihr mich gebeten habt, gut vorangekommen, aber es sind etliche ziemlich technische Details dabei.«

»Fangen wir an«, sagt Rot.

Er nimmt die Hosenanzugsjacke, die Micaela in Kürze anziehen wird, vom Bügel, und macht sich an die Arbeit.

39

Freitag, 19. Mai, 10:06
1 Stunde und 50 Minuten vor Stunde null

Micaela stürzt. Schlägt sich den Ellbogen, die Schulter, den Kopf an. Bleibt keuchend liegen.
Wo ist sie? Wer ist sie? Warum ist sie hier?
Allmählich steigen aus den tiefsten Bereichen ihres Gehirns die Antworten auf die beiden letzten Fragen an die Oberfläche. Sie ist Leutnant Falco und ihr Einsatz hat begonnen.
Aber wo ist sie gelandet?
Es stinkt nach Desinfektionsmitteln und der Fußboden ist kalt und feucht. Fliesen. Im Sturz vorhin ist sie gegen ein Waschbecken geknallt. An der langen Wand rechts von ihr befindet sich eine ganze Reihe davon. Links sind WC-Kabinen.
Eine öffentliche Toilette.
Die Toilette einer Schule.
Eine Toilette des Gymnasiums D'Arturo-Horn.

Eine Toilette des Gymnasiums D'Arturo-Horn, das demnächst in die Luft fliegen wird.

Ihre Verwirrung legt sich. Nur noch knapp zwei Stunden bis zur Stunde null, bis zu dem Augenblick, in dem die Bombe explodiert, die das Gebäude zerstören und alle darin befindlichen Schüler töten wird.

Das ist ihre letzte Chance, es zu verhindern, und deshalb gilt jetzt der Satz, den man so oft in Spielcasinos hört: *Rien ne va plus*, nichts geht mehr.

Micaela steht auf, schaut in den Spiegel über einem der Waschbecken. Der Analyst ihres Teams hatte behauptet, dass sie als Schülerin gekleidet in der Schule Probleme bekäme. Ein Lehrer, der sie in einem der Flure anträfe, würde sie sicherlich zurück in ihr Klassenzimmer schicken. Deshalb muss sie bei diesem Einsatz die Rolle einer sehr jungen Referendarin spielen: Das starke Make-up lässt sie ein paar Jahre älter aussehen, der kastanienbraune Hosenanzug, die Bluse und die bequemen Schuhe unterstützen diese Wirkung.

Das dezente Outfit ist so konzipiert, dass es ihr maximale Bewegungsfreiheit lässt. In der Naht des linken Ärmels ist ein langes Messer aus Knochen verborgen, in die rechte Jackentasche ist ein hölzerner Schlagring eingenäht, mit Spitzen, die sie im Notfall auch als Schere, Pinzette und Kreuzschlitzschraubenzieher einsetzen kann. Kein großartiges Werkzeug, um eine Bombe zu entschärfen, aber sie wird damit zurechtkommen.

Micaela verlässt den Waschraum. Gegenüber von ihr sind die Türen der 11a, b und c, der 12f und des Chemiesaals. Sie kennt die Grundrisse der Schule, sie hatte sie bereits für ihren ersten Einsatz auswendig gelernt, als sie vorgab, eine Schülerin aus der 12d zu sein.

Das ist unglaublich, denkt sie. Es kommt mir vor, als wäre seither ein Jahr vergangen.

Automatisch schaut sie auf ihr Handgelenk, doch die Smartwatch hat sie in der Basis zurücklassen müssen und im Grunde braucht sie keine Uhr, um zu wissen, dass Eile geboten ist. Die Bombe muss irgendwo hier sein, sie muss sie finden und entschärfen.

Es wird nicht leicht sein.

Sie denkt an die Botschaft, die ihr jemand vor Antritt dieser Zeitreise geschickt hat: *Denk positiv. Geh immer aufs Ganze!*

Micaela hofft, dass es ein gutes Omen ist. Sie nimmt die Schultern zurück, senkt den Kopf und geht los.

Freitag, 19. Mai, 10:08
1 Stunde und 48 Minuten vor Stunde null

Von seinem allerersten Schultag in der Grundschule an hat Ron immer denselben Banknachbarn gehabt: Fabrizio Gimboni, genannt Gimbo. Schon seit fast elf Jahren sitzen sie nebeneinander, Ron links und Gimbo rechts. Elf Jahre, in denen sie Freude, Ärger und Hausaufgaben geteilt haben.

Diese elf Jahre haben eine abrupte Unterbrechung erfahren, als Ron und Enrico nach der Strafpredigt im Büro des Direktors das Klassenzimmer betreten haben und Ron sich auf seinen angestammten Platz setzen wollte.

»Zu mir«, hat Enrico ihm zugeflüstert.

In der letzten Reihe steht eine leere Bank, in der normalerweise Enrico neben Flavio Gherardi sitzt, der aber seit einer Woche mit Grippe zu Hause ist. Ron hat kurz überlegt, Gimbo angesehen, ihm leicht zugenickt und ist an der gemeinsamen Bank vorbeigegangen und hat sich hinten zu Enrico gesetzt.

Einen kurzen Augenblick war die gesamte Klasse vor Erstaunen wie erstarrt, dann sagte die Santini vorn am Katheder: »Könnt ihr euch bitte konzentrieren?«, und alle taten wieder so, als würden sie ihr zuhören.

Ron versteht das Verhalten seiner Mitschüler gut, denn das Gymnasium ist ein Haifischbecken, in dem man sich an eherne Traditionen zu halten hat, um zu überleben. Eine davon verlangt, dass man sich am ersten Tag des neuen Schuljahrs einen Platz aussucht und diesen bis zum Schuljahresende beibehält. Um jeden Preis. Ohne irgendwelche Ausnahmen.

Nur dass die alten Regeln heute nicht mehr gelten, denn wenn Ron die richtigen Schlussfolgerungen gezogen hat, ist irgendwo in dieser Schule ein dickes Paket Sprengstoff versteckt. Und allem Anschein nach hat es sein neuer, schweigsamer Banknachbar dort deponiert.

Als Carelli sie zu ihrem Klassenzimmer begleitet hat, war es schon fast neun, und somit sitzt Enrico seit über einer Stunde reglos an seinem Platz, mit abwesender Miene, und starrt die Decke an. Ron findet sein Verhalten ziemlich beängstigend.

Er fragt sich, ob Enrico das alles vielleicht nur macht, um ihn zu verunsichern, oder schlimmer noch: um ihn zu terrorisieren.

Auf einmal jedoch erwacht Enrico aus seinem Koma, zieht Ron das Heft weg und schreibt mit einem Bleistift hinein.

»He!«, protestiert Ron, doch Enrico hört ihn nicht oder tut zumindest so.

Auf der Heftseite steht in Großbuchstaben: *STIMMT DAS MIT DER BOMBE?*

Verblüfft flüstert Ron: »Warum?«

Enrico greift wieder zum Bleistift: *Hast du letzte Nacht wirklich gesehen, wie ich eine Bombe in die Schule gebracht habe?* Er zögert kurz, bevor er weiterschreibt: *Ich erinnere mich an nichts.* Und dann noch: *Totaler Filmriss.*

Ron denkt nach. Kann Enrico tatsächlich vergessen haben, was er getan hat? Er hat den Eindruck, dass er ehrlich zu ihm ist. Doch Micaela hat gesagt, dass Enrico im Begriff stehe, etwas Furchtbares zu tun. Der größte Fehler seines Lebens.

Er zieht das Heft zu sich heran. *Gestern Abend in der Bar sahst du irgendwie total fertig aus. Ich bin dir gefolgt. Du bist erst zu dir nach Hause, dann bist du mit dem Auto weggefahren.*

Enrico nickt, Ron schreibt weiter: *Du warst in der Via Zanardi. In einer Garage kurz hinter der Brücke. Dann …*

Er zögert, weil ihm Micaelas Anweisungen wieder einfallen und er gar nicht mit Enrico sprechen dürfte, auf gar keinen Fall, total verboten, er soll ihn beobachten und fertig. Doch Micaela hatte ihm auch gesagt, sie würde zurückkehren, und wo ist sie jetzt? Er muss alleine zurechtkommen.

Dann musste ich nach Hause. Doch … mir ist mein GPS-Tag in dein Auto gefallen. Lange Geschichte. Und meine

Tracker-App sagt, dass du letzte Nacht über eine Stunde lang vor der Schule geparkt hast.

»Scheiße«, rutscht es Enrico raus.

Seine Stimme ist so laut, dass es alle hören, einschließlich der Santini, die beim Schreiben an der Tafel innehält und sich umdreht, um den Schuldigen zu identifizieren.

Niemand hat den Mut, Enrico anzuschauen, und er achtet nicht weiter auf die anderen. Er stützt den Kopf in die Hände, die Augen hinter seinen Fingern versteckt, und nach einer Weile dreht sich die Santini wieder um und macht mit ihrem *Latinorum* weiter.

Enrico schreibt in Rons Heft: *Habe ich etwas aus der Garage geholt?*

Ron antwortet: *Sprengstoffstangen. Auf denen stand* Edilstem.

»Scheiße«, wiederholt Enrico, dieses Mal wesentlich leiser, und als er Ron anschaut, sind seine Augen gerötet.

Um genau zehn nach zehn ertönt die Schulglocke, ein schrilles Geklingel, das auf die Klasse die Wirkung eines Peitschenhiebs hat. Augenblicklich verwandelt sich die Stille in lautes Stimmengemurmel. Die Santini packt ihre Sachen weg und Ron will instinktiv aufstehen und zu Gimbo gehen, so als ob sein Freund ein sicherer Hafen wäre … Doch Enrico packt seinen Arm und drückt ihn auf den Stuhl zurück.

»Es ist so«, flüstert er, »die Edilstem stellt Sprengstoffe für Gebäudeabrisse her.«

»Weiß ich«, erwidert Ron. »Aber warum wird der Sprengstoff in einer Garage gelagert? Müsste der nicht gesichert sein?«

»Ist er. Unglaublich sicher geschützt. Doch mein Vater hat ein Bauunternehmen und manchmal müssen sie rückbauen, deshalb hatte er einen eigenen Sprengmeister … Sprengmeister dürfen Sprengstoff bestellen, lagern und so weiter. Nur dass der meines Vaters dann doch nicht vertrauenswürdig war …«

»Ron, belästigt dich der Typ?«

Gimbo hat beschlossen, die Initiative zu ergreifen und Ron zu Hilfe zu eilen, denn dazu sind Freunde ja schließlich da: um sich gegenseitig immer und überall zu helfen.

Gimbo schaut Enrico an und bemüht sich dabei, möglichst gefährlich auszusehen. Allerdings gelingt es ihm nicht besonders gut.

»Verschwinde«, sagt Enrico.

Ron dagegen bemüht sich, beruhigend zu lächeln. »Geh ruhig, danke, es ist alles in Ordnung.«

Er steht von seinem Stuhl auf, schenkt Gimbo abermals ein Lächeln, ein extrem künstliches Lächeln, verlässt dann das Klassenzimmer und bedeutet Enrico, ihm zu folgen.

Mit großen Schritten gehen sie beide auf die Jungentoilette zu, während Ron versucht, ihren Dialog von vorhin weiterzuführen. »Was soll das heißen, dass der Sprengmeister doch nicht vertrauenswürdig war?«

»Der Typ hat immer mal wieder etwas beiseitegeschafft,

bei jeder Bestellung, um es später heimlich weiterzuverkaufen. Deshalb hat er in der Via Zanardi eine Garage gemietet. Mein Vater hat es herausgefunden, aber ihn bei der Polizei anzuzeigen wäre kompliziert gewesen …«

Ron kann sich gut denken, warum: Inzwischen wissen alle, dass Enricos Vater kriminell ist. Die Polizei sucht ihn wegen der Partys, es geht um Drogen und wer weiß was noch alles. Klar, dass er keine Aufmerksamkeit erregen wollte.

»Und was hat er dann gemacht?«

»Nichts. Er hat den Sprengmeister entlassen und die Garage weiter gemietet.«

Super, denkt Ron, was für eine ausgezeichnete Idee. Er hat eine Garage voller Dynamit behalten, oder was immer das für Zeug ist, die von Mehrfamilienhäusern umgeben ist und in Zentrumsnähe liegt. Unglaublich sicher.

Sie betreten den Waschraum. Es ist nur einer aus der achten Klasse darin, der sich die Hände wäscht. Enrico bedeutet ihm, schleunigst zu verschwinden, und der Junge lässt sich das nicht zweimal sagen.

Nun sind sie allein. Ron lehnt sich gegen ein Waschbecken.

»Und du wusstest das alles, von dem Sprengstofflager, und so?«

»Ja«, bestätigt Enrico.

»Also hast du letzte Nacht beschlossen, den Sprengstoff deines Vaters zu klauen und ihn hierher in die Schule zu bringen.«

»Ich habe dir schon mal gesagt, dass ich mich an nichts erinnern kann.«

»Aber du könntest es getan haben.«

Enrico denkt nach.

Er schweigt.

Und genau wegen dieses Schweigens wird es Ron plötzlich kalt, sehr kalt, eiskalt. Es macht alles sehr wirklich.

»Wie viele habe ich mitgenommen?«, will Enrico wissen. »Du hast mich gesehen, du weißt es doch, oder?«

»Du hast deinen Rucksack damit gefüllt. Zum Schluss sah er ziemlich schwer aus.«

»Fünfzehn Kilo, vielleicht zwanzig«, rechnet Enrico. »Wenn es tatsächlich so viel ist, dann reicht es aus, um dieses Gebäude in die Luft zu sprengen.«

»Erinnerst du dich wirklich an gar nichts? Es ist doch unmöglich …«

»*Nada*. Absolute Leere.«

»Dann müssen wir die Polizei rufen«, sagt Ron und denkt wieder an Micaelas Anweisungen … Aber das ist jetzt völlig egal, was spielen Micaelas Anweisungen jetzt noch für eine Rolle.

Doch Enrico packt ihn am Sweatshirtkragen und drückt ihn gegen die Wand. Er bewegt sich nicht wie jemand, der rasend vor Zorn ist, sondern im Gegenteil sehr präzise. Nüchtern.

»Du bist völlig bescheuert«, sagt er. »Willst du, dass ich im Knast lande?«

»Aber wenn hier in der Schule eine Bombe ist ...«

»Das ist keine Bombe, du hast zu viele Filme gesehen, du bist einfach nur ein Irrer, der in den Autos anderer Leute GPS-Tracker versteckt. Das ist keine Bombe, okay? Es ist nur Sprengstoff für Abrisse. Klar ist das Zeug gefährlich, aber um damit ein Gebäude zu zerstören, muss man es an den richtigen Stellen anbringen, man muss Löcher in die Betonpfeiler bohren. Dann braucht man noch einen Zünder und eine ordentlich lange Zündschnur, damit der, der den Sprengstoff aktiviert, das aus sicherer Entfernung tun kann, weil er sonst nämlich dabei draufgeht.«

»Du kennst dich aber gut aus.«

»Genau deshalb musst du mir glauben. Das ist keine Bombe. Sie kann nicht von einem Moment auf den nächsten hochgehen, denn es ist kein Timer dabei, es gibt keinen richtigen Draht, den man im letzten Moment durchschneiden muss, weil sonst alles einstürzt. Kannst du mir folgen? Diese Sprengstoffpatronen, das ist etwas, mit dem Maurer arbeiten. Die sind nicht hochgefährlich. Verstehst du?«

Ron nickt. Er ist ziemlich erschrocken, aber er versteht.

»Deshalb braucht die Polizei nicht gerufen zu werden. Es reicht, wenn ich meinen Rucksack wiederfinde, ihn hier rausbringe und ihn loswerde. Niemand wird verletzt und niemand wird verfolgt. Einverstanden?«

Das wäre Ron gern, aber es gibt da ein Problem.

»Es gibt da ein Problem«, sagt er leise.

»Welches?«

»Ich habe heute Morgen über eine Stunde danach gesucht, aber nichts gefunden.«

»Scheiße«, sagt Enrico zum x-ten Mal. Und dann: »Los, gehen wir.«

»Wohin?«

»Gründlicher suchen.«

41

Samstag, 20. Mai, 10:22
22 Stunden und 26 Minuten nach Stunde null

Der Konter-Agent hat sich bereits für seinen nächsten Einsatz umgezogen, der mit Sicherheit der letzte dieser Mission sein wird.

Er trägt Arbeitsstiefel, eine Cargohose, ein blaues T-Shirt und eine ebenfalls blaue Weste mit der Aufschrift *FIRMA MORINI*.

Der Konter-Agent ist von Kopf bis Fuß mit Infusionsnadeln gespickt. Da für ihn keine Ärztin zur Verfügung steht, hat er sie sich selbst gesetzt, ein schmerzhafter und komplizierter Vorgang. Er ist für einiges schon zu alt und sein Körper hat die drei aufeinanderfolgenden Zeitreisen nur schlecht vertragen, er ist erschöpft und ihm zittern die Hände.

In dem nur schwach beleuchteten Raum sind außer ihm noch ein Mann und eine Frau, die an kleinen Laptops arbeiten. Rings um sie herum stapeln sich teilweise noch in schützende Plastikfolien gehüllte Komponenten, über den Fußboden schlängeln sich unzählige Kabel. Die Beleuchtung ist auf das Minimum reduziert, deshalb wirkt das Ganze ein bisschen düster und unwirklich. Auf dem Tisch neben dem Konter-Agenten liegen eine Plastiksprengstoffstange, ein Stück Kabel, ein sehr kleiner Sprengzünder und eine Handwerkertasche voller Werkzeug. Die vergangenen Stunden hatte er damit verbracht, mit diesen Dingen zu üben und jeden einzelnen Handgriff wieder und wieder durchzugehen, um später im Einsatz keine Fehler zu machen.

»Ich werde einen Timer brauchen«, erinnert er die Frau.

»Du benutzt die Uhr des Klempners«, antwortet sie. »Weißt du ganz genau, wie du die Sprengladung anbringen musst?«

Sie hält ihm ein Tablet hin, und obwohl der Konter-Agent davon überzeugt ist, bestens vorbereitet zu sein, überfliegt er nochmals das Diagramm.

Er wird in den Fußboden und in einen der Betonpfeiler Löcher bohren müssen. Eine Präzisionsarbeit, doch er ist sich sicher, dass er keine Fehler machen wird.

»Ich bin bereit. Aber können wir wirklich davon ausgehen, dass Leutnant Falco die Bombe nicht vor mir finden wird?«

Der Dritte im Raum schaut von seinem Computer auf. »Mach dir wegen des Mädchens keine Sorgen, ich habe ihren Einsatzplan bereits abgeändert. In diesem Augenblick sucht Micaela die Bombe im Büro des Direktors, sodass du ausreichend Zeit hast, deine Arbeit zu machen.«

Der Konter-Agent hofft, dass der Mann recht hat. In Wahrheit aber ist er alles andere als zuversichtlich.

Als sie ihn gefragt hatten, ob er sich in der Lage fühlt, diese hochriskante Mission auszuführen, hatte er sofort Ja gesagt. Allerdings hatte er damals nicht gewusst, dass sein Einsatz unmittelbar bevorstand. Und er hatte sich nicht vorstellen können, dass er in einem aus nur drei Leuten bestehenden Team, mit einer nur halb aufgebauten Maschine und mit unterschlagenen Medikamenten würde arbeiten müssen.

Das hieß nicht, dass der Konter-Agent seinen Entschluss bereute. Der Einsatz war viel zu hoch, um jetzt Zweifel zu haben. Wenn das Projekt Zukunft Erfolg haben sollte, musste das Konzept der Time Shifters grundlegend verändert werden: Zeitreisen waren die revolutionärste Erfindung in der Geschichte der Menschheit, und die Staaten vergeudeten Zeit und Energie damit, winzige Unfälle zu verhindern, Ereignisse, die höchstens in der Rubrik »Vermischtes« auftauchten.

Dabei könnten sie wesentlich mehr bewirken. Wesentlich Größeres, Wichtigeres. Auf die globale Geopolitik einwirken. Das Schicksal der Völker verändern.

Aus diesem Grund kämpfen sie. Der Konter-Agent vertraut seinen Vorgesetzten. Er führt ihre Befehle aus. Er schließt die ihm anvertraute Mission ab, so wie immer und um jeden Preis.

Die Frau schaut auf ihre Smartwatch. »Wir liegen perfekt in der Zeit. Wenn du dich jetzt hinlegst, können wir anfangen, die Infusionsbeutel anzuschließen.«

Der Konter-Agent nickt und legt sich auf den Plastiktisch.

»Sobald ihr so weit seid, fangen wir an«, sagt er.

Freitag, 19. Mai, 10:29
1 Stunde und 27 Minuten vor Stunde null

Der Konter-Agent ist am Ziel seiner Reise angelangt und findet sich in einem am Straßenrand abgestellten Lieferwagen wieder. Der Motor läuft, er sitzt auf dem Beifahrersitz, der Mann neben ihm ist dick und hat einen Schnurrbart.

Der Dicke schreit erschrocken auf Italienisch: »Aber wer bist d...«

Er kann seinen Satz nicht beenden. Der Konter-Agent bricht ihm mit einem Ellbogenstoß das Nasenbein. Im nächsten Augenblick packt er ihn am Kopf und knallt ihn gegen das Lenkrad. Bewusstlos sackt der Mann in sich zusammen.

»Du hättest den Gurt anlegen sollen«, sagt der Konter-Agent leise vor sich hin.

Er schüttelt ein paarmal den Kopf, um seine Benommenheit loszuwerden. Ihm ist schlecht und schwindelig, all seine Muskeln schmerzen. Er fühlt sich, als ob er Fieber hätte, und sein Herz schlägt viel zu schnell. Sein Körper reagiert heftiger als vorgesehen, aber vier Einsätze hintereinander wären für jeden Agenten zu viel.

Doch er darf nicht darüber nachgrübeln, jetzt geht es ums Ganze. Alles wäre einfacher, wenn nicht ausgerechnet Micaela Falco involviert wäre. Das Mädchen ist wie ein Kaktus. Wenn man ihr einen Schlag versetzt, ist man voller Stacheln.

Aber sie ist mit ihm Spiel, war darin, wird darin sein, und der Konter-Agent kann nichts dagegen tun. Es ist wie bei einem Marathonlauf, bei dem sie beide gegeneinander antreten. Vier Einsätze, jeder einzelne davon genau durchdacht, bis in die geringfügigsten Details geplant, um die Auswirkungen der Arbeit seiner Rivalin zu neutralisieren.

Jetzt kommt die endgültige Abrechnung und es besteht kein Zweifel daran, wer von ihnen beiden seine Mission erfüllen wird.

Der Konter-Agent steigt aus dem Lieferwagen aus, ein alter weißer Fiat Ducato mit der Aufschrift *FIRMA MORINI – Elektroinstallationen, Klempnerarbeiten, Planung, Reparaturen*. Derselbe Firmenname wie auf seiner Weste. Bei den Missionen muss man stets auf die Details achten.

Der Konter-Agent zieht den bewusstlosen Elektriker vom Fahrersitz, öffnet die Hecktüren und wuchtet ihn auf die Ladefläche. Bevor er die Türen wieder schließt, nimmt er die Werkzeugtasche und die Uhr des Mannes an sich, eine schlichte digitale Casio F-91W.

Er steckt die Uhr in eine Tasche seiner Weste, setzt sich hinter das Lenkrad, legt den ersten Gang ein und fährt los. Weil der Lieferwagen in der Nähe der Porta Saragozza stand, braucht er sich nur in den Verkehr einzufädeln, an der nächsten Ampel zu warten, bis sie grün wird, rechts auf die Durchgangsstraße abzubiegen und dann noch einmal rechts in die Via Ortis. Weniger als eine Minute später hält er vor dem Gymnasium D'Arturo-Horn.

Mit der geschulterten Werkzeugtasche steht er vor dem Tor und klingelt. Ein Mann macht ihm auf. Es ist der Hausmeister Guido Carelli.

»Ja?«, fragt Carelli.

»Firma Morini«, sagt der Konter-Agent auf Italienisch, mit kaum merklichem Akzent. »Ich bin wegen des Heizkessels hier.«

»Ach ja? Davon weiß ich nichts.«

Der Konter-Agent zuckt mit den Schultern. »Dann kann ich ja wieder gehen.«

»Nein, nein, warten Sie. Ich kenne euch Burschen, ihr kommt nicht wieder und dann stehen wir im Winter ohne Heizung da. Warten Sie, ich frage mal beim Schuldirektor nach.«

»Hören Sie«, sagt der Konter-Agent, »ich habe es eilig. Während Sie nachfragen, mache ich mich schon mal an die Arbeit. Sie brauchen mich nicht hinzuführen, ich weiß, wo der Heizkessel ist. Ich war auch letztes Jahr schon hier.«

Carelli scheint beruhigt. »Möchten Sie einen Kaffee?«, fragt er und lächelt.

»Vielleicht hinterher«, erwidert der Konter-Agent, tritt ohne zu zögern ein und geht den Flur entlang.

Ein Blick auf die Uhr: Es ist 10 Uhr 35.

Er ist sogar ein bisschen zu früh dran.

43

Freitag, 19. Mai, 10:35
1 Stunde und 21 Minuten vor Stunde null

Ein schöner Vormittag im Krankenhaus Bellaria. Ein schöner Vormittag, auch wenn der Himmel bleigrau ist oder vielleicht genau deswegen.

Grande hat gut geschlafen und trotz der zerbissenen Wange alles gegessen, was sie ihm zum Frühstück gebracht haben.

Er ist innerlich ganz ruhig. Endlich.

Mit sich selbst im Reinen.

Um sechs Uhr morgens haben zwei Polizisten die von der Nachtschicht abgelöst, jetzt ist wieder Galli dran, zusammen mit Rondini. Als Grande sie eintreten sah, hat er sie beinahe herzlich begrüßt. Nur beinahe, denn sie sind und bleiben Bullen, doch Galli war so nett, ihm sein angefangenes Kreuzworträtselheft zu überlassen, und Grande hat ein paar angenehme Stunden damit verbracht, die Kreuzworträtsel zu lösen.

Acht waagerecht: *Ein Fan von Kriegen*. Grande schreibt: *Kriegstreiber*.

Das halb von einer OP-Maske verdeckte Gesicht einer Krankenschwester erscheint an der Tür.

»Ist es schon Zeit für das Mittagessen?«, fragt Grande, zu Scherzen aufgelegt.

Wegen der zerbissenen Wange spricht er sehr undeutlich, doch Galli versteht ihn trotzdem.

»Von wegen Mittagessen«, sagt er. »Sie bringen dich ins Maggiore-Krankenhaus. Dort erwarten dich zwei Untersuchungen, danach geht es zurück in den Knast und damit ist dann dieser ganze Zirkus vorbei.«

Wenn du wüsstest, denkt Grande, was für eine Schlacht ich heute Nacht geschlagen habe.

Diego ja, Diego nein. Mord ja, Mord nein.

Inzwischen aber hat er seinen Entschluss gefasst, er wartet nur noch ein bisschen, weil er es sich erlauben kann und wegen des Grundsatzes, der ihm schon oft das Leben gerettet hat: *Nimm dir Zeit für deine Entscheidung und handle dann schnell.* Sobald er diese bestimmte Nachricht einmal abgeschickt hat, kann er keinen Rückzieher mehr machen. Deshalb ist es richtig, seinen Entschluss erst einmal sacken zu lassen, ohne sich neue Zweifel zu gestatten.

Doch auch so weiß Grande, dass der Einarmige schon wartet, mit schussbereitem Präzisionsgewehr, und es gibt eine feine Linie, die eine gut überlegte Entscheidung von sinnlosem Gegrübel trennt.

Wie wird er vorgehen? Wenn sie ihn verlegen, werden ständig Leute um ihn herum sein und er kann sein Handy schlecht im Krankenwagen herausziehen. Er wird warten, bis er im Maggiore-Krankenhaus ist. Genau. Sobald er im neuen Krankenhaus kurz alleine ist, wird er die Nachricht senden. Und dann geschehe, was geschehen mag.

Die Krankenschwester geht zu Hauptkommissar Galli. Sie wirkt in der Nähe dieses sehr großen Mannes befangen. »Der Krankenwagen kommt gegen halb zwölf.«

»In Ordnung«, sagt Galli und lächelt, vielleicht um ihr begreiflich zu machen, dass er trotz seines imposanten Äußeren zu den Guten zählt. »Ich habe schon das Begleitfahrzeug angefordert. Kollege Rondini hier wird den Gefangenen im Krankenwagen begleiten. Ich folge dann im Begleitfahrzeug.«

Die Krankenschwester nickt. »Dann bereiten Sie sich bitte vor, sie werden bald kommen, um den Patienten abzuholen.«

»Wir können das auch gerne selbst machen.«

»Nein, nein. Die Sanitäter kommen mit der Tragbahre, alles nach Vorschrift.«

Der Hauptkommissar weiß, wie es gemacht wird, er hat mit derartigen Transporten Erfahrung.

Sobald die Schwester den Raum verlassen hat, dreht Galli sich zu Rondini um. »Du hast gehört, was sie gesagt hat. Wir brechen unsere Zelte hier ab.«

Grande macht es sich in seinem Bett bequem und wartet, dass sie ihn holen kommen, um ihn ans andere Ende der Stadt zu fahren.

Er hofft, dass die Fahrt ins Maggiore-Krankenhaus länger dauern wird, dass viel Verkehr sein wird, damit die Verlegung mehr Zeit beansprucht als gewöhnlich. Er wird am Fenster sitzen und die Aussicht genießen. Dann, im anderen Krankenhaus angekommen, wird er das Handy aus seiner Unterhose ziehen.

Und die Nachricht verschicken.

Freitag, 19. Mai, 10:38
1 Stunde und 18 Minuten vor Stunde null

Micaela ist seit etwas mehr als einem Jahr Agentin, aber noch nie hat eine Mission so lange gedauert wie diese. Einmal war sie einundzwanzig Minuten lang in Serbien und bei ihrer Rückkehr wurde sie mit Applaus empfangen, weil sie einen Rekord gebrochen hatte.

Dieses Mal hat sie diesen Rekord weit übertroffen, denn wenn die Schuluhren richtig gehen, dauert dieser Einsatz schon über eine halbe Stunde. Sie fühlt sich komisch, wie betrunken. So, als liefe sie auf einem Schiff herum, das auf den Wellen schaukelt. Geräusche und Farben nimmt sie nur noch gedämpft wahr.

Doch um 11 Uhr 56 wird diese verfluchte Bombe explodieren. Deshalb kann sie nicht aufhören. Es geht nicht, es geht einfach nicht. Und so läuft sie die Flure entlang, versucht auszuweichen, wenn sie Schritte in ihre Richtung kommen hört, weiß nicht, wo sie eigentlich hinsoll …

Es ist, als wäre sie unter Wasser.

In den Fluren ist es sehr still, nur wenn Micaela nahe an die Türen rangeht, hört sie die Monologe der Lehrer. Sie hofft, nein, sie *betet*, dass sich die Bombe nicht ausgerechnet in einem Klassenzimmer befindet, denn in diesem Fall wüsste sie nicht, wie sie das Ding entschärfen soll.

Bis zur Explosion bleibt jetzt nicht mehr viel Zeit und sie hat Angst.

Nicht um ihr Leben: Sie selbst kann sich im letzten Moment in Sicherheit bringen, es genügt, einen Fingernagel fest unter die linke Achsel zu drücken, wo die Ampulle mit dem Wirkstoff eingepflanzt wurde … Ohnehin würde das Team in der Basis sie im Notfall zurückholen.

Was sie belastet, ist die bevorstehende Niederlage. All die Leben, die sie auf dem Gewissen haben wird. Sie hat einmal ein Buch über das Kentern eines Kreuzfahrtschiffs gelesen, das sie immer noch gut in Erinnerung hat. Am beeindruckendsten fand sie die Geschichten über Offiziere, die sich durch unbeleuchtete, überschwemmte Gänge tasteten, um möglichst viele Passagiere zu retten. Sie fühlt sich genau so, nur dass die Passagiere ihres Schiffs nicht einmal ahnen, in welcher Gefahr sie schweben.

Micaela, denk nach!

Was nicht leicht ist, wenn man gleichzeitig Kopfweh, Schwindelattacken und Schmerzen am ganzen Körper hat, weil man sich im letzten von vier aufeinanderfolgenden Einsätzen befindet, aber …

»Denk nach!«

Der Analyst ihres Teams hat ihr genaue Instruktionen erteilt, die wiederum auf den Berechnungen von MARIE beruhen, der mächtigsten jemals von Menschen entwickelten künstlichen Intelligenz der Welt. Laut diesen Instruktionen müsste sich die Bombe im Büro des Direktors befinden.

Dort war Micaela gerade, aber die Bombe war nicht da.

Das bedeutet, dass die Berechnungen von MARIE falsch sind oder aber dass ihre Berechnungen auf falschen Informationen basieren. Sicherlich ist daran der Nebel schuld. Ein Nebel, der viermal dichter ist als normalerweise.

Deshalb also die Frage: Was soll sie jetzt tun?

Für das, was Micaela macht, gibt es präzise Vorschriften und die letzte, die wichtigste, besagt, dass ein Agent die Verantwortung für seine Entscheidungen im Feld trägt.

Micaela könnte Krach schlagen. Die Polizei, die Feuerwehr rufen. Einen jener Bombe-in-der-Schule-Alarme auslösen, die sich Schüler gelegentlich ausdenken, um einer schwierigen Prüfung, einer Klassenarbeit zu entgehen, ohne zu wissen, dass dies ein Vergehen ist.

Hallo, jemand hat im Gymnasium D'Arturo-Horn Sprengstoff versteckt, in einer Stunde wird es in die Luft fliegen.

Aber was wären die längerfristigen Konsequenzen ihrer Entscheidung? Und wie würden sie mit den Handlungen ihres Feindes zusammenwirken?

Denn Micaela ist sich sicher: Es gibt einen Feind. Er muss

Zugang zu einer Maschine und einem Team haben, einem Team mit einem Kommandanten, einem Assistenten des Kommandanten, einem Analysten, einem Systemanalytiker, Ärzten ... Und nicht zu vergessen die unterstützende künstliche Intelligenz.

Vorausgesetzt, dem Konter-Agenten steht all das zur Verfügung, ist davon auszugehen, dass er auch ein Ziel hat. Ein Motiv, und das muss nicht unbedingt falsch sein.

Was riskiert Micaela, wenn sie die Einsatzkräfte einschaltet?

Einmal, erinnert sie sich, gab es solch einen Fall in der Zeitzone von Peking. Sie war damals noch nicht lange der *Budova č. 42* zugewiesen. Ein Verrückter hatte beschlossen, sich mit seinem Lkw eine Brücke hinunterzustürzen. Auf diese Weise wäre ein Feuerball entstanden, der knapp fünfzig Menschen getötet hätte. Der im Feld eingesetzte Agent hatte Panik bekommen, die Polizei gerufen und die Beamten unter einem Vorwand dazu gebracht, den Lkw zu verfolgen und dessen Fahrer zu verhaften.

Das Ergebnis davon war gewesen, dass der Lkw inmitten einer wesentlich größeren Anzahl von Fahrzeugen explodiert war und es insgesamt hundertzwanzig Tote gegeben hatte.

Micaela darf sich so etwas nicht erlauben.

Folglich?

Folglich denkt sie jetzt nach, geht durch die Schule, schaut sich um, sucht. Und auf einmal nimmt ihr Gehirn eine Bewegung wahr: Jemand verlässt den Informatikraum. Sie geht einen Schritt zur Seite, näher an die Wand heran, gerade so weit, dass derjenige sie nicht sieht. Es könnte ein Hausmeister oder ein Lehrer sein und sie überlegt schon, was sie ihm erzählen soll, als sie sieht, dass es zwei Personen sind, zwei Jungen, die sie kennt.

Sie hechtet auf die beiden zu, packt Enrico an einem Arm, dreht ihm den Arm hinter den Rücken, drängt den Jungen zurück in den Informatikraum und schickt ihn zu Boden, indem sie ihm mit einem Fuß in die Kniekehle tritt. Im nächsten Augenblick dreht sie sich zu Ron um und umfasst seine Kehle.

»Micaela! Aber was …?«

Sie versetzt ihm einen Ellbogenstoß in die Seite, um ihn tiefer in den Raum hineinzuschleudern, folgt ihm und schließt die Tür hinter sich.

Die gesamte Aktion hat nicht länger als zehn Sekunden gedauert und die beiden Jungen winseln wie verletzte Tiere. Micaela weiß, dass sie ihnen wehgetan hat, aber sie sind noch nicht quitt.

»Ron«, sagt sie. »Du hattest versprochen, mir zu helfen.«

»Das tue ich doch gerade«, antwortet der Junge, während er aufsteht und sich die Rippen massiert. »Letzte Nacht habe ich ihn im Auge behalten, genau wie du gesagt hattest, und …«

»Du und die Zielperson seid zusammen. Das ist gegen die Vorschriften.«

»Welche Vorschriften?«, fragt Enrico. Er liegt noch am Boden, scheint aber keine besonders starken Schmerzen zu haben. Er wirkt nicht einmal überrascht. »Ich kenne dich nicht.«

»Doch, du kennst sie«, widerspricht Ron. »Sie ist diejenige, die uns gestern Vormittag daran gehindert hat, uns gegenseitig umzubringen. Erinnerst du dich nicht? Die, die nach der 12d gefragt hat.«

»Ach ja? Und warum ist sie jetzt wie eine alte Frau angezogen?«

»Weil sie keine Schülerin ist. Sie heißt Micaela Falco und ist Angehörige der Luftwaffe. Eine Militärpilotin.«

Damit hatte Micaela nicht gerechnet. »Woher weißt du das?«

»Ich habe dein Instagram-Profil gesehen.«

Gütiger Himmel! Ihr Instagram-Profil. Seit mindestens einem Jahr hat Micaela nicht mehr nachgeschaut, ungefähr seit sie nach Prag umgezogen ist.

Inzwischen ist auch Enrico aufgestanden. »Ich verstehe immer noch nichts. Mal abgesehen davon, dass du mir etwas zu jung vorkommst, um Pilotin zu sein ... Was machst du hier überhaupt? Und warum warst du gestern eine Schülerin und siehst heute wie eine Lehrerin aus?«

»Ich will verhindern, dass du die Schule in die Luft jagst«, erwidert Micaela trocken.

»Wer hat dir das denn erzählt? War er es?«

Ron schüttelt den Kopf.

»Außerdem ist es keine Bombe. Ich habe das Ron schon erklärt, es ist nur Sprengstoff für Baustellen, der ist harmlos, es geht keine wirkliche Gefahr davon aus. Und ich … Gestern Abend war ich völlig außer mir, das stimmt. Aber ich hatte niemals die Absicht, jemandem etwas anzutun.«

»Du lügst.«

Enrico zögert. Wird rot. Seufzt. »In Ordnung. Es stimmt schon, manchmal habe ich daran gedacht. Ihr wisst schon, wenn alles, aber auch alles schiefgeht und man sich im Scherz vorstellt, dass man sie alle dafür bezahlen lässt und dies oder das in die Luft sprengen könnte …«

»Ich habe so etwas noch nie gedacht«, sagt Ron.

»Na ja, ich eben schon. Und du würdest das auch denken, wenn dein Leben plötzlich am Arsch wäre. Aber«, und jetzt sieht Enrico wieder Micaela an, »ich hatte nie die Absicht, so etwas wirklich zu tun.«

»Dann sag mir, wo du den Sprengstoff gelassen hast.«

»Ich weiß es nicht! Ich erinnere mich nicht mehr. Bevor ich gestern schlafen gegangen bin, habe ich getrunken, und als ich heute Morgen aufgewacht bin … Da ist nichts. Nur ein schwarzes Loch.«

»Blödsinn«, zischt Micaela ihn an. »Du lügst schon wieder. So etwas kann man nicht vergessen haben. Du musst mir die Wahrheit sagen, und zwar sofort, sonst wird diese Bombe um vier Minuten vor zwölf hochgehen. Das Gymnasium wird in die Luft fliegen und viele Menschen werden sterben. Hast du verstanden? Das ist kein Scherz. Es ist die schlimmste Bombenexplosion in der Geschichte Italiens.«

»Das ist keine Bombe«, wiederholt Enrico, doch er klingt jetzt weniger ruhig. »Solange niemand die Ladungen aktiviert, können sie nicht explodieren.«

»Aber genau das wird bald passieren. In …« Micaela schaut auf die Uhr, die zwischen dem Katheder und der digitalen Tafel an der Wand hängt. Es ist 10 Uhr 48. Sie rechnet nach. »In genau einer Stunde und zwölf Minuten.«

Ron geht einen Schritt auf sie zu und betrachtet sie entgeistert.

»Woher weißt du das überhaupt?«

45

Samstag, 20. Mai, 10:44
22 Stunden und 48 Minuten nach Stunde null

Endlich steht Rot vor einer Zeitmaschine. Und obwohl er auf den Anblick vorbereitet war, ist er überrascht. Und auch ein bisschen enttäuscht.

Denn im Grunde hatte er sich etwas wesentlich Spektakuläreres vorgestellt, ein Weltraumshuttle, eine Kapsel in Form eines Projektils. Vielleicht wenigstens einen DeLorean-Sportwagen oder eine blaue Telefonzelle der britischen Polizei. Diese Zeitmaschine dagegen sieht eher wie etwas aus, das in ein Krankenhaus gehört, ein großer weißer Plastikzylinder mit einem Loch in der Mitte.

In diesem Loch ist Micaela vor mehr als einer halben Stunde verschwunden. Sie musste sich auf einen Plastiktisch legen, eine Ärztin und eine Krankenschwester steckten Dutzende von Nadeln in sie hinein, verbanden diese mit Infusionsbeuteln und schließlich glitt der Plastiktisch in den Zylinder.

Rot musste bei dem Anblick an eine Leiche denken, die in eine Kühlzelle geschoben wird, und dieser Gedanke jagte ihm einen Schauer über den Rücken.

Sie erklärten ihm, dass der vierte Einsatz eines Agenten ein hohes Sterblichkeitsrisiko birgt oder die Gefahr bleibender Gehirnschäden und dass der Agent dadurch auch in ein Koma fallen kann. Dennoch hatte das Mädchen nicht mit der Wimper gezuckt, sie hatte sich auf das Tischchen gelegt und sich klaglos stechen und in die Maschine hineinfahren lassen.

Jetzt herrscht im Raum höchste Anspannung, es kommt ihm vor, als befände er sich auf der Kommandobrücke eines Kriegsschiffs. Die Kommandantin hat beschlossen, bei dem Transfer persönlich anwesend zu sein (Rot hat gemerkt, dass dies nicht zur Routine gehört), und sitzt jetzt auf einem Drehstuhl, von dem aus sie alle im Blick hat: den Analysten, die Techniker an ihren Computerterminals und die Ärztin, die das medizinische Team leitet.

Die Techniker überwachen das Funktionieren der Maschine, während die Mediziner beobachten können, was mit Micaela im selben Moment, aber vierundzwanzig Stunden früher geschieht. Eine Art Direktverbindung zur Vergangenheit. Jerry versucht, mithilfe seines AI-Supercomputers Informationen über die Außenwelt zu sammeln.

Nur Rot und Blau haben hier keine Aufgaben oder Rollen, deshalb stehen sie abseits, in Türnähe. Die Kommandantin hat ihnen erlaubt dabei zu sein, unter der Bedingung, dass sie nicht stören.

Plötzlich bilden sich auf der Grafik des medizinischen Überwachungsbildschirms steile Spitzen, ein Gerät beginnt laut zu ticken und die Ärztin dreht sich zur Kommandantin um.

»Da passiert gerade etwas«, sagt sie. »Die Messwerte der Agentin haben sich geändert ... Sie empfindet soeben ein heftiges Gefühl. Angst, vielleicht auch Verblüffung.«

Rot schaut auf seine Armbanduhr. Es ist 10 Uhr 44.

Er grinst.

Ja, klar.

Er weiß, was gerade in der Vergangenheit passiert.

Es ist der Moment der Wahrheit.

46

Freitag, 19. Mai, 10:44
1 Stunde und 12 Minuten vor Stunde null

»Woher weißt du das überhaupt?«, fragt Ron und diese Frage ist eindeutig spontan, sie kommt direkt aus seinem Innersten, aus seinem Herzen.

Micaela ist überrumpelt. Sie weicht vor ihm zurück.

Ron bemerkt ihre Verwirrung und schaut sie nicht länger so an wie bisher, mit diesem freundlichen Blick, der sie von Anfang an zu ihm hingezogen hat. Jetzt ist er ernst, sehr konzentriert.

Er will es erfahren. Er *muss* es erfahren.

»Gestern Abend hast du zu mir gesagt, dass Enrico kurz davor steht, etwas zu tun, das er sein Leben lang bereuen wird«, fährt er fort, »und offensichtlich hat er es tatsächlich getan. Aber das kannst du eigentlich gar nicht wissen, weil du gestern Abend nicht dabei warst. Ich dagegen war dort, aber ich hatte noch keine Gelegenheit, dir davon zu erzählen. Woher weißt du es also? Und wer hat dir gesagt, dass der Sprengstoff heute Mittag explodieren wird und dass es zu einem Massaker kommt? Hast du das alles erfunden?«

Micaela ist von der Dringlichkeit in seiner Stimme so betroffen, dass sie nur noch stottern kann: »Nein ... nein. Meine Arbeit ...«

»Für wen arbeitest du?

»Für die Luftwaffe ... So etwas in der Art.«

Wie viel darf ich ihm sagen?, fragt Micaela sich. Wie viel kann ich ihm sagen, ohne zu riskieren, dass ich vor ein Militärgericht komme? Aber im Grunde ist jetzt ohnehin alles ruiniert, genau wie Enricos Leben, ich habe nichts mehr zu verlieren ...

»So etwas in der Art?«

»So etwas wie eine geheime Einheit.«

»Aha«, sagt Enrico. »Und dann setzen sie ein Mädchen ein, das so alt ist wie wir?«

»Ja, weil ... Das geht euch nichts an. Und es würde zu lange dauern, alles zu erklären.«

»Okay, aber woher willst du wissen, dass diese Schule in einer Stunde explodiert?«

»Unsere Computer haben das ausgerechnet«, gibt Micaela schließlich zu. Mehr wird sie nicht preisgeben. Kein einziges Wort mehr.

Doch jetzt fängt Enrico an zu lachen und es ist ein schmerzliches Lachen, ein blechern klingendes Hecheln. »Klar. Ihr habt also Computer, die die Zukunft vorhersagen können. Sicher. Und wie kommt es dann, dass ich davon noch nie etwas gehört habe?«

»Weil es geheim ist.«

»Selbstverständlich. Ron, hast du gehört? Die haben einen Computer, der die Zukunft vorhersagt.«

»Nein, so ist es nicht«, sagt Micaela. »Unser Computer prophezeit nicht, was in der Zukunft geschieht. Er analysiert die Daten und …«

»Wie funktioniert es dann? Warte, warte, lass mich raten: Es ist ein normaler Computer, nur dass ihr ihn in eine Zeitmaschine steckt, damit er alles erfährt.« Enrico lacht. »Oder, noch besser: Sie stecken *dich* in eine Zeitmaschine. Du bist eine Geheimagentin und kommst aus der Zukunft, um uns zu retten.«

Oh, oh, denkt Micaela. Ihr ist klar, dass sie nicht antworten darf.

Dann erst merkt sie, dass Ron sie fixiert. Mit einem sehr tiefen Blick.

»Oh nein!«, stöhnt Ron.

»Was?«, fragt Enrico.

»Ich glaube, du hast richtig geraten. Sie. Kommt. Aus. Der. Zukunft.« Ron lässt die Wörter im Raum schweben und Micaela darf das nicht zulassen, sie muss irgendetwas tun.

Sie will ihr Gesicht in den Händen verbergen, doch Ron hält sie an den Unterarmen fest. Immer noch schaut er sie an. Es ist, als hätte er den Schlüssel zu ihrem Herzen gefunden und könnte es öffnen, um darin zu lesen wie in einem Buch, während Micaela es machtlos zulassen muss.

»Du kommst aus der Zukunft«, wiederholt Ron. »Deshalb kannst du immer so plötzlich auftauchen und dann wieder verschwinden. Das Badezimmer im Haus von Enrico, die Toilette von *Le Serre* gestern Abend. Ich stand vor der Tür. Es gab keine Fenster und du konntest nirgendwo hin und trotzdem hast du dich in Luft aufgelöst. Ich dachte, ich sei verrückt geworden, dabei war ich es gar nicht. Du bist in deine Zeit zurückgekehrt. War es so?«

»Also wirklich!« Micaela gibt sich empört. »Das ist doch absurd ...«

»Hm«, macht Enrico und tritt ebenfalls näher an sie heran. »Dir steht der Schweiß auf der Stirn, du bist ganz rot im Gesicht und dein Blick flitzt unruhig hin und her. Vielleicht haben wir ja tatsächlich richtig geraten ...«

Ron hält immer noch ihre Arme fest. »Dann bist du also eine Zeitagentin? Wirklich? Ich kann es nicht glauben ... Aus welcher Zeit kommst du? Aus dem Jahr 2100? Aus noch fernerer Zukunft? Aber ...?«

Micaela fühlt sich, als stünde sie am Rand eines Abgrunds. Außerhalb ihres Teams weiß niemand, was in den Untergeschossen der *Budova č. 42* vor sich geht. Sie hat noch nie mit jemandem darüber geredet. Nicht einmal mit ihren Eltern. Nicht einmal mit Diana.

Muss sie es jetzt tun? Mit diesen beiden Jungen darüber reden? Mit zwei Vergangenen, die dazu noch Zielpersonen ihrer Mission sind?

Micaela muss sich bei ihrer Arbeit streng an die Dienstvorschriften halten. Die erste davon lautet, stets die Anweisungen zu befolgen. Die zweite warnt davor, dass auch kleine Ursachen große Wirkungen haben können: Sie lebt einen Augenblick, der bereits vergangen ist, und jegliche Veränderung in dieser Vergangenheit könnte sich auf katastrophale Weise auf die Gegenwart auswirken.

Aus genau diesem Grund sind die Einsätze stets kurz und bestehen nur aus sehr einfachen Handlungen. Eine Tür öffnen. Sich in einer Bar an einen Tisch setzen. Auf eine auf den Boden gefallene Zigarettenpackung treten (damit hatte sie einmal in Paris fünfzehn Kindern das Leben gerettet, die sonst wenige Stunden später in einem Brand im Wald von Fontainebleau ums Leben gekommen wären).

Und dann gibt es da noch eine dritte Vorschrift, die Micaela befolgen sollte und die lautet: Keinerlei nicht autorisierte Kontakte mit den Vergangenen. Dieser Vorschrift hat sie soeben zuwidergehandelt. Welche Konsequenzen könnte das haben?

»Los, rede!«, befiehlt Enrico.

»Vierundzwanzig Stunden«, antwortet Micaela.

Sie hat es getan. Sie hat es zugegeben, sie hat gebeichtet.

Was für ein Schlamassel ... Ich habe alles zerstört.

Oder vielleicht doch nicht? Micaela fehlen die Worte, um zu beschreiben, was sie im Moment empfindet. Sie fühlt sich leer. Sie fühlt sich schuldig, weil sie das größte Geheimnis ihres Lebens verraten hat. Aber irgendwie fühlt sie sich auch erleichtert.

Denn alles in allem handelt ein Agent im Feld in Eigenverantwortung, und Enrico und Ron die Wahrheit zu sagen, ist die letzte Karte, die sie auszuspielen vermag. Um die Bombe zu stoppen. Um den Lauf des Schicksals zu verändern.

»Vierundzwanzig Stunden?«, fragt Enrico nach. »Was bedeutet das?«

»Das ich von morgen komme. Von Samstag, dem zwanzigsten Mai.«

»Pfff«, macht Enrico. »Das ist doch idiotisch. Hör endlich auf, uns Blödsinn zu erzählen. Wenn es stimmen würde, warum kehrst du dann nicht einfach zu gestern Abend zurück, anstatt uns zu erzählen, dass eine Bombe explodieren wird und all das Blabla. Du könntest mich aufhalten, wenn ich den Sprengstoff aus dem Lager hole ... Oder kehre noch weiter in die Vergangenheit zurück, zu dem Tag, als mein Vater diese Garage voller Sprengstoff entdeckt hat, und lass den Schlüssel verschwinden. Oder noch besser: Kehre sechzehn Jahre weit zurück und verhindere, dass ich geboren werde. Dann hättest du das Problem Enrico ein für alle Male gelöst.«

Er sagt diesen letzten Satz in einem seltsamen Ton, so dass er wie ein Todesurteil klingt. Oder wie eine Begnadigung.

Micaela setzt sich auf die ihr am nächsten stehende Schulbank, weil sie Halt braucht, etwas, das sich sicher anfühlt. Sie verschränkt ihre Hände, damit sie nicht mehr zittern.

»So funktioniert es aber nicht«, erklärt sie. »Unsere Technologie leidet immer noch unter vielen Einschränkungen. Wir Agenten können ausschließlich innerhalb eines vierundzwanzigstündigen Zeitfensters zurückkehren. In meiner Zeit ist es jetzt … 10 Uhr 49 am Samstag, dem zwanzigsten Mai. Das bedeutet, dass ich auf das, was um 10 Uhr 48 am Freitag, dem neunzehnten Mai geschieht, nicht mehr einwirken kann. Ich kann nicht weiter zurück als zu diesem jetzigen Augenblick, hier bin ich an meiner Grenze angelangt.« Sie holt tief Luft und fährt fort: »Bisher bin ich in dieses Zeitereignis viermal eingetreten. Mein erster Einsatz war … nein: wird … wird in einer knappen Stunde erfolgen. Zu dem Zeitpunkt, in dem die Bombe explodiert, um 11 Uhr 56, werde ich an meinem freien Tag zum Dienst gerufen, damit ich die Mission übernehme. Und um 13 Uhr 24 werde ich gestern, also Donnerstag, eingreifen, um euren lächerlichen Streit zu unterbrechen.«

Micaela fühlt sich immer noch, als wäre sie unter Wasser, in einer Luftblase gefangen. Die auf den Schulbänken aufgestellten Computermonitore scheinen sich zu bewegen, vor und zurück, wie Wellen.

Tue ich das gerade wirklich?, fragt sie sich. Sind Ron und Enrico tatsächlich hier bei mir?

Micaela erinnert sich daran, wie zum ersten Mal ein Oberst der Luftwaffe in die Akademie kam und sie zu einem vertraulichen Gespräch einbestellte. Er erklärte ihr, dass sie aufgrund ihrer bisherigen Leistungen positiv aufgefallen sei und dass man sie nach Prag schicken wolle, als Kandidatin für eine besondere Mission. Erst ein paar Monate später las Micaela zum ersten Mal in einem streng geheimen Dossier von der Möglichkeit, durch die Zeit zu reisen. Sie war schockiert. Ein internationales, geheimes Polizeikorps, das in den verschiedenen Zeitzonen arbeitet … die Transfertechnologien … ihre Grenzen … All das war ihr viel zu unglaubwürdig vorgekommen.

Genau dieser Schock, dieser Unglaube ist auf den Gesichtern von Ron und Enrico zu sehen, und sofort fühlt sie sich weniger allein.

»Wenn du schon gestern in Aktion getreten bist«, sagt Ron, »warum bist du dann überzeugt, dass die Bombe explodieren wird?«

»Weil wir das gesehen haben«, erklärt Micaela. »Es ist bereits geschehen. Meine Einsätze gestern sind allesamt gescheitert.«

»Und warum?«

Sie umfasst mit aller Kraft die Schulbankkante, um Halt zu finden, sich an der Wirklichkeit festzuklammern.

»Das wissen wir nicht. Sobald ein Agent beginnt, an einem Zeitereignis zu arbeiten, hat die Operationsbasis auf die Ereignisse keine klare Sicht mehr. Ein Phänomen, das wir ›Nebel‹ nennen … Damit versucht das Universum Zeitparadoxe zu verhindern. Also mehr oder weniger. Doch trotz des Nebels gibt es etwas, das wir mit hundertprozentiger Sicherheit wissen: Die Bombe wird explodieren. Außerdem passiert etwas Seltsames, aber wir wissen nicht, was es ist. Wir haben nur einen Verdacht.«

»Was für einen Verdacht?«

»Wir glauben, es ist ein Konter-Agent am Werk, der an demselben Zeitereignis arbeitet. Jemand macht die Wirkungen meiner Einsätze zunichte.«

Ron setzt sich auf die Schulbank neben ihr. Eigentlich will sie ihm sagen, dass er etwas tun soll, dass sie kostbare Minuten verlieren, doch damit die beiden ihr helfen können, müssen sie zuerst einmal verstehen. Sie braucht dringend ihre Hilfe. So viel Hilfe, wie sie nur bekommen kann.

»Was können wir tun?«, fragt Ron.

»Ihr müsst mir helfen, den Sprengstoff zu finden, bevor etwas oder jemand ihn explodieren lässt.« Micaela schaut Enrico an. »Du kannst nicht vergessen haben, wo du ihn gelassen hast. Das ist unmöglich.«

»Es ist aber so.«

»Aber …«

»Ich habe gesagt, dass es so ist!«, schreit er sie an, und gleich darauf beugt er sich vor und fängt an zu weinen. Er löst sich förmlich in Tränen auf und schluchzt so stark, dass er kaum noch Luft bekommt.

Micaela hat nicht mit dieser Reaktion gerechnet, sie

weiß nicht, was sie sagen soll. Es kommt ihr vor, als würde sie den ganzen Schmerz spüren, den er in sich trägt, die Dunkelheit, die ihn nachts zu verschlingen droht, die ihm den Schlaf raubt.

Ohne nachzudenken geht sie zu ihm und umarmt ihn. (Eine weitere Verletzung der Vorschriften, aber das ist jetzt auch schon egal.)

Enrico legt den Kopf auf ihre Schulter.

Sie flüstert ihm zu: »Es wird alles gut ausgehen.«

Ron steht auf und beteiligt sich an der Umarmung. Er riecht gut, denkt Micaela. Sie drei bilden einen festen, starken Kern.

Als sie sich voneinander lösen, ist Ron derjenige, der als Erster etwas sagt: »Versuchen wir, ruhig zu bleiben. Wir wissen, dass Enrico gestern Abend den Sprengstoff geholt und seinen Rucksack damit befüllt hat und dass er ihn hierher in die Schule gebracht hat. Denn heute Morgen hattest du den Rucksack nicht mehr, oder?«

Enrico schüttelt den Kopf. Er dreht sich weg, so als müsse er sich wegen seines tränennassen Gesichts schämen, und wischt es mit dem Ärmel ab.

»Also musst du den Rucksack hier gelassen haben. Das weiß ich, weil meine App mir angezeigt hat, dass dein Auto vor der Schule stand. Und weil du den Rucksack sicherlich nicht einfach auf die Straße hast fallen lassen, musst du irgendwie in die Schule reingekommen sein. Aber wie? Der Haupteingang war heute Morgen nicht aufgebrochen, nirgends lagen kaputte Glasscheiben herum. Gibt es denn noch einen anderen Zugang?«

»Über den Heizungskeller«, antwortet Enrico.

Micaela hat den Grundriss der Schule auswendig gelernt.

»Der ist im Souterrain, dorthin gelangt man nur über die Treppe neben dem Hausmeisterbüro.«

»Nein, nein«, widerspricht Enrico. »Man kommt da auch durch die Belüftungsschächte rein, die auf den Bürgersteig der Via Ortis hinausgehen.«

»Laut den Bauplänen sind diese Schächte auf der Innenseite vergittert«, entgegnet Micaela.

Doch Enrico schüttelt den Kopf. »Eines der Gitter hat sich gelöst. Die Schrauben sind schon vor ewig langer Zeit durchgerostet ... Man braucht das Gitter nur anzuheben, um reinzukommen. Alle wissen das. Hauptsächlich geht man da hin, um rumzuknutschen, bis man etwas Besseres gefunden hat.«

»Ich wusste das nicht«, wendet Ron ein.

Micaela würde jetzt eigentlich lachen, wenn sie nicht schon so viel Zeit verloren hätten.

Der Heizungskeller.

Da also ist die Bombe.

Vielleicht hat sie ja doch noch genügend Zeit, um sie zu entschärfen.

Ohne weitere Zeit zu verlieren, läuft sie los und aus dem Klassenzimmer hinaus, rennt den Flur entlang und die

Treppe hinunter. Es ist niemand unterwegs, aber im Moment könnte nicht einmal der liebe Gott sie aufhalten.

Ein Stockwerk, zwei, sie hält sich an den auswendig gelernten Grundriss, Hausmeisterbüro, Treppe, Souterrain, fensterloser Flur, an seinem Ende die Brandschutztür des Heizungskellers.

Nun steht sie in einem hässlichen Raum mit nackten Wänden und Betonfußboden, überall sind Pfeiler, die die oberen Etagen des Gebäudes stützen, an den Wänden befindet sich ein Gewirr von Rohren, die von den beiden riesigen runden Boilern ausgehen und durch Löcher in Wänden und Decke weitergeleitet werden. Das wenige Tageslicht fällt durch die Gitter an der Außenwand herein, die laut ihren Informationen nicht geöffnet werden können, von denen sich eines jedoch herausnehmen lässt.

Dort ist Enrico in der vergangenen Nacht in die Schule eingestiegen, was mit einem zwanzig Kilo schweren Rucksack voller Sprengstoff sicher nicht leicht war. Aber vielleicht hat er den Rucksack auch einfach nach unten fallen lassen.

Micaela erwartet, ihn auf dem Fußboden unter dem Gitter vorzufinden, doch dann bemerkt sie ein Bündel Sprengstoffstangen, das an einem der Pfeiler befestigt ist. Es kann nicht von einem Gymnasiasten an der Säule angebracht worden sein. Jemand hat mit einer Schlagbohrmaschine Löcher in die Säule gebohrt, um die Ladungen gezielt anzubringen, und Micaela sieht die Zündschnur und einen Timer: eine schlichte Casio-Armbanduhr, auf der ein Countdown eingestellt wurde.

Es ist jetzt 10 Uhr 57, noch neunundfünfzig Minuten bis zur Explosion.

Neben dem Sprengsatz steht eine geöffnete Werkzeugtasche und Micaela begreift, dass ihr Feind in der Nähe sein muss, in diesem Moment.

Sie ist in dem Heizungskeller nicht allein.

Sie ballt die Hände zu Fäusten, will sich umdrehen.

»Ich habe auf dich gewartet«, sagt eine Stimme.

47

Samstag, 20. Mai, 10:57
23 Stunden und 1 Minute nach Stunde null

Im Team einer Zeitreisen-Mission zu sein, überlegt Rot, muss so ähnlich sein, wie in einem Kino die Karten zu verkaufen. Du weißt alles über die Filme, die gezeigt werden, kennst Teile von ihnen auswendig und weißt auch, an welchen Stellen die Leute lachen und an welchen sie vor Angst schreien. Doch du lebst nur ein Leben aus zweiter Hand, weil du den Film selbst niemals ganz siehst.

Für ihn und Blau jedenfalls ist es so. Sie sind beim Team, sehen die große summende Zeitmaschine und die Monitore mit den Grafiken. Sie schauen auf die Uhren. Warten.

Seit die Ärztin die emotionale Spitze festgestellt hat, sind ungefähr zehn ereignislose Minuten vergangen. Die auf den Bildschirmen angezeigten Werte haben sich normalisiert und sämtliche Techniker konzentrieren sich wieder auf ihre Computer. Die Kommandantin sitzt wie festgefroren auf ihrem Platz, die Hände unter dem Kinn gefaltet, die Stirn so stark gerunzelt, dass eine tiefe Furche sie durchzieht.

Rot kann nachfühlen, dass es für sie frustrierend sein muss. Die Verantwortung für die Mission zu tragen, ohne selbst aktiv zu werden. Nichts anderes tun zu können, als zu hoffen. Genau wie alle übrigen hier im Raum.

Als die grafischen Darstellungen von Micaelas Vitalwerten abermals hohe Spitzen erreichen, springt die Kommandantin auf.

»Was ist da los?«

Ihre Frage wird von dem lauten *Biep, biep* übertönt, das die Maschine plötzlich von sich gibt.

»Ich hatte gefragt: Was ist da los?«

Die Ärztin schaut von ihrem Computer auf. »Micaelas Werte sind in die Höhe geschnellt. Den Grund dafür kenne ich nicht.«

»Jerry?«

»Zu viel Nebel«, antwortet der Analyst. »Ich kann nichts Brauchbares erkennen, wir sind im Blindflug ... Wo ist Data? Wo zum Teufel steckt er?«

»Ich kann euch sagen, was da los ist«, wirft Blau in seinem perfekten Englisch ein.

Rot dreht sich zu ihm um. Sein Kompagnon ist so still, dass er ihn manchmal vergisst, und mit der Sturmhaube über dem Kopf wirkt er noch unzugänglicher. Wie ein Phantom.

»Leutnant Falco kämpft gerade gegen den Feind«, erklärt Blau. »Endlich zeigt sich der Konter-Agent, der eure Arbeit seit dem Beginn dieser Mission behindert.« Er nickt zu Rot hinüber. »Schau mal auf die Uhr. Der Moment ist gekommen. Es passiert genau jetzt.«

Rot sieht, dass Blau recht hat. Es passiert genau jetzt. Das bedeutet, dass ihnen nur noch wenig Zeit bleibt: Beim Hauptfilm hat der Abspann begonnen.

Bedauerlich, dass sie, die Leute, die hinter der Leinwand des Kinos arbeiten, ihre eigene Mission noch nicht erfüllt haben.

Die Anweisungen für Rot waren sehr explizit: Sie sollten in den nächtlichen Stunden mithilfe von MARIE herausfinden, wer der Konter-Agent ist und aus welchen Motiven heraus er agiert. Denn der bemüht sich gerade, die Bombe hochgehen zu lassen. Bisher haben sie allerdings ihre Aufgabe nur zur Hälfte durchgeführt. Mit den in dieser Nacht gesammelten Informationen haben sie ermittelt, *was* der Konter-Agent erreichen will und auch *warum*. Doch *wer* er ist, bleibt weiterhin ein Geheimnis.

Von diesem Punkt an helfen Rots Anweisungen nicht mehr weiter. Ab jetzt sind Blau und er nur noch auf die eigene Kombinationsgabe angewiesen.

Seit er in der *Budova č. 42* eingetroffen ist, denkt er darüber nach. Er spürt, dass die Lösung in greifbarer Nähe ist, und trotzdem ist er noch nicht darauf gekommen. Wenn sie die Antwort nicht finden, wenn er und Blau sich irren, löst sich ihr ganzer schöner Plan in Rauch auf. In diesem

Fall wird dieser Mann Micaela töten, oder er hat es vielleicht bereits getan.

Dabei fehlt nur noch so wenig ... Er ist der Lösung schon so nahe.

So nahe.

Es ist, wie wenn man einen Gegenstand aus allzu großer Nähe betrachtet: Er wird unscharf, die Details verschwinden.

Ja, genau. Genau. Wenn man etwas direkt vor der Nase hat, zu nahe vor Augen hat, dann sieht man es nicht mehr.

Und er begreift.

»Der Feind muss in dieser Basis sein, hier bei uns«, sagt Rot nachdenklich. »Natürlich, denn wenn er sich außerhalb von Nummer 42 befände, könnte er Micaelas Aktionen nicht beobachten. Solange ein Team in der Kapsel ist, dringen keinerlei Informationen nach außen. Das stimmt doch, oder? Deshalb muss er hier sein, irgendwo in diesen Räumen ... Es muss jemand aus dem Team sein.«

»Unmöglich!«, protestiert der Analyst.

Doch die Kommandantin befiehlt ihm zu schweigen und Rot fährt fort: »Wie viele Leute sind in der Kapsel? Könnt ihr herausfinden, wo sich alle in diesem Augenblick aufhalten?«

»Das Team besteht aus dreizehn Personen, die Agentin mit eingeschlossen«, erklärt der Analyst. »Aber wir sind alle hier drin ... Es fehlt nur Data.«

»Auch meine Adjutantin Liz fehlt«, ergänzt die Kommandantin. »Major Coleman. Und die beiden Wachsoldaten …«

»Mark und Owen stehen draußen vor der Tür, Generalin«, informiert sie die Krankenschwester.

Die Kommandantin hat verstanden, jetzt ist auch sie zu demselben Schluss wie Rot gelangt. Sie kennt die Wahrheit.

»Jerry, ruf sofort die Aufnahmen der Überwachungskameras auf. Findest du Liz und die anderen? Kontrolliere auch die Bilder aus der Cafeteria, aus den Ruheräumen, notfalls auch die aus den Toiletten. Sofort!«

Auf den Monitoren vor dem Analysten erscheinen Aufnahmen aus dem Inneren der Basis.

Leere Gänge, leere Räume.

»Sie sind nicht da … Ich finde sie nirgends. Sie sind verschwunden. Sie müssen die Kapsel verlassen haben.«

»Ich bin die Einzige, die die Codes der Ausgänge kennt«, sagt die Kommandantin. »Sie können das System nicht ausgetrickst haben.«

»Dann haben sie es direkt vor eurer Nase getan«, kommentiert Blau, und Rot glaubt, dass er unter seiner Sturmhaube grinst.

Die Kommandantin reagiert nicht darauf. »Jerry, wenn einer unserer Leute ein Konter-Agent ist und sein Transfer von hier aus erfolgt, dann muss es in der Basis eine weitere Maschine geben. Wo könnte er sie gefunden haben?«

Der Analyst denkt nach. »In Stará Boleslav haben wir

Maschine 17 und das ist diese hier. Maschine 23 ist dem Team von General Dvořák anvertraut worden, während Maschine 41 unter der Aufsicht von Martínez steht …«

»Das weiß ich auch alles. Also?«

»Es gibt da noch Maschine 93«, wirft einer der Techniker ein.

»Was ist mit dieser 93?«

»Sie wurde vor Kurzem hergeschickt, es müsste ein neueres Modell sein. Aber weil gerade so viel los ist, haben wir es noch nicht geschafft, sie zu installieren.«

»Und warum weiß ich nichts davon? Warum wurde mir das nicht berichtet?«, kreischt die Kommandantin mit schriller Stimme. Sie ist außer sich.

»Aber, Kommandantin«, gibt der Mann entgeistert zurück, »ich selbst habe es dem Zweiten Kommandanten heute Morgen gemeldet. Wie immer.«

»*Coleman!*«

»Ich glaube, jetzt wissen wir, wie sie in die Vergangenheit gelangen«, meint Blau gelassen. »Sie haben die Tücken eurer Bürokratie ausgenutzt, um sich eine Zeitmaschine unter den Nagel zu reißen.«

Niemand hört ihm zu, auch weil die Kommandantin bereits auf dem Weg zur Tür ist. »Wo ist diese Nummer 93? Wo?«

»Sie ist ebenfalls in Sektor Lila, im Lagerraum K«, antwortet der Techniker. »Hinter der Cafeteria links.«

Die Kommandantin zieht ihre Pistole.

»Holen wir uns diesen Bastard«, sagt sie. »Und ziehen wir ihm die Schläuche raus.«

Freitag, 19. Mai, 11:01
55 Minuten vor Stunde null

Ron und Enrico betreten den Heizungskeller und werden Zeugen eines Kampfes.

Man sieht sofort, dass hier keine ebenbürtigen Gegner miteinander ringen. Die eine der Kämpfenden ist Micaela, neunzehn, einen Meter siebzig groß und schätzungsweise sechzig Kilo schwer. Der andere ist ein Mann in Handwerkerkleidung, der ungefähr so groß wie Ron ist, also ziemlich groß, und mindestens zweimal so schwer.

Micaela hat ihre Jacke ausgezogen und sie sich um den linken Arm gewickelt, um sie wie einen Schutzschild einzusetzen, während sie in der rechten Hand ein Messer aus Knochen hält. Der Mann dagegen ist mit einem Hammer und einer spitz zulaufenden Blechschere bewaffnet.

Mit leicht gebeugten Knien, ausgebreiteten Armen und zusammengebissenen Zähnen beobachten die beiden einander. Dann greifen sie an, und Ron wird klar, dass dieser

Kampf ganz anders aussieht als die Kämpfe in den Videospielen, mit denen Gimbo und er sich vergnügen. Hier ist nichts abenteuerlich oder elegant, es ist nur eine Aufeinanderfolge von schnellen, brutalen Bewegungen, die darauf abzielen zu töten.

Der Mann ist derjenige, der als Erster zuschlägt: Er springt vor, hebt den rechten Arm und schlägt mit dem Hammer zu. Ron würde in dieser Situation versuchen wegzulaufen, Micaela aber hechtet nach vorn, wie um sich dem Hammer zu stellen, flitzt unter dem Arm des Mannes hindurch und knallt ihm ihren Kopf ins Gesicht.

Es ist ein Volltreffer. Der Mann taumelt, ohne aber zu stürzen, er weicht nur einen Schritt zurück und sticht mit der Schere nach der Agentin. Sie wirbelt zur Seite, versucht ihn mit ihrem Messer zu verletzen, doch weil ihre Arme zu kurz sind, erreicht sie ihn nicht und der Stoß geht ins Leere. Der Mann holt sofort wieder mit seinem Hammer aus, streift sie damit zwar nur, doch die Wucht des Schlags genügt, um sie durch die Luft zu schleudern. Sie kracht gegen einen Pfeiler, richtet sich jedoch sofort auf, bringt sich wieder in Position.

Beide verschnaufen keuchend, dann stürmt sie auf ihn zu und tritt ihm hart in den Unterleib. Wieder ein Volltreffer, aber der Mann grunzt lediglich, ohne zu Boden zu gehen. Er scheint einen Unterleibsschutz zu tragen. Wehgetan hat der Tritt trotzdem und Micaela tritt gleich wieder zu, dieses Mal mit einem Kickboxertritt in die Seite. Der Mann schien darauf gewartet zu haben, fängt ihren Fuß noch in der Luft ab und klemmt ihn in seine Ellenbeuge ein. Er reißt sie hoch und Micaela verliert das Gleichgewicht und stürzt.

»Ron!«, ruft Enrico.

Er kauert neben einem Stapel Plastikstangen, die, wie Ron inzwischen weiß, nichts anderes als Sprengstoffpatronen sind.

»Was ist?«

Enrico zeigt auf die Elektrokabel, die von allen Seiten her zu der Uhr verlaufen, auf der ein Countdown im Gang ist. »Weißt du noch, dass ich dir gesagt habe, dass diese Sprengstoffstangen keine Bombe sind? Aber dieser Typ hat aus ihnen eine richtige Bombe gemacht.«

»Und du weißt, wie man sie entschärft?«

Enrico schaut Ron entgeistert an. »Machst du Witze?«

Ron schaut die Sprengstoffstangen an, die Kämpfenden, überlegt, dass er mit Schlägereien sicherlich mehr Erfahrung hat als mit Sprengladungen, und stürzt sich folglich schreiend und mit geballten Fäusten mitten ins Geschehen.

Der Unbekannte sieht ihn kommen, holt aus und knallt ihm den Hammer gegen den Magen. Ron, der mit einem derart heftigen Schmerz nicht gerechnet hat, fällt auf die Knie und schämt sich. Er hatte gehofft, eine Weile mithalten zu können, und jetzt hat er sich gleich blamiert.

Zumindest aber konnte er den Feind durch seinen ungeschickten Angriff ein paar Sekunden lang ablenken.

Micaela nutzt das, um dem Mann mit der in ihre Jacke gewickelten linken Faust einen Schlag in die Seite zu verpassen, und schlägt gleich noch einmal zu, zweimal, dreimal. Der Mann stürzt zu Boden. Micaela springt zurück. Sie lässt ihre Jacke auf den Boden fallen und Ron sieht, dass sie in der Hand, ihrer Linken, die bisher unter der Jacke verborgen war, einen Schlagring hält.

Daher also die heftige Wirkung ihrer Schläge. Micaela greift sofort wieder an, kickt den Mann mit unglaublicher Gewalt ins Gesicht. Er biegt den Kopf zurück, spuckt Blut und bleibt ausgestreckt liegen.

»Verdammtes Arschloch!«, flucht sie.

Micaela will nochmals nach ihm treten, doch dieses Mal reagiert er, pariert den Tritt, indem er sich die Hände vors Gesicht hält, und bekommt abermals ihren Fuß zu fassen. Er reißt sie aus dem Gleichgewicht und zu sich auf den Boden hinunter.

Er hält sie an einem Arm fest. »Du verstehst nicht«, sagt er. »Es gibt Dinge, die wichtiger sind als du und ich.«

»Wichtiger als eine Bombe in einer Schule?«

»Sehr, sehr viel wichtiger.«

Die Schulglocke ertönt. Klar, denkt Ron, die Glocke, die Pause, alle Schüler verlassen ihre Klassenzimmer, um ein Brötchen zu essen, einen Fruchtsaft zu trinken, im Innenhof eine Zigarette zu rauchen.

Er hat die Pausen geliebt. Gimbo und er haben sich die Mädchen angeschaut und rumgeblödelt.

Was mag Gimbo gerade tun? Vielleicht fragt er sich, wo Ron steckt, sucht möglicherweise nach ihm. Oder aber er spricht mit einem Lehrer. Wen hatten sie in der dritten Stunde? Ach so, ja, Brondi in Mathe. Auf jeden Fall aber wird er nicht einmal im Traum daran denken, in den Heizungskeller hinunterzugehen, um dort nach Ron zu suchen.

Der Unbekannte reagiert auf die Schulglocke wie ein Boxer im Ring auf den Gong: Er spuckt Blut aus und packt Micaelas Arm andersherum, so fest, dass sie einen erstickten Schrei von sich gibt. Auf einmal hat er wieder die Blechschere in der Hand. Ron hat nicht mitbekommen, wann er die zu fassen bekommen hat und wie. Er sieht nur, wie der Mann grinsend die aufgeklappte Schere in der freien Hand hält.

Dann bewegt er sich, jetzt ist er sehr schnell, ein Aufblitzen von Stahl, wieder ändert er seinen Griff an ihrem Arm, nun hockt er rittlings auf ihr und drückt mit seinen Knien ihre Arme auf den Boden. Ein wildes, brutales Grinsen verzerrt sein Gesicht. Er reckt die Schere hoch in die Luft.

Enrico schreit auf. Ron dagegen ist wie gelähmt, es ist, als könne er das, was er da sieht, nicht glauben: das Mädchen, das er liebt, und die drohend auf sie gerichtete spitze Schere.

»Tut mir leid«, sagt der Unbekannte.

Dann sticht er zu.

49

Samstag, 20. Mai, 11:09
23 Stunden und 13 Minuten nach Stunde null

Die Feinde haben die Brandschutztür sabotiert: Die äußere Klinke ist abgeschraubt, die Angeln sind festgeschweißt. Von außen gibt es keine Möglichkeit mehr, die Tür zu öffnen.

Das Team handelt lautlos, damit die hinter der Tür nicht merken, was draußen vorgeht. Die Kommandantin gibt mit der Hand ein Zeichen. Die Erste und die Zweite Wache stellen sich mit umgehängten Maschinengewehren zu beiden Seiten der Tür auf. Die Erste Wache drückt eine mit Magneten versehene kleine Plastikdose gegen die Tür. An der Dose blinkt ein rotes Lämpchen. Die dazugehörige Fernsteuerung hat die Erste Wache in der Hand.

Die Kommandantin bedeutet Rot und Blau, sich weiträumig von der Tür zu entfernen, und hält eine Hand hoch, mit drei emporgereckten Fingern. Dann nur noch zwei Finger. Einer. Die Erste Wache drückt auf den Knopf der

Fernbedienung, das rote Lämpchen erlischt, die Plastikdose explodiert.

Die Explosion ist nicht besonders laut, doch die Wand erbebt. Die Metalltür wölbt sich erst nach innen, dann reißt sie auf, als wäre sie aus dünnem Blech. Die Erste und die Zweite Wache warten nicht, bis sich der Rauch verzogen hat. Sie treten das ein, was von der Tür noch übrig ist.

»Stehen bleiben!«, ruft die Kommandantin. »Hände hoch, leistet keinen Widerstand!«

Mit der Pistole in der Hand stürzt sie in Lagerraum K hinein, Rot und Blau folgen ihr auf den Fersen. Der Raum ist groß und nur schwach beleuchtet. Am Boden liegen unzählige Kabel, an den Wänden stehen Stapel von Kisten, Kartons und Luftpolsterfolierollen.

Zwei Personen, eine Frau und ein Mann, sitzen vor einer Anordnung von Computern, deren Tastaturen und Monitore auf Tapeziertischen aufgestellt sind. Sie hatten diesen Überfall nicht erwartet, die Explosion hat sie überrascht. Sie drehen sich auf ihren Stühlen um und wollen zu ihren Waffen greifen, doch die Erste und die Zweite Wache stehen bereits hinter ihnen. Sie halten ihnen schreiend die Läufe ihrer Maschinengewehre ins Gesicht und befehlen ihnen, die Hände zu heben. Sie gehorchen.

Rot begreift, dass die Frau Liz sein muss, die Adjutantin. Der Mann ist Data.

Die Erste und die Zweite Wache handeln mit routinierter Brutalität, sie lassen den beiden keine Zeit zum Nachdenken oder zu protestieren. Sie reißen sie von ihren Stühlen, werfen sie zu Boden, fesseln sie mit Kabelbindern und fixieren sie am Boden, indem sie ihnen einen Fuß in den Rücken drücken.

Als Rot nur wenige Stunden zuvor versucht hat, in Sektor Lila einzudringen, hat er eine ähnliche Behandlung erfahren. Er weiß nur zu gut, welche Schmerzen die harten Sohlen der Kampfstiefel verursachen und wie hilflos man sich in dieser Situation fühlt.

»Jerry, hol Coleman sofort da raus!«, befiehlt die Kommandantin.

Rot schaut zu der Maschine hinüber, die in der gegenüberliegenden Ecke des Lagerraums steht. Sie sieht genauso aus wie die, in der Micaela verschwunden ist, nur dass man ihr ansieht, dass sie noch nicht fertig installiert wurde: Ein Kontrollpad hängt halb herunter, überall sind Siegel und Klebebandreste.

Jerry eilt zu dem Platz am Tapeziertisch, an dem kurz zuvor noch Liz saß.

»Es dauert einen Moment«, sagt er. »Ich setze die Prozedur in Gang ...«

»Wir haben keinen Moment!«, schreit die Kommandantin. »Ich will ihn sofort zurückhaben, augenblicklich!«

»Gleich, nur noch ein bisschen ... Fast fertig ... Jetzt!«

Von dem riesigen Zylinder geht ein tiefes Summen aus, sodann blitzen verschiedenfarbige Lämpchen auf, die so grell leuchten, dass Rot wegschauen muss.

Adjutantin Liz, die immer noch flach am Boden liegt, mit hinter dem Rücken gefesselten Händen, ruft: »So bringt ihr ihn um! Es ist sein vierter Einsatz. Er wird eine beschleunigte Rückkehr nicht überstehen. Das muss medizinisch überwacht werden!«

»Stimmt das? Kann er dadurch sterben?«, fragt die Kommandantin Jerry.

»Das müssen wir unsere Ärztin fragen.«

»Owen, bring die Gefangenen weg, alle beide, und bewache sie. Ich verbiete dir, mit ihnen zu sprechen, und wenn ihnen etwas zustößt, ziehe ich dich dafür zur Verantwortung. Mark, du gehst die Ärztin holen, ich will nicht, dass dieser Verräter stirbt, bevor wir ihn verhört haben.«

Sie spricht so schnell, dass Rot kaum mitkommt. Jetzt bedauert er, dass er sich im Englischunterricht nie besonders angestrengt hat. Doch der Sinn ihrer Worte ist ziemlich klar.

Einer der beiden Soldaten befiehlt der Adjutantin und Data aufzustehen, er schiebt sie vor sich her durch die zerstörte Tür, ohne sein Maschinengewehr zu senken. Der zweite Soldat verlässt ebenfalls eilig den Lagerraum und kehrt kurze Zeit später mit der Ärztin zurück, die einen Rollwagen voller Medikamente und medizinischer Instrumente hinter sich herzieht.

Sie legt eine bereits gefüllte Spritze bereit und macht den Defibrillator einsatzfähig.

»Sobald ihr so weit seid«, sagt sie.

»Jerry?«, fragt die Kommandantin. »Bring mir diesen Halunken her, jetzt!«

Der Analyst grinst. »Zu Befehl, Generalin.«

50

Freitag, 19. Mai, 11:13
43 Minuten vor Stunde null

Im Heizungskeller ist ein fernes Dröhnen zu hören oder eher ein Rauschen, wie ein Fluss, der über die Ufer tritt, aber Ron weiß, dass es nur der Beginn der Pause ist. Schüler, die aus den Klassenzimmern laufen, reden und lachen, ohne zu ahnen, was in diesem Augenblick im Keller geschieht.

Micaela liegt am Boden, in einer Pfütze aus ihrem eigenen Blut, und der Mann, der rittlings auf ihr hockt, sticht mit seiner Schere wieder und wieder zu.

Ron schreit, ohne selbst seine Stimme hören zu können, und endlich gehorcht sein Körper ihm wieder, sein Körper, der wie erstarrt war, und er bewegt sich, um den Unbekannten von hinten anzuspringen, um ihn mit seinen Händen zu erwürgen, um ihn da wegzureißen, um jeden Preis ... Doch Ron kommt zu spät.

Denn der Unbekannte verschwindet.

Gerade saß er noch rittlings auf Micaela, mit dieser grauenhaften Blechschere in der Hand, und auf einmal ist er nicht mehr da. Einfach so.

Man kann es gar nicht richtig beschreiben. Es ist nicht so, dass er plötzlich unsichtbar wird, sondern … die Wirklichkeit um ihn herum beginnt zu flimmern. Erst ist der Mann da, dann ist er nicht mehr da. Wie eine Störung bei einem Videoanruf, der kurz unterbrochen wird und dann auf einmal weitergeht. Und mit der letzten Störung geht auch der Mann. Löst sich auf. Löscht sich aus.

Mit ihm löschen sich die Kleider aus, die er anhatte, während die Blechschere, mit der er gerade noch auf Micaela eingestochen hat, scheppernd auf den Fußboden fällt.

»Was zum Teufel passiert da?«, schreit Enrico schrill.

»Ich … ich glaube«, stammelt Ron. »Ich glaube … er ist … in die Zukunft zurückgekehrt.«

Er reißt sich vom Anblick der Leere über Micaela los und stürzt zu ihr. Oh Gott, wie viel Blut, all das Blut. Er weiß nicht, ob sie noch lebt oder tot ist. Er beugt sich über sie, am liebsten würde er sie umarmen, sie fest an sich drücken, sie küssen. Doch er wagt es nicht, er hat Angst, ihr wehzutun. Er nimmt ein Taschentuch und wischt ihr das Gesicht ab.

Micaela öffnet die Augen und schaut ihn an.

»Du lebst«, keucht er, »Gott sei Dank, du lebst.«

Die Erleichterung ist so groß, dass es ihm die Brust zerreißt. Er schaut auf ihre Bluse, sieht die Blutflecken, sie sind überall. Ein furchtbarer Anblick. Er ist kein Arzt und weiß nicht, was er tun soll. Er gerät in Panik.

»Er wollte mich …«, flüstert Micaela, »er wollte mich nicht töten.«

Tatsächlich, denkt Ron, der Typ hätte ihr die Kehle durchschneiden, ihr ins Herz stechen können. So einer wie der weiß nur zu gut, wie man Menschen umbringt. Vielleicht hatte er Mitleid mit ihr, mit diesem Mädchen, das so schön ist, so mutig, so stark.

Micaelas Kleidung ist blutgetränkt und klebt an ihrem Körper, sie liegt auf dem rauen Betonboden und kann sich nicht bewegen.

»Es tut mir leid«, sagt Ron, »aber es ist nicht schlimm. Du wirst sehen, dass es gar nicht so schlimm ist. Wir können Hilfe holen, einen Arzt rufen.«

»Sag uns, wie man die Bombe entschärft«, ruft Enrico.

Sie dreht ihm das Gesicht zu. »Wenn ihr das versucht, wird er zurückkehren. Um euch aufzuhalten. Solange Zeit bleibt …«

»Und was machen wir jetzt?«, brüllt Enrico. »Lassen wir zu, dass die Schule explodiert? Damit er am Ende gewonnen hat?«

»Es ist kompliziert«, antwortet Micaela. Sie spricht sehr leise und abgehackt, sie hat kaum noch Stimme. »Deshalb. Bleiben wir Agenten. Nur so kurz wie möglich. In der Vergangenheit. Und befolgen. Immer. Die Anweisungen. Das Risiko … Er … ist kein Verrückter. Er … arbeitet.

Es gibt immer. Einen Grund. Auch wenn. Wir ihn nicht sehen.«

Ron interessiert das alles nicht, oder vielleicht würde es ihn interessieren, wenn da nicht die blutende Micaela wäre.

Es ist ihm viel wichtiger, ihr Leben zu retten. Natürlich muss die Bombe entschärft werden, er sieht den Countdown auf der Digitaluhr, er läuft immer weiter und bleibt einfach nicht stehen.

»Sag uns alles über die Bombe«, fleht Enrico das Mädchen an.

Sie lächelt. Sie ist so bleich, dass ihre Haut wie Wachs aussieht.

»Ich kann nicht. Mit euch sprechen. Ihr seid Vergangene. Es ist verboten. Ein andermal.«

Sie schließt die Augen und Ron begreift, dass sie fantasiert, vielleicht sind die Verletzungen doch sehr schwer, vielleicht hat sie zu viel Blut verloren.

»Du musst uns sagen, wie wir die Bombe neutralisieren können«, drängt Enrico. »Wie sie deaktiviert wird. Wie können wir alle retten?«

Micaela antwortet nicht mehr, sie atmet so flach, dass man es kaum noch hört. Und das *Ding*, das da neben ihnen an dem Betonpfeiler angebracht ist, kann explodieren, wird explodieren. In kürzester Zeit wird es so weit sein. Ron will nur noch weit, weit weg von hier. Aber er kann nicht weglaufen, denn Micaela ist hier. Ihr Leben liegt in seinen Händen und auch das Leben der anderen, von allen anderen, von der ganzen Schule.

»Micaela«, sagt er leise. »Micaela, sprich mit mir. Es stimmt nicht, dass man das nicht darf. Du hast es bereits getan, du hast mir vertraut, und das war richtig so, denn ich bin auf deiner Seite. Ich kann dir helfen, Micaela, ich bin mir sicher, dass ...«

Micaela schluchzt, bewegt ihre Schultern krampfartig, sie zuckt zurück und ihre Augen sind voller Blut.

»Nein«, ruft sie mit erstickter Stimme. »Es ist nicht möglich. Nein. Nein, sie dürfen mich nicht zurückholen. Es bleibt ... noch ... Zeit ...«

Ron begreift. Er umarmt sie, drückt sie an sich, wie um sie bei sich zu behalten, aber vielleicht sollte er das gar nicht tun, vielleicht ist das nicht richtig, und ohnehin gelingt es ihm nicht.

Wieder flimmert die Wirklichkeit um den Körper des Mädchens herum und blitzt auf. Ron kommt es vor, als könne er sie nur phasenweise berühren, mal *spürt* er ihre Haut, den Stoff der Bluse unter seinen Fingern, ihre angespannten Muskeln, und im nächsten Moment ist es, als wäre da anstelle von Micaela einfach nur Luft.

Und auf einmal ist sie nicht mehr da, sie löst sich auf, genau wie kurz zuvor der Unbekannte. Plötzlich ist nur noch der Heizungskeller da mit seinem grauen Regentaglicht, den farbigen Rohren, dem mufflig-feuchten Geruch, den Betonpfeilern.

Und die Bombe ist noch da, beziehungsweise die Sprengstoffstangen sind noch da, die Elektrokabel, das Klebeband, die geheimnisvoll aussehenden Plastikdosen. Die Casio-Uhr, auf der ein Countdown läuft, der mittlerweile bei neununddreißig Minuten angelangt ist.

Neununddreißig Minuten bis zur Detonation.

Bis zum Ende der Welt.

»Jetzt stecken wir wirklich in der Scheiße«, fasst Enrico ihre Situation zusammen.

Und Ron kann nicht anders, als ihm recht zu geben.

51

Samstag, 20. Mai, 11:17
23 Stunden und 21 Minuten nach Stunde null

Haken. Es sind Hunderte von Haken, die sie stechen, sie schneiden, sie aus einer Wirklichkeit reißen, um sie in eine andere zu zerren.

So empfindet es Micaela und es ist alles andere als angenehm. Es tut weh, furchtbar weh, sie will nur noch, dass die Folter aufhört, sie will sich ergeben, das Bewusstsein verlieren, in die beruhigende, tröstliche Dunkelheit hinübergleiten.

Aber sie kann nicht.

Sie kann nicht, deshalb kämpft sie gegen die Zeit, die sie einhüllt wie dichter, fester Stoff, kämpft gegen ihren Körper, der sich weigert, ihre Befehle zu befolgen, gegen die chemischen Substanzen, die durch ihr Blut fließen und es zum Kochen bringen, zum Explodieren.

Die Bombe, erinnert sie sich. Die Bombe, und ich bin gescheitert.

Auch wenn es nicht ihre Schuld war, auch wenn sie es beinahe geschafft hätte, beinahe, beinahe.

Die Häkchen stechen sie noch heftiger und sie schreit, bäumt sich auf. Der Schmerz löscht alles andere aus und lässt sie auf die Dunkelheit zugleiten. Micaela wehrt sich, leistet Widerstand, bis sie etwas Warmes spürt, innen drin, einen Frieden, milchiges Licht. Sie öffnet die Augen und weiß, dass sie zurückgekehrt ist.

Der Plastiktisch ist soeben aus der Zeitmaschine herausgefahren worden. Sie befindet sich im Transfersaal. Es stehen so viele Leute um sie herum. Die Kommandantin hat eine Pistole in der Hand – *Warum eine Pistole?* – und neben ihr stehen zwei Typen mit Sturmhauben, außerdem Tina, die Krankenschwester mit einer aufgezogenen Spritze und der Assistenzarzt, der die Metallplatten eines Defibrillators hochhält.

Die Kommandantin fragt: »Wie geht es ihr?«

Und der Assistenzarzt antwortet: »Sie ist in einem schlechten Zustand, sie muss sofort auf die Krankenstation.«

»Kann sie mich hören?«

Micaela hört, *hört*. In ihrem Innersten keimt eine grenzenlose Euphorie auf. Sie lebt. Vier Einsätze innerhalb einer einzigen Mission und sie lebt noch, es geht ihr gut, sie hat es überlebt. Sie windet sich auf dem Plastiktisch und der Assistenzarzt legt den Defibrillator beiseite, beeilt sich, sie festzuhalten, damit die Krankenschwester ihr die Spritze in den Arm geben kann, durch die Kleidung hindurch.

Ein neuer Strahl warmen Lichts und Micaela sagt: »Ah!« Dann ein weiteres Wort, ein einziges, aber das wichtigste: »Warum?«

Warum haben sie mich zurückgeholt?, will sie damit sagen.

Wenn sie sterben muss, dann lieber vierundzwanzig Stunden früher, zusammen mit Ron und Enrico, den beiden Jungen, die ungefähr so alt sind wie sie, die sich opfern, wenn es sein muss, den Preis bezahlen, also warum?

»Mach dir keine Sorgen«, sagt die Kommandantin.

Und Micaela denkt: Die hat vielleicht Nerven. In wenigen Minuten explodiert die Bombe, ist bereits explodiert, wird explodieren. Ich habe versagt.

»Alles in Ordnung«, sagt die Kommandantin. »Wir mussten dich zurückrufen. Es war die einzige Möglichkeit, um dein Leben zu retten.«

Nichts ist in Ordnung, nein, nichts ist mehr von Bedeutung.

Die beiden Männer mit den Sturmhauben kommen näher. Sie bleiben neben ihr stehen, deshalb kann sie sie sehen. Dann aber wird das Licht, das sie ihr in den Arm gespritzt haben, zu grell. Es blendet sie. Dazu erklingen Flötenmusik, Vogelgezwitscher, Meeresrauschen. Micaela schließt die Augen, lässt sich davontreiben, endlich, ins Leere, und vergisst alles.

Atmet.

52

Freitag, 19. Mai, 11:20
36 Minuten vor Stunde null

Wieder erklingt die Schulglocke, und über den Köpfen von Ron und Enrico kehrt Stille ein.

Ah, denkt Ron, die Pause ist zu Ende. Selig die, die nicht wissen, selig die, die keine Ahnung haben. Wenigstens wird ihr Tod überraschend kommen.

»Wenn Micaela recht hat, bleiben nur noch sechsunddreißig Minuten«, sagt Enrico. »Ich gehe jetzt.«

»Das kannst du nicht tun.«

»Doch, kann ich. Und du auch. Wozu soll es gut sein, wenn wir uns opfern? Machen wir, dass wir hier wegkommen. Unterwegs rufen wir die Polizei oder geben Feueralarm. Vielleicht gelingt es, die Schule zu evakuieren, sie zu retten, vielleicht nicht alle, aber doch einige …. Oder die Polizei kann dieses Scheißding deaktivieren …«

»Hast du nicht gehört, was Micaela gesagt hat?«, schreit Ron ihn an. »Wenn die Bombe nicht explodiert, könnte dieser Kerl aus der Zukunft zurückkehren und den Zeitzünder vorstellen. Oder irgendetwas anderes tun. Offenbar *muss* die Bombe explodieren.«

»Wach auf, du Idiot: Wenn die Bombe explodiert, sterben Menschen!«

Ron ist das alles vollkommen klar, und natürlich ist dies das Hauptproblem. »Vielleicht ist der Typ gar kein Verrückter … Kann sein, dass er ein wichtigeres Motiv hat. Vielleicht passieren in der Zukunft schreckliche Dinge, wenn wir die Bombe stoppen, möglicherweise bricht dann der Dritte Weltkrieg aus. Was wissen wir denn schon?«

»Ron!«, brüllt Enrico. »Das hier ist *unsere Schule!* Da sind *unsere Mitschüler* drin. Dein Freund Gimbo!«

Ron weiß es, selbstverständlich weiß er es, und eigentlich müsste er Enrico jetzt mal daran erinnern, dass er derjenige war, der den Sprengstoff in den Heizungskeller gebracht hat, dass er derjenige war, der die Schule in die Luft jagen wollte.

Aber er spürt auch, dass Enrico sich verändert hat. Er ist nicht mehr der Junge, der er gestern war, oder ist es vielleicht nie gewesen, und ihn jetzt darauf anzusprechen wäre vollkommen sinnlos.

Auch weil Enrico, alles in allem, recht hat.

Wenn die Bombe explodiert, stirbt Gimbo. Auch alle anderen sterben, sogar die Santini stirbt. Er, Ron, stirbt. Der Vorhang fällt, alles ist vorbei, gelöscht, zu Ende.

Das wäre nicht richtig, er hat noch so viel vor, vor allem

muss er Micaela sagen, was er für sie empfindet, seitdem er ihr vor nicht ganz vierundzwanzig Stunden zum ersten Mal begegnet ist.

»Ron, wir müssen etwas unternehmen!«, ruft Enrico.

Ron erträgt es nicht mehr, ihn wie einen Wahnsinnigen herumschreien zu hören. Deshalb geht er zu ihm und gibt ihm eine Ohrfeige. Enrico reagiert, indem er Ron in den Magen boxt, und Ron tritt ihm dafür gegen das Schienbein. Enrico stößt mit dem Ellbogen zu, sie verkeilen sich ineinander, Schulter trifft auf Schulter, die Köpfe gefährlich nah, wie zwei kämpfende Stiere. Sie versuchen, sich gegenseitig zu Boden zu ringen, sie umklammern sich, halten sich gegenseitig fest.

Im nächsten Augenblick lösen sie sich voneinander. Das Feuer, das in ihnen gebrannt hat, ist erloschen. Sie wissen beide nicht, warum sie aufeinander losgegangen sind, aber wie sich herausstellt, war es nützlich, denn Ron merkt, dass er jetzt etwas klarer im Kopf ist.

»Wir müssen nachdenken«, sagt er keuchend. »Hier ist eine Bombe. Zeitagenten haben etwas, bei allem Respekt völlig Schwachsinniges, das du gemacht hast, ausgenutzt. Micaela wollte die Bombe deaktivieren, der andere Agent dagegen war davon überzeugt, dass die Bombe hochgehen muss. Kam er dir wie ein Verrückter vor?«

»Na, und wie!«, antwortet Enrico.

»Nein, nein«, widerspricht Ron. »Ein zynischer, erbitterter Bastard, aber kein Verrückter. Und er hat Micaela nicht getötet, obwohl es ihm ohne Weiteres möglich gewesen wäre. Was sagt uns das? Dass er Vorschriften befolgt, dass er einen Ehrenkodex respektiert. Wer weiß? Vielleicht wird einer unserer Klassenkameraden der neue Hitler …«

»Die Santini ist der neue Hitler«, knurrt Enrico. »Das sage ich schon die ganze Zeit.«

Ein grottenschlechter Witz, der nicht wirklich lustig ist, und trotzdem lacht Enrico und Ron lacht mit.

»Micaela wollte nicht, dass ich mit dir spreche«, erklärt er Enrico. »Sie hat mir gesagt, dass ich dich im Auge behalten, aber nicht aufhalten soll. Ich durfte dir auch nichts sagen oder die Polizei verständigen oder irgendetwas in der Art. Was bedeutet das? Dass sie der Ansicht ist, dass es gefährlich ist, die Vergangenheit zu verändern. Sogar sehr gefährlich, wenn man es nicht auf die richtige Art macht.«

»Für uns ist das jetzt gerade nicht die Vergangenheit«, widerspricht Enrico. »Es ist die Gegenwart. Eine Gegenwart, die gleich *BUMM!* macht.«

Er weist mit dem Kopf zu der mit dem Sprengstoff verbundenen Casio-Uhr und Ron zwingt sich, nicht auf deren Digitalanzeige zu schauen.

»Das Problem ist, dass wir nicht wissen, ob Micaela recht hat oder der andere. Ich will ihr glauben, weil … eben weil.«

»Von wegen *eben weil*«, sagt Enrico seufzend. »Die Wahrheit ist, dass sie dir gefällt. Ich fasse es nicht, dass du in einem Moment wie diesem an Sex denkst.«

Ron ignoriert die Bemerkung und fährt fort: »Aber Micaela könnte sich irren. Es könnte sein, dass die Bombe gestoppt werden muss, oder auch nicht. Was passiert, wenn wir uns irren? Los, sag es mir!« Er ist so frustriert, dass er sich am liebsten die Haare ausreißen würde. »Weißt du, was die Wahrheit ist? Dass wir keine Informationen haben. Wir beide wissen nichts ... Und deshalb können wir *nichts* tun. Aber auch nicht *nichts tun*. Wir sind blockiert, weil wir nicht wissen, wie die Zeitreisen funktionieren und worum es in dieser ganzen Geschichte überhaupt geht.«

»Und ich fürchte, uns bleibt nicht die Zeit, es herauszufinden«, erwidert Enrico, »denn leider ist deine Freundin verschwunden, ohne uns ihre Handynummer dazulassen.«

Was würde ich darum geben, die zu haben, denkt Ron. Wenn er Micaelas Telefonnummer hätte, könnte er sie anrufen, um Hilfe bitten ... Auch wenn die Gegenwarts-Micaela nicht weiß, wer er und Enrico sind und was hier bald geschehen wird.

Sie hatte es ihm ja erklärt: Erst in einer halben Stunde, wenn die Bombe detoniert ist, wird sie an ihrem freien Tag zum Dienst bestellt werden, um in Aktion zu treten. Also selbst wenn Ron ihre Handynummer hätte, würde diese ihm nichts nützen. Denn er bräuchte die Hilfe der Zukunfts-Micaela, und zu der kann er keinen Kontakt aufnehmen. Sie ist so nah und trotzdem unendlich weit weg, vierundzwanzig Stunden von ihm entfernt.

Sie ist verschwunden, verschwunden ... Sogar ihr Blut

auf dem Fußboden ist verschwunden. Nur ihre zerrissene Jacke ist zurückgeblieben, sie liegt zusammengeknüllt in einer Ecke wie ein alter Lappen.

Verdammte Jacke.

Und verdammter Enrico und verdammtes verfluchtes Schicksal. Die Bombe wird hochgehen und Ron weiß nicht, wie er sie stoppen soll, weiß nicht, was er machen soll. Er ist allein und ahnt, dass es nicht viel bräuchte, um dieses Problem zu lösen, nur ein kleines bisschen Hilfe. Und stattdessen … stattdessen …

Stattdessen nichts.

Ron lässt sich auf die Knie sinken.

Er hält sich den Kopf mit beiden Händen und fängt an zu weinen.

53

Freitag, 19. Mai, 11:57
1 Minute nach Stunde null

Der Krankenwagen hebt von der Straße ab wie ein Flugzeug von der Piste.

Grande hört den Fahrer fluchen, während der Wagen kippt, auf die Seite kracht, auf seine Reifen zurückfällt, um die eigene Achse geschleudert wird, gegen irgendetwas knallt und schließlich stehen bleibt.

»So eine Scheiße!«, schreit Rondini. Und auch die Krankenschwester, die genau vor Grande sitzt, schreit. Eine schöne, ungefähr fünfzigjährige Frau mit einer kurvigen Figur, die von der Schwesterntracht nicht wirklich kaschiert wird.

Im Krankenwagen gibt es zwei jeweils an den Seiten befestigte, ausklappbare Sitze. Und nur den Sicherheitsgurten ist es zu verdanken, dass Grande nicht auf die Frau geschleudert wurde, als sich der Krankenwagen in einen Kreisel verwandelte.

Ein Schlag, etwas stürzt auf das Dach und hinterlässt eine Beule. Grande dreht sich um, schaut aus dem hinteren Fenster und sieht, dass das Polizeiauto, das ihnen mit eingeschaltetem Blaulicht gefolgt ist, jetzt auf der Seite liegt, mit eingedrücktem Motorraum, als wäre etwas draufgefallen, das mindestens so groß wie ein Felsblock ist. Überall ringsherum sind andere schwer beschädigte Fahrzeuge zu sehen und kanonenkugelähnliche Geschosse, die pfeifend durch die Luft sausen. Da fliegt auch ein Fenster umher, wer weiß, woher es kommt, ein vollständiger Fensterrahmen, allerdings ohne Glasscheiben. Es schlägt mitten auf der Straße auf, so als ob es genau dort hätte landen sollen.

Grande sagt nichts, er ist verwirrt. Ein einzelner Gedanke drängt sich ihm auf. Er kann nur *die Venezolaner* denken. Die Venezolaner haben ein Attentat auf ihn verübt. Sie haben versucht, ihn umzubringen, verfluchte Hurensöhne. Er will das Handy rausholen, das er immer noch zwischen den Beinen versteckt, und endlich diese Nachricht abschicken: *Ja, tötet Diego, jetzt sofort!*

Mittlerweile hat sich Rondini ein wenig von seinem Schrecken erholt. Er tritt in Aktion, löst den Sicherheitsgurt, taumelt zur Schiebetür und öffnet sie.

»Gütige Muttergottes!«, sagt er. »Hier herrscht Krieg!« Und dann: »Hauptkommissar!« Er hastet zu dem Polizeiauto, um den Kollegen zu Hilfe zu kommen.

Grande schaut durch die offene Schiebetür nach draußen. Es regnet, es gießt wie aus Kübeln. Überall liegen Ziegelsteine herum, Autos mit eingedrückten Teilen, Leute kriechen aus Schrotthaufen, kommen hinter aufgeblasenen Airbags hervor. Eine Frau kreischt, ein Junge filmt alles mit seinem Handy. Grande begreift nicht, was da gerade passiert.

Die Venezolaner, denkt er wieder und sieht zu, wie Rondini sich abmüht, um Hauptkommissar Galli aus dem Polizeiauto zu ziehen. Galli hat ein blutverschmiertes Gesicht, aber er bewegt die Lippen. Offensichtlich ist er nicht tot. Schade.

Auch der Fahrer des Krankenwagens steigt aus, schweigend, verstört. Mit langsamen Schritten geht er durch das Chaos, an den aufeinandergeschobenen Fahrzeugen vorbei, inmitten eines Chors von Hupen und verzweifelten Schreien.

Gleich darauf ...

Im Bruchteil eines Augenblicks ...

Ein Mann in einem blauen Polohemd springt in den Krankenwagen, auf den Fahrersitz. Ein zweiter Mann in einem roten T-Shirt steigt durch die Schiebetür ein.

Der Rote herrscht den Blauen an: »Fahr los, fahr los!«

Blau dreht den Zündschlüssel um, legt den Gang ein, der Krankenwagen rast los.

In einer engen Kurve fährt er um einen Mercedes herum, der die Fahrspur versperrt, wird mit so viel Wucht über die Randbegrenzung gejagt, dass beinahe die Vorderreifen platzen, und gelangt auf den Radweg, der mittig zwischen den beiden Fahrtrichtungen der Durchgangsstraße verläuft.

»Du musst die Sirene einschalten!«, ruft Rot.

»Keine Ahnung, wie das geht«, antwortet Blau gelassen.

Die Krankenschwester, die vom Gurt gesichert immer noch auf ihrem Platz sitzt und eindeutig unter Schock steht, stammelt: »D… der Knopf am Armaturenbrett, wo der Lautsprecher drauf ist. Und der darunter, der mit der Glocke.«

In der nächsten Sekunde ertönt die Sirene in ohrenbetäubender Lautstärke. Der Krankenwagen nimmt Tempo auf und Rot ruft: »Pass auf!«

»Ich weiß, dass ich aufpassen muss«, entgegnet Blau genervt und fährt noch schneller. Es gibt einen harten Schlag, der Krankenwagen springt von dem Radweg herunter, beschreibt eine Haarnadelkurve und fährt nun in die entgegengesetzte Richtung auf einer Busspur.

Rot setzt sich neben die Krankenschwester und schnallt sich an.

Grande betrachtet ihn neugierig. »Bist du einer von meinen Jungs?«, fragt er. »Oder bist du bei den Venezolanern?«

»Ich werde Ihnen alles erklären, wenn es so weit ist«, erwidert der Angesprochene. »Bis dahin fahren Sie mit uns mit, Signor Grande, und Sie ebenfalls, Signora Vandelli.«

Die Krankenschwester schüttelt sich, wie um die Benommenheit loszuwerden, die von ihr Besitz ergriffen hat.

Grande ist sich immer noch nicht sicher, was eigentlich passiert ist. Was war das für ein Knall?

»Caterina Vandelli, ja, das bin ich«, sagt die Frau leise. »Aber woher wissen Sie das?«

Rot zuckt mit den Schultern und wendet seine Aufmerksamkeit wieder Grande zu. »Es tut mir leid, aber ich muss Sie bitten, mir Ihr Handy zu geben.«

So was!

»Was für ein Handy?«, fragt Grande.

»Das, das Sie - bei allem Respekt - unter Ihrem Hintern verstecken, Signor Grande.«

Grande zieht eine Augenbraue hoch. Er ist verblüfft. In seinem Alter und nach allem, was er schon erlebt hat, passiert das nicht mehr sehr häufig.

»Junger Mann«, sagt er zu Rot, »ich weiß nicht, wer ihr seid und was ihr von mir wollt, dein Kumpel und du, aber ich habe nicht die Absicht, dir mein Handy zu geben. Es sei denn, du hast die Freundlichkeit, mir zu erklären, was hier eigentlich los ist und warum ihr allem Anschein nach mich und auch Signora Caterina entführen wollt.« Er schenkt der Krankenschwester ein Lächeln, von dem er hofft, dass es einnehmend wirkt. »Also«, hakt er nach, »wirst du es mir erklären?«

»Später«, antwortet Rot. »Aber jetzt geben Sie mir das Handy. Das ist ein Befehl.«

54

Samstag, 20. Mai, 12:18
1 Tag und 22 Minuten nach Stunde null

Rot und Blau betreten den Waschraum gemeinsam, erleichtern sich in zwei benachbarten Abteilen, drücken die Spülung, kommen aus den Abteilen und waschen sich die Hände. Über den Waschbecken sind Spiegel angebracht.

Blau schaut in den Spiegel und sagt: »Können wir die Sturmhauben jetzt abnehmen?«

»Ja«, sagt Rot. »Inzwischen schon, glaube ich.«

Sie wechseln einen Blick. Dann hebt Rot den Rand der Mikrofaserhaube und zieht sie sich vom Kopf. Einen Augenblick lang erkennt er sein eigenes Gesicht nicht. So wie bei Spiderman, als der seine Maske abnimmt und darunter das Jungengesicht von Peter Parker zum Vorschein kommt.

Sein Gefährte tut dasselbe, fährt sich mit der Hand durch das lange blonde Haar, das sich platt an seinen Schädel gelegt hat.

Rot grinst. »Mach dir keine Sorgen, Blau. Du kannst dir ja nachher noch die Haare föhnen.«

»Pfff«, macht Blau. »Hör auf, mich so zu nennen, Ron. Ich will keinen Spitznamen, den sich ein Mafiaboss ausgedacht hat.«

»Aber du musst zugeben, dass sich ›Rot‹ und ›Blau‹ cool anhören«, meint Ron. »Außerdem sind es die Farben von unserem Fußballklub Bologna Calcio.«

»Bologna ist mir egal. Ich gucke nur Basketball, meine Mannschaft ist Virtus.«

Blau oder Enrico bewegt seine Hand vor dem Sensor des Waschbeckens hin und her und seift sich das Gesicht ein, um den Schweiß abzuwaschen. Er sieht nicht besonders gut aus. Abgesehen von der geschwollenen Unterlippe und den blauen Flecken am Kiefer, eine Erinnerung an seine Festnahme durch die Erste und die Zweite Wache, ist er wachsbleich mit fast grauen Lippen. Er sieht wie ein Zombie aus. Aber auch Rot ist nicht gut in Form. Die letzten zwei Tage waren die anstrengendsten seines bisherigen Lebens.

»Gehen wir?«, fragt er.

»Warte, ich trockne mich noch ab. Jetzt können wir los.«

Draußen vor der Tür wartet die Erste Wache mit umgehängtem Maschinengewehr auf sie. Er schaut sie an, ohne darauf hinzuweisen, dass sie ihre Sturmhauben abgenommen haben. Auch er scheint zu denken, dass es jetzt nicht mehr wichtig ist.

»Wohin geht's denn?«, fragt Ron und versucht, heiter zu klingen. Er ist todmüde und hat das Bedürfnis, seine Anspannung loszuwerden.

Die Erste Wache geht los. Der Befehl hatte gelautet, dem Soldaten zu folgen, also laufen sie hinter ihm her. Nachdem sie durch ein Labyrinth von Gängen gewandert sind, stehen sie vor einer Tür, die sich von selbst öffnet. Die Erste Wache bedeutet ihnen, den Raum zu betreten, eine ähnliche Zelle wie die, in der Ron in der Nacht von der Kommandantin verhört wurde. Nur dass dieses Mal nicht er auf einen Stuhl gefesselt ist und eine schwarze Kapuze tragen muss, sondern Major Coleman.

Anwesend ist auch die Kommandantin, sie hat bereits auf die beiden Jungen gewartet. Ohne ein Wort zu sagen, geht sie zu Coleman und zieht ihm die Kapuze vom Kopf.

Der Major windet sich, kämpft gegen die Kette an, mit der er an dem Stuhl fixiert wurde. Er blinzelt, um seine Augen an das grelle Licht zu gewöhnen, das ihn blendet. Er sieht Rot und Blau und erkennt sie wieder.

»Ihr! Das kann nicht sein …«

»Warum denn nicht?« Die Kommandantin lächelt den Major freundlich an. »Es kann sogar sehr gut sein. Wenn ich mich nicht irre, habt ihr euch das letzte Mal vor weniger als vierundzwanzig Stunden gesehen, im Heizungskeller des Gymnasiums D'Arturo-Horn. Sofort danach haben sich diese beiden jungen Männer eigens auf den Weg gemacht, um dich ein weiteres Mal zu treffen. Stell dir vor, sie haben sogar einen Krankenwagen gestohlen. Von Bologna bis Prag sind es zehn Autostunden. Wenn man ab und zu Pause macht, dauert es sogar noch ein bisschen länger … Sie sind gegen Mitternacht hier angekommen. Als ich sie empfangen habe, stand Micaela unter Arrest und war des Hochverrats beschuldigt. Und du warst irgendwo hier, zusammen mit meiner Adjutantin. Um uns zu sabotieren.«

»Aber das kann doch nicht sein«, wiederholt der Major. »Wie haben sie die Basis gefunden? Die Sicherheitssysteme überwunden? Wie konnten sie durch halb Europa fahren, ohne von der Polizei angehalten zu werden … Ich wette, diese Jungs haben nicht einmal einen Führerschein. Wie war das möglich?«

Ron beugt sich vor, weil ein Teil von ihm darauf brennt, die ganze Geschichte zu erzählen und seinen Geniestreich zu erklären. Wie es ihm gelungen ist, eine Partie zu gewinnen, die von Anfang an verloren schien.

Ich bin erst sechzehn!, würde er gern herausschreien. Ich gehe noch aufs Gymnasium und vor zwei Tagen hatte ich von Bomben und Zeitreisen überhaupt keine Ahnung. Trotzdem habe ich es geschafft, dich zu überlisten.

Am liebsten würde er gleich loslegen, doch die Kommandantin hebt eine Hand und bedeutet ihm zu schweigen.

»Nein, Major«, sagt sie zu Coleman. »Wir schulden dir keinerlei Erklärung. Was passiert ist, wie es passiert ist und warum, das geht dich gar nichts an. Dafür will ich von dir wissen, warum du dich dazu entschieden hast, die Time Shifters zu verraten. Warum du bereit warst, deine Hände mit dem Blut unschuldiger Menschen zu beschmutzen.«

Der Major hat überraschend schnell sein Selbstbewusstsein wiedererlangt. »Ich brauche dir gar nichts zu sagen. Ich bin dir nicht unterstellt.«

Die Frau nickt. »Das weiß ich. Du bist nur dem Projekt Zukunft gegenüber loyal, nicht wahr?«

Der Mann verzieht das Gesicht. »Woher weißt du von dem Projekt?«

Die Kommandantin beginnt, mit hinter dem Rücken verschränkten Händen im Raum auf und ab zu gehen. »Etliches haben diese beiden jungen Männer herausgefunden, mit etwas Hilfe von Jerry und von MARIE. Sie haben letzte Nacht daran gearbeitet, in der Zeit, in der du dich auf deinen vierten Einsatz vorbereitet hast. Ein paar weitere Details haben wir von ihr erfahren.«

Die Generalin legt eine Hand auf die Wand, die sich daraufhin in einen riesigen Bildschirm verwandelt. Auf diesem erscheint das Bild von Majorin Liz Weber.

Sie wurde in demselben Zimmer gefilmt, in dem sie sich jetzt befinden, festgebunden an einem Stuhl, mit einem blauen Auge und einer hässlichen Platzwunde an dem einen Wangenknochen.

»Das Projekt Zukunft«, gesteht die gefilmte Liz heiser

und unter Tränen, »wurde letztes Jahr von General Robertson ins Leben gerufen, von der Basis in der Zeitzone GMT+8 aus, in den USA. Die Idee des Generals war ... die Möglichkeiten des Computers MARIE nicht nur dafür zu nutzen, um die Vergangenheit zu analysieren, sondern um auch die Zukunft zu erkunden. Heutzutage reisen die Zeitagenten nur deshalb in die Vergangenheit, um große Tragödien zu verhindern ... Dabei könnten wir sehr viel mehr bewirken. Durch unsere Missionen könnten wir Ereignisse beeinflussen ... das Schicksal der Menschheit verändern.« Die gefilmte Liz hebt den Kopf. »Begreifen Sie, was das bedeutet? Es wäre möglich, die Wahl eines Diktators zu verhindern. Gerechtere Gesetze zu erlassen ...«

Wieder berührt die Kommandantin die Wand, und das Video von Liz verschwindet.

Aufmerksam betrachtet Ron den Major. Es ist klar, dass er schwer getroffen ist, auch wenn er sich bemüht, sein Pokergesicht beizubehalten.

»In diesem Augenblick befindet sich General Robertson in Arrest«, erklärt die Kommandantin. »Die Zeitzonenbasis GMT+8 wurde für nicht operativ erklärt und alle ihr zur Verfügung stehenden Maschinen wurden vorläufig beschlagnahmt. Es ist mir eine Freude, dir mitzuteilen, dass das Projekt Zukunft offiziell für gescheitert erklärt worden ist.«

»Das könnt ihr nicht tun«, sagt der Major. »Das Projekt Zukunft ist eine Hoffnung für die gesamte Menschheit.«

»Darüber wird ein Militärgericht entscheiden. Was mich betrifft, so halte ich das Projekt Zukunft für eine Horrorvision. Zum ersten Mal in der Geschichte ermöglicht eine revolutionäre Technologie den Menschen, die eigenen Fehler auszubessern, bevor es zu spät dafür ist. Ihr dagegen wollt Erkenntnisse aus der Zukunft nutzen, um uns zu manipulieren, uns zu Sklaven zu machen. Aber das werden wir euch nicht gestatten.«

»Ein bisschen zu viel Theorie, Kommandantin«, sagt der Major grinsend.

»Im Gegenteil, sehr viel Praxis. Wie diese beiden Jungen gezeigt haben.« Sie macht eine Geste zu Ron und Enrico hin.

Wieder würde Ron so gern sprechen, alles erzählen, aber dazu wird er später noch Gelegenheit haben.

»Zurück zu uns«, fährt die Kommandantin fort. »Wie schon gesagt, haben diese beiden Jungen einiges entdeckt. Wir wissen von dem italienischen Kriminellen Giovanni Grande. Von der Nachricht, die er in dem Augenblick absenden wollte, in dem die Bombe explodiert ist. Hast du deswegen versucht, unsere Missionen zu sabotieren? Um Grande am Abschicken der Nachricht zu hindern?«

Der Major schweigt. Offensichtlich überlegt er, ob er reden soll oder nicht. Dann gibt er sich einen Ruck. Tatsächlich wissen sie mittlerweile schon sehr viel. Es macht keinen Unterschied mehr.

»Giovanni Grande ist ein Verbrecher«, sagt er. »Er hat Morde in Auftrag gegeben und illegalen Giftmüll und Drogen durch halb Europa befördert. Ein durch und durch schlechter Mensch.«

»Außerdem ist er sehr gut darin, seine Verbrechen zu verheimlichen«, ergänzt die Kommandantin. »Bis vor Kurzem wirkte er sauber. Die italienische Polizei konnte ihn schließlich wegen eines Verbrechens verhaften, das er vor sehr langer Zeit begangen hat. Dass das überhaupt möglich war, kann nur eines bedeuten: Grande muss der falschen Person auf die Füße getreten sein. Wollte ihn jemand loswerden?«

»Sie haben ihn reingelegt«, bestätigt Coleman. »Der Tipp an die Polizei kam von einem gewissen Diego aus der González-Familie. Venezolanische Drogendealer. Sehr mächtig. Grande hatte es nicht kommen sehen. Nach seiner Verhaftung hat er seine Leute darauf angesetzt herauszufinden, wem er die Auszeit auf Staatskosten zu verdanken hat ... Vor ein paar Tagen haben sie den Schuldigen entdeckt und ihren Boss benachrichtigt. Grande war wegen eines Gesundheitsproblems in ein Krankenhaus eingeliefert worden und seine Leute haben es geschafft, ihm eine Nachricht zukommen zu lassen.«

Weder die Kommandantin noch Enrico oder Ron sagen etwas darauf. Auch diesen Teil der Geschichte kennen sie bereits.

»Und dann?«, fragt die Generalin.

»Gestern Mittag, nach einer Fahrt im Krankenwagen, plante Grande, in einem unbeobachteten Moment das Handy zu nehmen und mit seinen Leuten zu kommunizieren. Wie er sich das Handy beschafft hat, wissen wir nicht, vermutlich hat er es einem Pfleger im Krankenwagen gestohlen. Tatsache jedenfalls ist, dass Grande den Befehl gegeben hätte, Diego zu töten. Daraufhin hätten die Gonzáles einen Vergeltungsschlag durchgeführt, was wiederum einen entsprechenden Angriff von Grandes Bande ausgelöst hätte, und immer so weiter. Eine Spirale der Gewalt. MARIE zufolge hätte dieser Mafiakrieg an die dreihundert Menschenleben gefordert und einige Monate später wäre die italienische Regierung infolge des aggressiven Bürgerprotests zusammengebrochen, was das Land in ein allgemeines Chaos gestürzt hätte.«

»Mit welcher Wahrscheinlichkeit?«, unterbricht ihn die Kommandantin.

»MARIE liefert niemals Gewissheit, nur Prognosen. Mir wurde gesagt, mit einer Wahrscheinlichkeit von zweiundsiebzig Prozent, aber im Grunde spielt das keine Rolle.« Der Major schaut die Kommandantin verächtlich an. »Ich befolge nur Befehle.«

»Den Satz habe ich schon mal gehört. Er ist die Ausrede all derer, die sich die Hände mit dem Blut Unschuldiger beflecken und dann behaupten, dazu gezwungen worden zu sein.«

Der Major spannt die Brustmuskeln an und Ron erkennt,

was für ein furchterregender Mann er ist, sogar in gefesseltem Zustand.

»Meine Vorgesetzten vom Projekt Zukunft haben beschlossen, dass wir in Aktion treten müssen«, sagt Coleman. »MARIE zufolge bestand die beste Lösung darin, Grande zu töten, bevor er die fatale Nachricht abschicken kann. Die Tötung von Grande musste jedoch wie ein Unfall aussehen, damit seine Leute den Venezolanern nicht die Schuld an seinem Tod geben. Sonst hätten sie selbstständig beschließen können, aus Rache Diego zu ermorden.«

So war das also, überlegt Ron. Während Jerry MARIE nutzte, um Micaela zu helfen, nutzte Coleman denselben Computer, um Micaela zu bekämpfen. Und der Computer hat nicht gemeldet, was geschah, weil er nur eine Maschine ist. Er hat kein Herz. Aber auch Coleman hat keines, denkt Ron.

»In unserer Schule waren viele Menschen«, zischt er. »Unschuldige. Gab es denn keine andere Möglichkeit, das Problem zu lösen? Irgendeine andere?«

»Ich bin kein Analyst«, antwortet der Major. »Diese Frage könnten die Techniker beantworten oder meine Vorgesetzten. Ich erhalte Befehle, das ist alles. Den Sinn deiner Frage aber habe ich natürlich verstanden. Dieser Schwachkopf hier«, er zeigt auf Enrico, »hat eure Schule mit Sprengstoff vollgestopft. In der ursprünglichen Zeitlinie, also in der, in die weder ich noch Leutnant Falco eingreifen, wäre die Schule ohnehin in die Luft geflogen.«

Enrico stöhnt laut auf. »Das ist nicht wahr. Ich habe nie …«

»*Du hast nie*, weil Leutnant Falco dich daran gehindert hat. Deshalb musste ich dich ja wieder auf den richtigen Weg schicken. Ich habe nichts anderes getan, mein Junge, als dafür zu sorgen, dass die Dinge so liefen, wie sie sollten. Du bist derjenige, der für all das verantwortlich ist. Wie es der Zufall so wollte, ist deine Wahnsinnstat für einen guten Zweck genutzt worden. Du hast viele Unschuldige getötet. Ich habe die Welt vor einer Katastrophe bewahrt.«

Ron wartet darauf, dass Enrico etwas sagt, dass er protestiert.

Doch er steht nur still da, den erloschenen Blick auf den Fußboden gerichtet.

Ron legt ihm eine Hand auf die Schulter. »Komm.«

Der Major verzieht das Gesicht. »Es ist sinnlos, ihn zu trösten. Ich sage nur die Wahrheit und das weiß er auch. Er ist für das verantwortlich, was in Bologna passiert ist. Die Bombe ist inzwischen explodiert, das Gymnasium ist eingestürzt. Ihr könnt mich gerne vor Gericht stellen, Kommandantin, mich eventuell exekutieren, das Projekt Zukunft zerstören … Ihr könnt machen, was ihr wollt. All das ändert nichts daran, dass mittlerweile mehr als vierundzwanzig Stunden vergangen sind. Die Zeitlinie hat sich verfestigt. An den Ereignissen kann nichts mehr geändert werden. Die Bombe ist detoniert und Grande ist tot. Das bedeutet, dass ich meine Mission erfüllt habe. Ja, genau so ist es. Ich habe gewonnen.«

Ron kann sich nicht mehr beherrschen. Es reicht, jetzt reicht es wirklich.

»Und genau da irrst du dich, du Stück Scheiße«, faucht er den Major an.

55

Freitag, 19. Mai, 14:16
2 Stunden und 20 Minuten nach Stunde null

Der Krankenwagen blinkt, fährt auf die Abbiegespur und steuert den Parkplatz vor der Raststätte Rovereto an.

»Was ist los?«, fragt Grande. »Ist dein Freund Blau zu müde, um weiterzufahren?«

Rot antwortet nicht und der Mann fährt fort: »Darf man wissen, wo ihr überhaupt hinwollt mit diesem geklauten Krankenwagen? Bis nach Österreich? Früher oder später werden sie uns anhalten … Vielleicht verfolgen sie uns ja schon.«

»Den Transponder des Krankenwagens haben wir gleich hinter Bologna deaktiviert«, entgegnet Rot. »Sie können uns nicht folgen.«

Grande schenkt ihm ein Raubtierlächeln. »Ja, ihr habt den Transponder deaktiviert. Ich muss gestehen, ich hatte keine Ahnung, dass in Krankenwagen Satellitensender eingebaut sind. Ihr schon, und ihr wusstet sogar, wie man ihn abschaltet. Da habt ihr aber Glück gehabt, was?«

Niemand sagt etwas darauf. Blau lässt den Wagen langsam auf einen Parkplatz direkt vor der Raststätte rollen.

Rot betrachtet die beiden Passagiere. Caterina, die Krankenschwester, hat bisher kaum etwas gesagt. Vielleicht steht sie noch unter Schock. Grande dagegen scheint auf die bizarre Situation vor allem mit Neugier zu reagieren und will offenbar erst einmal verstehen, was hier vorgeht, bevor er eine Entscheidung fällt.

Rot schaut auf sein Handy und stellt fest, dass er neun Minuten Zeit hat. Das ist nicht viel.

»Wartet hier auf mich«, sagt er.

Er steigt aus dem Wagen aus und geht in das Gebäude. Hier gibt es eine Cafeteria, sowie einen Bereich, in dem viel zu fette und viel zu süße Snacks verkauft werden, außerdem CDs mit Mainstreammusik und Plastikspielzeug. In einer Ecke wird sogar Kleidung angeboten: billige Hosen, T-Shirts und Mützen.

Sowohl Grande als auch Caterina müssen die Kleidung wechseln und so kauft Ron für beide neue Sachen und, wo er schon mal dabei ist, eine digitale Armbanduhr und ein paar weitere Dinge, die er später brauchen wird. Er zahlt bar, mit dem Geld, das er in der Tasche hat.

Als er zum Krankenwagen zurückkehrt, sind genau vier Minuten vergangen. Er überreicht Grande und Caterina die neuen Sachen.

»Zieht euch schnell um. Danach müsst ihr aussteigen. Nehmt alles mit, was ihr braucht. Der Krankenwagen bleibt hier.«

»Was?«, fragt Caterina, die zum ersten Mal weniger abwesend wirkt. »Setzen wir die Reise nicht fort?«

»Doch, aber mit einem anderen Fahrzeug. Also, zieht euch um, dann gehen wir gemeinsam in die Raststätte, da gibt es eine Toilette. Anschließend wartet ihr in der Cafeteria auf mich.« Er wirft Blau einen Blick zu. »Behalte Caterina im Auge, sie darf nicht weglaufen.«

Grande muss grinsen. »Und was ist mit mir? Müsst ihr mich nicht auch im Auge behalten? Habt ihr keine Angst, dass ich abhaue?«

»Nein. Das wäre nicht ratsam. Die Polizei ist bald da, und wenn Sie sich nicht an unsere Anweisungen halten, werden Sie sofort verhaftet, das schwöre ich Ihnen.«

Grande schaut ihn an, seufzt und schlüpft in Jeans und T-Shirt. Caterina tut es ihm nach. Sie steigen alle vier aus dem Krankenwagen aus. Blau lässt die Schlüssel auf dem Armaturenbrett liegen.

Sie gehen durch die Cafeteria in Richtung Toiletten, danach trinkt Grande an der Bar einen Espresso. Blau und Caterina kaufen sich jeder eine Flasche Wasser.

Als sie fertig sind, versammeln sie sich um Rot, der an der Tür auf sie wartet. Er schaut durch die Glastür nach draußen: Ein Streifenwagen ist gekommen und neben dem Krankenwagen stehen geblieben.

»Genau, wie du gesagt hattest«, stellt Grande fest. Er wirkt eher amüsiert als besorgt.

»Wenn ihr dicht bei mir bleibt, werden sie uns nicht bemerken«, sagt Ron in selbstbewusstem Ton. »Folgt mir.«

Sie verlassen die Raststätte und gehen an den Polizisten vorbei, die nicht auf sie achten. Ihre Blicke sind auf den stark ramponierten Krankenwagen gerichtet, während sie in ihre Funkgeräte sprechen. In gemächlichem Tempo überquert Rot den stark besuchten Parkplatz und bleibt vor einem älteren SUV stehen, einem schlammbraunen Dacia Duster.

Rot probiert, die Fahrertür zu öffnen. Das Auto ist offen.

»Steigt ein«, befiehlt er.

Blau setzt sich auf den Fahrersitz, Grande und Caterina nehmen auf der Rückbank Platz. Der Fahrzeugschlüssel steckt bereits.

»So was!«, wundert sich Grande. »Wem gehört dieses Auto, etwa einem eurer Komplizen?«

Rot öffnet das Handschuhfach und zieht ein zerknittertes Foto heraus. Es zeigt einen jungen Mann und eine junge Frau, die einander umarmen. Die junge Frau ist die Kassiererin, die Blau und Caterina soeben die Mineralwasserflaschen verkauft hat.

»Ich wette, dass sie heute zu spät zur Arbeit gekommen ist und in der Eile vergessen hat, den Schlüssel abzuziehen und abzuschließen«, erklärt er. »Weil sie in der Raststätte arbeitet, wird sie erst in einigen Stunden merken, dass ihr Auto verschwunden ist ... Wenn wir schon weit weg sind.«

Rot gibt Blau ein Zeichen, und dieser dreht den Zündschlüssel um. Der alte Dacia setzt sich brummend in Bewegung. Blau rangiert ihn aus dem Parkplatz, fährt an dem Krankenwagen, dem Streifenwagen und den Zapfsäulen vorbei und biegt auf die Autobahn ab.

»Wo fahren wir hin?«, fragt Caterina.

Ihre Krankenschwesterntracht losgeworden zu sein scheint ihr gutgetan zu haben. Sie hat wieder etwas Farbe im Gesicht und wirkt gar nicht mehr so verängstigt, ganz im Gegenteil, eher wie jemand, der einen Ausflug genießt.

»Es geht nach Norden«, verrät Rot. Er entspannt sich, lehnt sich in seinem Sitz zurück.

Plötzlich legt sich ihm ein Arm um die Kehle, ein Ellbogen stemmt sein Kinn nach oben und der Druck wird stärker. Alle Luft entweicht aus Rots Lunge, er keucht und meint zu ersticken.

»Jetzt pass mal auf«, sagt Grande, der ihn vom Rücksitz aus umklammert. »Hört endlich auf, mich zu verarschen. Wer seid ihr zwei? Woher wisst ihr das alles? Wir flüchten im Krankenwagen, niemand hält uns auf. Du holst uns aus der Raststätte neue Kleidung. Du schaust auf die Uhr und weißt, dass die Polizei bald kommen wird und dass sie sich den Krankenwagen genauer anschaut. Du weißt auch, dass hinten auf dem Parkplatz ein Auto steht, bei dem der Zündschlüssel steckt. Wie zum Teufel ist das möglich? Was spielt ihr für ein Spiel? Ich lasse mich nicht gerne hinters Licht führen … Und wenn mir etwas nicht gefällt, dann räume ich es beiseite.«

»Ich kann alles erklären«, keucht Rot.

Der Mann auf dem Rücksitz lässt ihn sofort los und Ron muss erst ein paarmal durchatmen. Dieser Typ, den sie da spazieren fahren, ist ein Verbrecher. Das darf er nie wieder vergessen. *Auf gar keinen Fall.*

»Besser, du lieferst mir eine glaubhafte Erklärung, sonst halte ich mein Versprechen«, droht Grande. »Du bist gewarnt.«

Rot nickt.

Und dann beginnt er zu erzählen.

56

Samstag, 20. Mai, 13:25
1 Tag, 1 Stunde und 29 Minuten nach Stunde null

Micaela kann sich nicht bewegen.

Sie würde es gerne tun, sie versucht es, doch ihr Körper reagiert nicht. Sie ist gelähmt. Sie kann nur die Augenlider öffnen und schließen und atmen, und ihr Herz schlägt weiter.

Nach dem letzten Einsatz musste sie sediert werden. Danach haben sie ihr das Blut abgewaschen und ihr eine neue Infusion gelegt, die ihren Körper nun mit Flüssigkeit versorgt.

Trinken? Nicht einmal im Traum. Sprechen? Schön wär's!

Die Ärztin sagt, dass die Lähmung nur vorübergehend ist, dass die letzte Mission sie auf eine harte Probe gestellt hat, aber dass sie sich im Laufe der kommenden Stunden erholen wird. Bis die Wunden verheilt sind, die Major Coleman ihr zugefügt hat, wird dagegen wesentlich mehr Zeit vergehen. Sie sollte dem Himmel danken, dass er sie absichtlich nur verletzt hat, um sie kampf- und arbeitsunfähig zu machen, anstatt sie zu töten. Alles in allem muss sie Geduld haben. Es wird noch dauern, bis sie wieder in der *Budova č. 42* als Agentin einsetzbar ist.

Jetzt liegt sie in einem Einzelzimmer des Prager Militärkrankenhauses. Ein paar Wochen hier drin, und wenn alles gut geht, kann sie dann zu Diana zurückkehren.

»Du solltest froh sein«, hat die Ärztin gesagt. »Du bist am Leben, du wirst dich erholen. Es hätte viel schlimmer ausgehen können.«

Ja, vielleicht. Sicherlich hat die Ärztin recht, doch Micaela erträgt es nicht, im Bett zu liegen und sich derart machtlos zu fühlen. Vor allem aber erträgt sie es nicht, zum Schweigen verdammt zu sein, wo sie doch so viele Fragen hat.

Bei ihr im Krankenhauszimmer sind die Kommandantin, Ron und Enrico. Als sie die beiden Jungen gesehen hat, glaubte Micaela, Halluzinationen zu haben, so ähnlich wie neulich, als ihr die Welt wie ein großes Aquarium vorgekommen war und sie selbst sich wie ein Fisch, der darin umherschwimmt.

Ron. Enrico. Was machen sie hier und warum sind sie mit der Kommandantin zusammen?

Das ist nur die erste von vielen Fragen, die sie gern stellen würde, doch sie kann nicht fragen, sie kann nur zuhören.

Die Kommandantin hat sich auf einen Stuhl neben dem Bett gesetzt, Enrico sitzt am Fenster und schaut hinaus und

Ron erzählt. Er lässt sich Zeit, beginnt mit dem Moment, als die Bombe explodiert ist und Enrico und er einen Krankenwagen geentert und zwei Leute entführt haben, von denen Micaela noch nie zuvor gehört hat.

Eine gewisse Caterina und ein gewisser Grande.

Als Ron erzählt, wie sie den Krankenwagen auf dem Parkplatz der Raststätte haben stehen lassen und dank einer unglaublichen Verkettung von Zufällen einen Dacia Duster stehlen konnten, würde Micaela, so wie zuvor Grande, gerne fragen: Wie habt ihr das gemacht? Und auch: Was geschieht hier eigentlich?

Micaela würde ihren Frust am liebsten laut herausschreien, kann es aber nicht. Plötzlich geht die Tür ihres Zimmers auf und Jerry tritt ein.

Was macht er außerhalb von Nummer 42? Ist schon wieder ein Notfall aufgetreten? Ein neues Problem?

Die Kommandantin macht jedenfalls ein besorgtes Gesicht. Sie springt auf.

»Was ist los?«

»Ich bin so schnell gekommen, wie ich konnte, um Sie zu informieren«, sagt Jerry. »Ich konnte nicht anrufen, weil es eine Information der Geheimhaltungsklasse Top Secret ist.«

»Sprich!«

»Der Nebel ist verschwunden.«

»Was bedeutet das?«, fragt Ron in seinem Schulenglisch.

Micaela möchte vor Erleichterung seufzen, kann es aber nicht.

Jerry scheint große Freude daran zu haben, die Frage zu beantworten. »Es bedeutet, dass sich die Vergangenheit verfestigt hat. Die Wahrscheinlichkeiten sind wieder zu Gewissheiten geworden und wir können endlich präzise herausfinden, was gestern passiert ist.«

»Komm zum Punkt, Jerry«, ermahnt ihn die Kommandantin.

»Ja, sicher, tut mir leid. Ich wollte nur ein bisschen Spannung aufbauen …«

Micaela würde ihm gern sagen, was sie von seinem Spannungsaufbau hält. Aber nicht einmal das kann sie.

Jerry nimmt mitten im Raum Aufstellung, zwischen dem Bett und dem Stuhl, auf dem die Kommandantin sitzt, und sagt: »Gestern, am 19. Mai, ist um 11 Uhr 56 im Gymnasium D'Arturo-Horn in Bologna eine Bombe hochgegangen. Die Explosion hat die Hälfte des Gebäudes zerstört und dem gegenüberliegenden Gebäude schwere Schäden zugefügt. Beschädigt wurden auch die Kraftfahrzeuge, die zum Zeitpunkt der Explosion die angrenzende Durchgangsstraße entlangfuhren und in eine Massenkarambolage von enormen Ausmaßen verwickelt wurden.«

Der Analyst gönnt sich eine Kunstpause, um noch ein bisschen länger im Mittelpunkt zu stehen, und fährt dann fort: »Unglaublicherweise hat es keine Toten gegeben.«

Die anderen schweigen, so als ob sie Zeit bräuchten, um das Gesagte zu verstehen. Doch dann springen Ron und Enrico auf, umarmen sich, stoßen Freudenschreie aus. Und auch Jerry jubelt wie ein Basketballspieler, dem gerade der entscheidende Wurf gelungen ist.

Die Kommandantin, die gewöhnlich sehr beherrscht ist, stößt eine Faust in die Luft und sagt laut: »Ja!«

Auch Micaela ist glücklich. Doch weil sie gelähmt ist, merkt es niemand.

Nach diesem euphorischen Moment liefert Jerry noch ein paar Erklärungen: »Aus Bologna haben wir erfahren, dass wenige Minuten vor der Detonation sämtliche Klassen des Gymnasiums evakuiert werden konnten. Zu verdanken ist dies zwei Schülern: Ron Senai und Enrico Neri.«

Wieder schreien die beiden triumphierend auf.

»Wirklich erstaunlich ist, dass bei der Explosion kein einziger Mensch zu Schaden gekommen ist. Allerdings gab es bei der Massenkarambolage einige Verletzte, darunter zwei Polizisten. Doch keiner ist gestorben und es schwebt auch niemand in Lebensgefahr.«

»Tatsächlich erstaunlich«, kommentiert die Kommandantin lächelnd. »Wir könnten es als Wunder bezeichnen. Es sieht beinahe so aus, als hätte jemand die Bombe umgebaut, um ihre Auswirkung präzise zu kalibrieren. Wie hoch war die Wahrscheinlichkeit, dass etwas Derartiges geschieht, Jerry?«

»Während des Nebels hatten wir auch dieses Szenarium

erhalten. MARIE hatte es als ›hochgradig unwahrscheinlich‹ aussortiert. Die Probabilität, dass es sich verwirklichen würde, lag bei einer Milliarde neunhundertdreißig Millionen vierhundertzweiundsiebzigtausenddrei.«

»Donnerwetter, wirklich äußerst unwahrscheinlich«, stellt die Kommandantin fest.

Micaela begreift, dass die Generalin scherzt oder aber sie, Micaela, an der Nase herumführt, denn sie lacht, und auch Ron, Enrico und Jerry lachen.

»So, ich würde sagen, jetzt haben wir uns lange genug über sie lustig gemacht«, sagt die Generalin und wendet sich Micaela zu. »Wenn ich Leutnant Falco richtig einschätze, haben wir Glück, dass sie gerade außer Gefecht gesetzt ist, sonst würde sie uns sehr deutlich sagen, was sie von uns hält. Warum erklären wir ihr nicht, was wirklich passiert ist?«

Ron errötet leicht, zieht sich die Kapuze des roten Hoodies über den Kopf und holt sein Handy hervor. Er öffnet die Fotogalerie, geht zu Micaela und zeigt ihr eine Serie von Bildern.

Was ist das?, würde sie fragen, wenn sie imstande wäre zu sprechen.

»Das sind meine Anweisungen«, antwortet Ron, als könnte er ihre Gedanken lesen.

Auf den Fotos sieht man ungewöhnlich dicht beschriebene Seiten. Die Schrift ist zittrig, die Buchstaben erscheinen weiß auf braunem Grund.

Als Ron ihr das Handy näher ans Gesicht hält, kann Micaela lesen: *Anweisungen, um Auto zu wechseln.* Und darunter: *Um 14:16 Autobahn verlassen, auf Parkplatz von Raststätte fahren. R. steigt alleine aus und kauft Kleidung für C. und G. Toilette und Espresso, Vorsicht am Ausgang: Polizei sucht Krankenwagen. Hinten auf dem P steht brauner Dacia Duster, Kennzeichen CH410VV. Offen, Schlüssel im Zündschloss. Einsteigen, weiterfahren.*«

Micaela weiß nicht, was sie denken soll.

Was hat das Foto zu bedeuten? Wer hat Ron diese Anweisungen gegeben? Wer hat sie aufgeschrieben?

Wieder scheint Ron ihre Gedanken lesen zu können. »Also ... Ich weiß, dass man es sich nur schwer vorstellen kann ... Aber wenn du darüber nachdenkst, begreifst du, dass es die einzig mögliche Erklärung ist.«

Er lächelt Micaela entschuldigend an und sieht dadurch noch viel sympathischer aus, als sie ihn ohnehin schon findet.

»Diese Anweisungen habe ich geschrieben«, gibt Ron zu. »Das ist meine Schrift. Es ist so ... Ich habe sie heute Morgen geschrieben, gegen halb zehn. Dann habe ich sie in die Vergangenheit geschickt. Um meinem eigenen Ich von gestern den Ausweg aus einer furchtbaren Situation zu weisen.«

Jetzt fehlen Micaela wirklich die Worte und daran ist nicht die Lähmung schuld.

Heute ist Samstag, der 20. Mai. Ron hat seine Anweisungen in den gestrigen Tag hinübergeschickt, Freitag, den 19. Mai. Wie hat er das geschafft? Wie hat er mit seinem vergangenen Ich kommunizieren können?

»Du machst es komplizierter, als es ist«, unterbricht Enrico ihn. »Erzähl ihr einfach nur, was du gemacht hast.«

»Ich habe meine Anweisungen auf das Futter deiner Jacke geschrieben«, erklärt Ron. »Diese Jacke habe ich dann der besten Zeitagentin anvertraut, die ich kenne. Nämlich … dir.«

Micaela wird schwindelig, während ihr Gehirn versucht, all das zu rekonstruieren, was in den letzten vierundzwanzig Stunden passiert ist, ein Zeitpuzzle, das sie chronologisch zusammenzusetzen versucht.

Es ist Freitag, Ron und Enrico befinden sich im Heizungskeller ihrer Schule. Major Coleman ist soeben verschwunden. Und sie, Micaela, ebenfalls. Die beiden Jungen sind allein zurückgeblieben und Ron ist verzweifelt. Er weiß nicht mehr, was er denken soll: Von Micaela hat er erfahren, dass es eine internationale Geheimorganisation von Zeitagenten gibt, die Time-Shifters. Mehr hat sie ihm nicht gesagt und er hat keine Ahnung, was er tun soll.

Er weiß nicht, wie er die Bombe entschärfen könnte, ja er weiß nicht einmal, ob es überhaupt richtig wäre, sie zu entschärfen. Er weiß nichts über die Zeitreisen und wie sie funktionieren.

Wie kann er da eine Entscheidung fällen?

In diesem Moment, als er wirklich nicht mehr weiterweiß, sieht Ron Micaelas Jacke. Er hebt sie auf und findet auf ihrem Futter all die Anweisungen, die Ron-in-der-Zukunft für ihn aufgeschrieben hat. Und so ermöglicht die Jacke Ron-in-der-Vergangenheit all das zu tun, was dazu führt, dass er seine Mission erfüllen und jetzt hier bei ihr sein kann.

Und das ist schon alles.

Tatsächlich?

Micaela schaut Ron an und merkt, dass sie plötzlich Respekt vor ihm hat, vor diesem Ron, der ein paar Jahre jünger ist als sie, der Junge mit den vielen Locken und den freundlichen Augen.

Was für eine Idee, denkt sie. Und wie viel Mut er hatte. Und ...

Doch da ist einiges, das nicht so ganz passt. Sie fragt sich zum Beispiel, warum ihr das alles verheimlicht wurde.

»Wir konnten es dir auf keinen Fall sagen«, schaltet sich jetzt die Kommandantin ein, als könnte sie ihre Gedanken lesen. »Denk das doch mal durch: Letzte Nacht standest du unter Arrest. Ich habe dich befreit und du bist in die Vergangenheit zurückgekehrt. Zu dem Freitag, an dem du um zehn Uhr vormittags Ron und Enrico begegnet bist und dann gegen Major Coleman gekämpft hast, ohne zu wissen, was da gerade geschah. Als du aus diesem Heizungskeller verschwunden bist, hat Ron sich auf den Weg gemacht. Er ist mitten in der Nacht hier eingetroffen, als du noch unter Arrest standst. Er war es übrigens, der mich davon überzeugt hat, deinen Arrest aufzuheben, damit diese Version der Geschichte sich verfestigen konnte. Aber wenn du alles gewusst hättest ...«

Klar, denkt Micaela. Wenn sie das alles schon letzte Nacht, vor ihrer Zeitreise, gewusst hätte, wäre ihr Gespräch mit Ron und Enrico anders verlaufen. Damit hätte sich auch die übrige Zeitlinie verändert, sodass Ron nicht nach Prag hätte fahren und die Kommandantin sie, Micaela, nicht aus dem Arrest hätte befreien können. Ein anderes Paradox.

Ein anderer Kreis.

»Es war eine lange Nacht, weil wir eine Unmenge von Problemen zu lösen hatten«, sagt Jerry. »Und der Nebel hat es uns nicht gerade leicht gemacht ... Übrigens, Micaela, erinnerst du dich an die Veränderungen in den Grafiken? An den Nebel, der sich noch vor deinem ersten Einsatz gebildet hatte? Den haben diese beiden Jungs erzeugt, denn sie kannten die Zukunft und haben versucht, die Vergangenheit zu verändern. Dadurch ist ein schlimmes Chaos entstanden. Wir werden mehrere Tage brauchen, um MARIE neu zu programmieren und die Datensprünge zu korrigieren ...«

»Jerry!«, ruft die Kommandantin mahnend, damit er zum Punkt kommt.

»Ja, ja, wie schon gesagt, es galt noch viele Probleme zu lösen. Zum Beispiel musste herausgefunden werden, wie die Bombe umzubauen war, wie die Klassen evakuiert werden konnten und was sie den Lehrern sagen sollten, damit diese keine Zeit verloren und die Schüler schnell rausbrachten, und so weiter.

Außerdem war da ja noch der Kontra-Agent: Leider hatten Ron und Enrico Coleman noch nie zuvor gesehen und kannten ihn daher nicht, andererseits wussten sie, dass sie ihn rechtzeitig finden mussten, um dir in der Vergangenheit das Leben zu retten.«

Klar, denkt Micaela wieder. Deshalb verschwand der Major während ihres Kampfes im Heizungskeller so plötzlich. Die Jungs-in-der-Zukunft hatten genau gewusst, was mit ihr geschehen würde. Und sofort darauf wurde auch sie zurückgeholt.

Noch nie zuvor hatte sich Micaela in einer derartig verworrenen Situation befunden. Es war beinahe erschreckend. Surreal.

Nur eines ist ihr noch nicht klar und sie lässt ihre Augenlider flattern, um die Kommandantin auf sich aufmerksam zu machen.

Es geht um Major Coleman. Warum hatten er und die anderen von Projekt Zukunft sie daran hindern wollen, die Bombe zu deaktivieren? Und warum hatten Ron und Enrico eine Krankenschwester und einen Verbrecher nach Prag mitgenommen?

Die Kommandantin erhebt sich lächelnd. »Ich glaube, du solltest dich jetzt ausruhen«, sagt sie. »Wir mussten unserer Ärztin versprechen, dich nicht allzu sehr zu beanspruchen, und ich fürchte, wir haben dieses Versprechen gebrochen. Außerdem müssen wir noch eine letzte Sache erledigen.« Sie zwinkert ihr zu. »Eine Unterhaltung mit Signor Grande.«

57

Samstag, 20. Mai, 14:06
1 Tag, 2 Stunden und 10 Minuten nach Stunde null

Im Laufe seines Lebens hat Giovanni Grande viele Menschen getötet und ein Leben voller Exzesse geführt. Andererseits hat er in seinem ganzen bisherigen Leben noch nie Italien verlassen, hatte nie einen Freund und hat niemals erfahren, wie es sich anfühlt, spazieren zu gehen, ohne ständig befürchten zu müssen, erkannt und in den Rücken geschossen zu werden.

Wenn er zurückblickt, sieht er nur eine lange Reihe von Gegnern, die es auszuschalten galt, von Geschäften, die er abschließen musste, von Entscheidungen, die getroffen werden mussten.

Er ist ein reicher und mächtiger Mann.

Ein Fünfzigjähriger, der zwanzig Jahre älter aussieht, ein übergewichtiger Mann, der aus einem Krankenhaus entflohen ist.

Der einzige Sohn, von dessen Existenz er weiß, hat jegliche Verbindung zu ihm abgebrochen. Er hat niemanden, der sein Leben mit ihm teilt.

»War es das alles wert?«

Dies ist die Frage, die er sich in jener Nacht gestellt hat, als er sich in einer Raststätte bei Prag mit einer Fremden unterhalten hat.

Gegen fünf Uhr morgens haben Caterina und er das Lokal verlassen, haben sich ins Auto gesetzt und sich auf den Liegesitzen des Dacia Duster ausgeruht. (Normalerweise hätte Grande sich an sie rangemacht, anstatt zu schlafen, aber angesichts seines labilen Gesundheitszustands hatte er beschlossen, die Sache langsamer anzugehen.)

Bei Sonnenaufgang sind sie ins Zentrum von Prag gefahren, haben das Auto geparkt und sind seitdem zu Fuß in der Altstadt unterwegs.

Die Karlsbrücke, die Burg, das jüdische Viertel. Parks und Straßen und Bänke mit Blick auf den Fluss. In Bologna hatten sie ein Gewitter hinter sich gelassen, hier dagegen ist blauer Himmel und es ist sogar wärmer als in Italien.

Grande hat kein Geld dabei und auch keine Papiere, er weiß, dass er sie sich mit ein paar Anrufen beschaffen könnte, aber er hat gerade keine Lust dazu. Dank Caterina, die ein bisschen Englisch spricht, hat er einen Tisch im *La Dégustation* reserviert, dem besten Restaurant der Stadt, nur wenige Schritte vom Rathaus mit der berühmten Uhr entfernt. Sie kommen mit ein paar Minuten Verspätung dort an und sehen mit ihren billigen T-Shirts und Jeans aus der Autobahnraststätte wie Obdachlose aus, doch der *Maître*, der sie empfängt, zuckt nicht mit der Wimper.

Ganz im Gegenteil, sobald er bemerkt, dass sie sich auf Italienisch unterhalten, sagt er in dieser Sprache: »Ihre Gäste sind bereits eingetroffen.«

Im Restaurant ist nicht viel los, nur an ein paar Tischen sitzen Leute und sind bereits beim Dessert angelangt. *La Dégustation* ist ein sehr schönes Lokal: elegant, ohne protzig zu wirken, mit viel Holz und Leder in warmen Farbtönen.

Der *Maître* führt sie zu einem etwas abseits gelegenen Tisch, an dem Rot und Blau zusammen mit einer Frau in Uniform sitzen, die die Dienstabzeichen einer Brigadegeneralin trägt.

Eine Generalin, in ihrem Alter?, denkt Grande. Sie muss Beziehungen haben.

Die Frau steht auf und schaut ihn an, doch ihr Blick ist eisig und sie reicht ihm nicht die Hand.

»Guten Tag«, sagt sie. Man merkt, dass sie nicht gut Italienisch kann.

»Mit wem habe ich die Ehre?«, fragt Grande.

Die Frau scheint ihn nicht verstanden zu haben. Blau flüstert ihr die Übersetzung auf Englisch zu.

Sie nickt. »Sie können mich Kommandantin nennen.«

Ein Kellner bringt ihnen die Speisekarten, doch Grande wählt für alle: ein Drei-Gänge-Menü und eine Flasche Rotwein.

»Vor dem Essen müssen wir ein Gespräch führen. Bringen Sie uns deshalb den Wein und lassen Sie uns erst einmal in Ruhe«, weist Grande den Kellner in barschem Ton an. »Ich sage dann, wenn wir so weit sind.«

Der Kellner nickt. Kurz darauf bringt der *Maître* eine Flasche tschechischen Rotwein. Grande schickt ihn wieder weg mit dem Befehl, einen Barolo zu holen. Er kostet den Wein und befindet ihn für gut. Allen wird Wein eingeschenkt, auch den beiden Jungen, dann endlich lässt man sie allein.

Die Kommandantin beginnt die Verhandlungen, indem sie in stockendem Italienisch sagt: »Wir ... müssen verstehen ... was jetzt zu tun ist.«

Grande schaut Blau an. »Kannst du für mich dolmetschen?«

»Kein Problem«, sagt er.

Grande nimmt einen Schluck Barolo. »Ich will nicht allzu viel von Ihrer Zeit in Anspruch nehmen, Signora, auch weil ich großen Hunger habe. In diesem Moment stehen Sie vor zwei großen Problemen. Das erste besteht darin, dass meine Männer in ihrem Streben nach gerechtem Ausgleich beinahe einen Krieg ausgelöst hätten, den Sie um jeden Preis verhindern müssen. Dank der beruhigenden Nachricht, die ich auf den Rat dieser beiden Jungs hier gestern Nachmittag abgeschickt habe, ist die Gefahr fürs Erste gebannt. Aber ich wette, dass Sie handfestere Garantien benötigen. Ist das korrekt?«

Die Kommandantin wartet, bis Blau alles übersetzt hat, und nickt dann.

»Das zweite Problem ist, dass ich einiges über Ihre kleine Geheimorganisation erfahren habe ... Seien Sie meinen beiden Freunden Rot und Blau bitte nicht böse. Sie mussten es mir erzählen, um mich zu überzeugen. Aber jetzt weiß ich mehr oder weniger, was ihr hier in Prag macht und an vielen weiteren Orten der Welt. Eine Basis pro Zeitzone, richtig? Ein sehr interessantes Experiment und gewiss erwarten Sie von mir, dass ich den Mund halte. Ist auch das korrekt?«

Wieder nickt die Kommandantin.

Grande greift unwillkürlich wieder zum Weinglas. Da fällt ihm ein, dass Caterina gesagt hat, er solle keinen Alkohol trinken. Wegen seiner zerbissenen Wange schmeckt ihm der Wein auch nicht besonders gut. Er sollte sich lieber ans Wasser halten.

»Hier kommt mein Vorschlag«, fährt er fort. »Ihr von der Luftwaffe schafft mich zurück nach Italien und gebt mir ein Jahr Zeit, um meine Angelegenheiten zu regeln. Ich werde diese Zeit nutzen, um meine Unternehmen zu verkaufen und mich mit den Venezolanern so zu einigen, dass kein Krieg ausbricht. Danach werde ich meinen Tod vortäuschen, von sämtlichen Radarschirmen verschwinden und irgendwo meinen Ruhestand genießen. Zusammen mit Caterina, falls sie Lust hat, mit mir mitzukommen.«

Den letzten Satz hat Grande gesagt, als wäre es ein

Scherz, doch er wirft der Krankenschwester einen schnellen Seitenblick zu, um ihre Reaktion zu sehen. Schwer zu sagen, was sie davon hält, aber eins nach dem anderen.

»Wie finden Sie das?«

Die Kommandantin hört sich in Ruhe Blaus Übersetzung an und fängt an zu lachen. »Ich möchte hier ein paar Dinge klarstellen«, sagt sie. »Erstens sind Sie ein Krimineller. Zwar konnten Sie bisher nur wegen einer Bagatelle verhaftet werden, aber ich bin mir sicher, dass die italienische Justiz bereits daran arbeitet, Ihren Gefängnisaufenthalt zu verlängern. Ich hätte Möglichkeiten, den Behörden dabei zu helfen, und ich wette, dass es gar nicht so schwer sein würde, Sie zu einer mehrfach lebenslänglichen Haft in einem Hochsicherheitsgefängnis zu verurteilen.«

»Zweifellos. Und im Gefängnis kann ich dann allen und jedem erzählen, was Sie mit dem ruhigen Fluss der Zeit anstellen.«

»Niemand würde Ihnen glauben«, wendet die Kommandantin ein. »Überlegen Sie doch mal: eine geheime Militäreinheit, die durch ihre Operationen große Katastrophen verhindert, bevor sie sich ereignen können? Bei all den Tragödien, die heutzutage in den Zeitungen stehen? Science-Fiction. Nicht einmal ich glaube es, während ich jetzt mit Ihnen rede.«

Blau dolmetscht beinahe simultan, während Rot und Caterina die jeweils Sprechenden anschauen und dabei ihre Köpfe hin und her wenden.

Grande überlegt. Diese Kommandantin hat wirklich etwas drauf. Eine, die weiß, wie man eine Partie gewinnt.

»Was schlagen Sie also vor?«, fragt er.

»Fünfzehn Jahre Gefängnis. Das ist ein ordentlicher Rabatt gegenüber der Aussicht auf lebenslänglich. Die Haftzeit verbringen Sie in einem Militärgefängnis mit geringen Sicherheitsauflagen, sodass Sie dort Besucher empfangen und ›Ihre Angelegenheiten regeln‹ können. Sie müssen einsehen, dass dies für uns die einzige Möglichkeit darstellt, Sie im Auge zu behalten und sicherzugehen, dass Sie Ihr Versprechen halten. Außerdem kann ich Ihnen garantieren, dass der Mann, der sie verpfiffen hat, dieser Diego, ebenfalls verhaftet wird. So bekommen Sie auch Ihre Rache.«

Grande verzieht das Gesicht. »Was nützt mir die Rache? Ich will mein Leben zurück.«

»Daran hätten Sie früher denken sollen, als Sie die Entscheidungen trafen, die Sie getroffen haben. Auch wir können trotz unserer ganzen Technologie immer nur vierundzwanzig Stunden zurückkehren. Es ist zu spät für Sie, Ihre Vergangenheit zu ändern.« Die Kommandantin faltet die Hände vor ihrem Gesicht. »Überlegen Sie es sich gut. In fünfzehn Jahren werden Sie fünfundsechzig und damit noch relativ jung sein. Wenn Sie ein bisschen auf Ihre Gesundheit achten, können Sie den Ruhestand danach immer noch genießen.«

Mit starrer Miene sieht Grande seine Gesprächspartnerin an. »Fünf Jahre.«

»Fünf Jahre haben Sie bereits für die erfolgte Anklage aufgebrummt bekommen. Ich kann Ihnen nicht weniger als zwölf anbieten.«

»Acht«, entgegnet er. »Und bei guter Führung eine Umwandlung in Hausarrest.«

Jetzt ist es die Kommandantin, die länger überlegen muss.

»Was haben Sie vor?«, fragt sie schließlich. »Was wollen Sie mit Ihrer Zukunft anfangen?«

»Wenn es von Ihnen kommt, klingt es komisch. Aber wie schon gesagt: Ich will mich aus dem Geschäftsleben zurückziehen. Und ich werde nichts über Ihre Organisation erzählen. Sie haben mein Wort.«

»Mit Ihrem Wort kann ich nichts anfangen.«

»Dann bauen Sie auf meine Vernunft. Ich habe keinerlei Absicht, nach der Haft in einem Irrenhaus zu landen. Es ist genau, wie Sie gesagt haben: Eine geheime Zeitagenten-Einheit ... Wer in aller Welt soll mir das glauben?«

Die Kommandantin seufzt, es ist ihr deutlich anzusehen, dass ihr diese Absprache widerstrebt. Sie betrachtet Grande, wie sie wohl eine Ratte betrachten würde.

Er würde jetzt nichts lieber tun, als sie an der Gurgel zu packen und zuzudrücken, nur um mit ansehen zu können, wie sich dieser Gesichtsausdruck in Entsetzen verwandelt. Aber er weiß, dass dies seine Chance ist, die einzige, die er haben wird.

Schließlich nickt die Kommandantin zum Zeichen ihres

Einverständnisses und Grande weiß, dass er es geschafft hat. Er hält sein Glas hoch, wie um anzustoßen. Doch niemand scheint mit ihm trinken zu wollen und so leert er sein Glas allein.

Der Kellner versteht die Geste als Zeichen und eilt mit dem ersten Gang herbei.

58

Samstag, 20. Mai, 17:04
1 Tag, 5 Stunden und 8 Minuten nach Stunde null

Das Kloster Břevnov ist ein Stück Mittelalter im Herzen von Prag. Es verfügt über einen üppig blühenden Garten mit Teichen und Wiesen. Um fünf Uhr nachmittags gehen hier viele Menschen spazieren: Rentner mit Gehstock, junge Familien mit Kinderwagen …

… und auch Enrico, Ron und die Kommandantin, die darauf achten, Abstand zu anderen Leuten zu halten.

Hier ganz in der Nähe, hinter roten Dächern und dem Zwiebelkirchturm der Abtei, befindet sich das Militärkrankenhaus, in dem Micaela liegt. Immer wieder blickt Ron in die Richtung, ganz offensichtlich wäre er jetzt viel lieber bei ihr.

Enrico dagegen genießt den Anblick des Grüns, die Sonne und die Luft, all die Luft. So unglaublich viel Luft. Es kommt ihm vor, als würde er nach langer Zeit endlich wieder atmen können. Als nähme er zum ersten Mal den

Himmel über seinem Kopf wahr. Er empfindet ein vages Gefühl von Erleichterung. *Es hat nicht viel gefehlt*, das sind die Worte, die ihm ständig im Kopf herumgehen.

Wäre es anders gekommen, wäre er inzwischen tot, nach einem Selbstmord im Heizungskeller seiner Schule.

Jener andere Enrico, der in der Schule Sprengstoff versteckt hat und ihn beinahe hätte detonieren lassen, ist genau wie er, genau wie er hätte sein können.

Nur durch Zufall ist es anders gelaufen. Eigentlich müsste er froh darüber sein, warum fühlt er sich jetzt innerlich so wund, so verletzt?

»Die Abmachung, die wir mit Grande getroffen haben«, sagt er plötzlich. »Wird das wirklich so durchgezogen? Lassen wir zu, dass dieser Verbrecher mit ein paar wenigen Jahren Gefängnis davonkommt, und dann wird alles vergessen?«

»Kommt dir das ungerecht vor?«, fragt die Kommandantin.

»Allerdings.«

»Das finde ich auch. Ein Mann wie er verdient den Tod, falls du wissen willst, was ich wirklich denke. Sollte ihn im Knast irgendein Verbrecherkollege umbringen, werde ich sicherlich nicht um ihn trauern.«

»Trotzdem haben Sie ihm einen Ausweg angeboten.«

»Ja.«

»Aber warum?«

»Weil ich nicht immer das tun kann, was ich gerne tun

würde. Manchmal muss ich Befehle befolgen und habe keine andere Wahl.«

Enrico verzieht den Mund zu einem höhnischen Grinsen. »So wie Major Coleman. Sie beide sind sich sehr ähnlich.«

Er hat erwartet, dass die Kommandantin auf seine Bemerkung verärgert reagiert. Stattdessen geht sie einfach weiter, ein bisschen nach vorn gebeugt, wie in Gedanken versunken.

»Ja«, sagt sie schließlich. »Wir sind beide Berufsoffiziere.«

»Ihr habt mit mir gespielt. Mein Vater hat die Familie ruiniert, hat meine Freundin gevögelt und ist verschwunden. Auch meine Mutter ist abgehauen. Der Schuldirektor wollte mich rauswerfen …«

»Erwartest du Mitleid von mir?«, unterbricht die Kommandantin ihn.

»Zum Teufel mit dem Mitleid. Es ist nur so, dass ich einfach nicht mehr kann. Manchmal fühle ich mich, als wäre ich im Knast. In einem Knast, aus dem man nicht ausbrechen kann … Ich bin kein Idiot, Generalin.«

»Ich weiß. Ich habe deine Akte gelesen.«

»Ich habe immer das getan, was von mir erwartet wurde, weil sie mir gesagt haben, dass dann alles gut wird. Dabei haben sie mich verarscht. Ein Gefängnis ohne Türen. Ohne Ausweg. Keine Freunde. Mal abgesehen von Ron.«

Ron schaut ihn erstaunt an, das hat er nicht erwartet.

Enrico hat ihm bisher auch nicht gesagt, wie wichtig das war, was er für ihn getan hat.

Enrico zwingt sich weiterzureden, aber die Worte kommen nur stoßweise aus seinem Mund, beinahe so, als wären es dermaßen viele, dass sie ihm die Kehle verstopfen.

»Sie und Major Coleman haben die ganze Zeit über mit mir gespielt. Halte Enrico auf, bevor sie ihn aus der Schule jagen. Lass ihn einen Unfall verursachen, dann schmeißen sie ihn raus. Versteck den Abschiedsbrief seiner Mutter. Lass ihn einen identischen Brief finden, damit er leidet wie ein Hund. Verstecke die Fotos vor ihm. Lass ihn die Fotos finden. Ihr habt mich durch die Gegend getreten wie einen Fußball.«

»Wir«, widerspricht die Kommandantin, »haben dich daran gehindert, zum Mörder zu werden.«

»Das hättet ihr auch anders machen können!«, schreit der Junge sie an und kickt gegen einen Stein, der daraufhin weit über die Wiese rollt. »Ihr hättet zum Beispiel mit mir reden können. Aber nein. Ihr habt einfach nur die Anweisungen dieses dämlichen Computers befolgt. Ihr habt mich im Stich gelassen.«

Enrico bleibt stehen und steckt die Hände in die Taschen, tastet nach seinem Messer. Schon lange hat er das nicht mehr getan, was auch daran liegt, dass er den Großteil der vergangenen vierundzwanzig Stunden wie tot war und Blau an seine Stelle getreten ist. Ein erwachsener Mann, der in der Lage ist, seinen Weg selbst zu bestimmen, einen Krankenwagen zu stehlen, Hunderte von Kilometern weit zu fahren, sich in eine supergeheime Militärbasis einzuschleichen, und so weiter.

Es hat ihm gefallen, Blau zu sein. Als Blau hat er sich frei gefühlt. Aber auch das war eine Täuschung. Er hat nur einen Plan befolgt, den jemand anderes ausgearbeitet hatte. Anweisungen, Anweisungen ... Folgen wir ihnen im Grunde nicht alle? Auch Ron, Micaela, Coleman. Und er selbst.

Enrico ist müde. Er will nicht mehr wissen, was die Zukunft für ihn bereithält. Er will nicht mehr manipuliert werden.

»Du hast recht«, sagt die Kommandantin. »Es tut mir leid.«

Enrico ist verblüfft, er hätte nicht gedacht, dass sich eine Frau wie sie entschuldigen würde. Sie wirkt betroffen.

»Was soll ich denn machen?«, fragt sie ihn.

»Mir helfen«, antwortet er.

Sie gehen durch ein Wäldchen. Der Kiesweg ist von rosa Blüten bedeckt und Enrico wüsste gerne, was für Blüten das sind, von welchem Baum sie stammen. Es sind nicht viele Leute unterwegs und die Kommandantin setzt sich auf eine Bank. Die beiden Jungen tun es ihr nach, Enrico nimmt links von ihr Platz, Ron rechts. Er trägt immer noch seinen roten Hoodie, auch wenn es eigentlich zu warm dafür ist.

»Wir haben es mit einer komplizierten Situation zu tun«,

erklärt die Kommandantin. »Du, Enrico, hast Sprengstoff gestohlen und ihn in einer Schule versteckt. Die italienische Polizei wird nicht lange gebraucht haben, um herauszufinden, woher der Sprengstoff stammt, mit dem die Schule in die Luft gejagt wurde. Vermutlich haben sie inzwischen das illegale Lager deines Vaters gefunden und beschlagnahmt. Natürlich habt ihr, du und Ron, dafür gesorgt, dass die Schule evakuiert wurde. Aber auch wenn es keine Opfer gab, so hat der Einsturz des Gymnasiums doch schwere Verkehrsunfälle und Sachschäden verursacht. Hinzu kommt, du hast einen Krankenwagen und ein Auto gestohlen und einem Häftling zur Flucht verholfen. Außerdem bist du ohne Führerschein durch halb Europa gefahren, was an sich schon schlimm wäre, aber noch das geringste deiner Probleme darstellt. Ach ja, beinahe hätte ich vergessen, dass du in eine Militärbasis mit höchster Sicherheitsstufe eingedrungen bist.«

Und tatsächlich haben er und Ron, die beiden Jungen, die eine furchtbare Katastrophe verhindert haben, einiges auf dem Kerbholz.

»Ich erzähle dir das alles, um dir klarzumachen, dass ich in keiner einfachen Lage bin«, erklärt die Kommandantin. »Noch komplizierter wird das Ganze dadurch, dass ihr seit über vierundzwanzig Stunden verschwunden seid: Ein paar Leute werden sich fragen, wo ihr steckt. Damit ihr nach Hause zurückkehren könnt, müssen wir uns eine sehr überzeugende Geschichte ausdenken.«

»Ich will nicht zurück«, sagt Enrico.

Er will diese Villa oben auf dem Hügel nie mehr wiedersehen, auch nicht die elegant eingerichteten Räume oder das Klavier. Er würde es nicht mehr über sich bringen, darauf zu spielen.

Enrico rechnet damit, dass die Kommandantin ihm widerspricht, doch sie wirkt überhaupt nicht überrascht.

»Ich denke auch, dass es am besten sein wird, dich für eine Weile verschwinden zu lassen. Ich habe Jerry gebeten, sich eine Lösung für dich zu überlegen ... Wir könnten dir Papiere und eine neue Identität beschaffen, dich in einer Einrichtung unterbringen.«

Enricos Mund wird zu einem schmalen Strich. Darauf läuft es also hinaus: Die Kommandantin will ihn in ein Irrenhaus stecken.

»Ich dachte an eine Wohngruppe in einem schönen Haus. Du würdest mit anderen jungen Leuten zusammenleben. Es gibt ausgezeichnete Fachkräfte, die dir helfen könnten, dein Leben wieder auf die Reihe zu bringen.«

Seelenklempner also.

Aber warum sollte sich Enrico eigentlich deswegen schämen? Er weiß selbst, dass er Hilfe braucht. Um ein Haar wäre er ertrunken. Er braucht jemanden, der ihm einen Rettungsring zuwirft.

»Was meinst du?«, fragt die Kommandantin.

Enrico antwortet nicht. Eine Weile sind nur das leise Rauschen des Windes in den Bäumen zu hören und das

Knirschen der Kieselsteine unter den Schuhen der Spaziergänger.

»Ich hatte noch nie eine Wahl«, sagt er schließlich. »Immer haben andere für mich entschieden. Sie haben mir gesagt, welche Sportarten und Hobbys ich machen soll, welche Sprachen ich lernen soll. Sie haben mich im D'Arturo-Horn angemeldet, ohne mich vorher zu fragen. Und auch jetzt gibt es für mich nicht wirklich eine Alternative, oder?«

»Doch, du könntest nach Bologna zurückkehren. Wahrscheinlich würdest du dort erst einmal Ärger bekommen. Es würde einen Prozess geben oder so etwas in der Art, aber du bist noch minderjährig und vorher nie auffällig geworden. Ich denke, du könntest früher oder später in dein altes Leben zurückkehren, wenn es das ist, was du willst. Oder du könntest einfach weggehen, von dieser Bank aufstehen und losgehen, ohne dich noch einmal umzudrehen. Ich würde dich nicht aufhalten. Wahrscheinlich hast du dir Geld beiseitegelegt, du wirkst schon recht erwachsen für dein Alter, du würdest jedenfalls irgendwie zurechtkommen. Oder aber …« Lächelnd streckt die Kommandantin eine Hand aus. Eine sanfte, beinahe mütterliche Geste. »Oder aber du könntest mein Angebot annehmen. Und eines Tages entscheiden, wer du sein willst, Enrico Neri oder jemand anderes. Du wirst dir deinen Weg suchen, so wie wir alle es tun.«

Die Generalin will noch etwas hinzufügen, doch in diesem Augenblick meldet sich Rons Handy mit einer wahren Salve von Benachrichtigungssignalen.

»Neunhundertsechsundzwanzig Nachrichten«, ruft er erstaunt. »Neunhundertsechsundzwanzig!«

Gelassen schaut die Kommandantin auf ihre Uhr. »Ich hatte Jerry gebeten, dein Handy um achtzehn Uhr wieder zu aktivieren. Er ist ein bisschen zu früh dran.«

»Was bedeutet das?«, fragt Ron.

»Ab dem Moment, als du in die Basis eingedrungen bist, wurde das Signal deines Handys auf den Militärserver umgeleitet. Wir konnten ja nicht zulassen, dass du dich mit der Außenwelt in Verbindung setzt. Das wäre jeglichen Sicherheitsvorschriften zuwidergelaufen.«

Ron scrollt auf seinem Telefon die eingegangenen Nachrichten durch. »Papa, Mama, sogar meine Schwester. Gimbo. Der Klassenchat. Der Homies-Chat. Und jede Menge Leute, die ich nicht kenne … unbekannte Nummern … Journalisten, Polizisten …«

Enrico kann sich denken, was all diese Leute von Ron wollen. Ihm sagen, dass sie sich große Sorgen um ihn machen, ihn fragen, wo er steckt, mit ihm schimpfen, ihn beglückwünschen, um ihn weinen, als ob er gestorben wäre.

»Mach dir keine Sorgen«, sagt die Kommandantin zu ihm. »Wir haben uns bereits um alles gekümmert. Wenn du zurückkehrst, musst du nicht mehr allzu viel erklären.«

Ron versteht nicht, was sie meint. »Sie schicken mich zurück? Nach Bologna?«

»Nach Bologna. Und in gewisser Weise haben wir das bereits getan: Der Plan ist, dich in die Zeitmaschine zu stecken und vierundzwanzig Stunden weit zurückzuschicken, in den Freitagnachmittag, ein paar Stunden nach der Explosion. Es wird das erste Mal sein, dass wir unsere Technologie bei einem Zivilisten anwenden ... Aber unsere Ärztin meint, dass dein Körper damit ohne größere Probleme fertigwerden müsste. Wenn wir so vorgehen, wird es einfacher, der Polizei dein Verschwinden zu erklären. Jerry hat sich schon ein gutes Alibi für dich ausgedacht, du brauchst es nur auswendig zu lernen.«

Ron schaut Enrico an. »Also werden wir getrennte Wege gehen?«

Der andere lächelt. »Anscheinend. Wenigstens einige Zeit lang.«

Noch während er es sagt, wird ihm bewusst, dass sein Entschluss gefasst ist. Darauf wird es also hinauslaufen. Und auch wenn es ihm leidtut, sich von Ron zu verabschieden, so spürt er doch in sich eine Art von Wärme, eine Art von Erleichterung. Er weiß nicht recht, wie er dieses neue Gefühl nennen soll. Hoffnung?

»Ab und zu könntest du mich hier in Prag besuchen«, schlägt er vor. »Dann kannst du ja auch bei Micaela vorbeischauen.«

Als er den Namen des Mädchens hört, springt Ron wie angestochen von der Bank auf. Seine Hand, die das Handy hält, zittert.

»Generalin … Kommandantin, für wie viel Uhr ist meine Rückkehr geplant?«

»Für neunzehn Uhr.«

»Neunzehn Uhr. Das ist ja bald … Sehr bald! Ich muss kurz mal weg. Aber ich bin gleich wieder zurück, versprochen. Ich beeile mich.«

Ohne auf eine Antwort zu warten, steckt Ron das Handy in die Tasche und rennt los, so schnell er kann.

»Was für ein Typ, hm?«, meint die Kommandantin und schaut ihm nach.

»Ein klasse Typ«, erwidert Enrico. »Schließlich ist er mein bester Freund.«

59

Samstag, 20. Mai, 17:32
1 Tag, 5 Stunden und 36 Minuten nach Stunde null

Ron betritt das Krankenhauszimmer. Die einfallenden Sonnenstrahlen tauchen alles in ein goldenes Licht, und Micaela in ihrem Bett kommt ihm wie eine Märchenprinzessin vor. Das schlafende Dornröschen, das allerdings nicht wach geküsst zu werden braucht, weil sie die Augen aufschlägt, als sie die Tür hört.

Schade, denkt Ron.

»Du«, sagt Micaela.

»Kannst du wieder sprechen?«

»Bisschen. Kann mich noch nicht bewegen.«

Ron geht näher heran. So, wie sie da im Bett liegt, sieht Micaela jünger aus als er. Die Ponyfransen ihrer Kurzhaarfrisur fallen ihr wirr in die Stirn und sie ist bleich. Sie kommt ihm eher wie Schneewittchen als wie Dornröschen vor.

»Ich bin gekommen, um mich zu verabschieden«, sagt Ron, der nicht so richtig weiß, wie er anfangen soll. »Sie schicken mich zurück. In die Vergangenheit. In den gestrigen Nachmittag … Die Kommandantin denkt, dass es so besser ist.«

»Wann geht es los?«

»In gut einer Stunde. Sie warten vor dem Krankenhaus auf mich, um mich zur Basis zurückzubringen. Ich habe nicht viel Zeit.«

»Es ist schon komisch, dass bei Zeitreisen ausgerechnet Zeit das ist, was ständig knapp ist«, sagt Micaela. »Die Prozedur ist nicht einfach«, fügt sie hinzu. »Es ist … unangenehm. Es tut weh. Und man erbricht sich.«

Ron denkt an das üppige Mittagessen im *La Dégustation*. »Ich versuche, mich zusammenzureißen«, verspricht er. »Ich habe ein Geschenk für dich. Nichts Besonderes … Ich habe es in einer Autobahnraststätte gekauft. Ich wollte es dir geben, aber … na ja, es ist in der Basis geblieben … Ich wusste nicht … Also, als ich die Anweisungen hatte und die mir gesagt haben, was ich tun soll, war es einfacher. Jetzt ist es wesentlich schwieriger.«

Micaela lächelt. »Wow, ein Geschenk aus einer Raststätte. Verrätst du mir, was es ist?«

»Motorradhandschuhe.«

»Hey, cool!«

»Warte mit der Begeisterung, bis du sie gesehen hast. Auf dem Handrücken ist ein Schädel voller Flammen.«

Micaela schließt die Augen. Ein leises Lachen steigt aus ihrer Kehle auf.

»Ich bin sicher, dass sie wunderschön sind«, flüstert sie. Dann schaut sie Ron an. »Du weißt, dass ich in einer Beziehung bin, nicht wahr?«

»Die Kommandantin hat es mir gesagt.«

»In einer Beziehung mit einer Frau. Weißt du das auch?«

Ron weiß es, aber für ihn spielt es keine große Rolle, weil eine Beziehung immer ein unüberwindbares Hindernis ist, da ist es auch schon wieder egal, ob mit einem Mann oder einer Frau.

»Liebst du sie?«

»Ja«, antwortet Micaela.

Er hätte gedacht, dass eine solche Antwort ihm das Herz brechen oder es zerquetschen würde, doch er empfindet etwas anderes. Es ist, als würde sein Herz schmelzen, ein weiches Schmelzen, eine Art von Melancholie, wie man sie manchmal empfindet, wenn man aus einem schönen Traum erwacht.

»Sag mir eines«, fährt Micaela fort. »Hast du in der Raststätte auch die DVD *Die Glücksritter* gekauft? Komm, mach nicht so ein Gesicht. Ich hab nicht gleich kapiert, dass du das gewesen bist. Aber als ihr mich heute Mittag besucht habt und du mir das Foto auf deinem Handy gezeigt hast, das mit den Anweisungen, habe ich deine Schrift wiedererkannt.«

Stimmt, denkt Ron. Auch wenn Micaela kaum älter ist als er, ist sie doch eine ausgebildete Agentin. Ganz normal, dass sie auch auf Kleinigkeiten achtet.

»Du hast mir außerdem eine Nachricht geschickt, mit einem Strandfoto und dem Text: *Denk positiv. Geh immer aufs Ganze!* Danke. In dem Moment hatte ich Angst. Es hat mir geholfen. Es hat mich gerettet.«

Auf Rons Gesicht breitet sich ein glückliches Lächeln aus. »Ich durfte dir ja nichts sagen. Ich durfte dich nicht wissen lassen, dass ich in deiner Nähe war, aber ich wollte … wenigstens ein bisschen …«

»Aber eines verstehe ich immer noch nicht«, sagt Micaela. »Als du in der Raststätte die Geschenke für mich gekauft hast, war die Bombe kurz zuvor explodiert und du warst noch nicht in Prag. Woher wusstest du so viel über mich? Dass ich Motorrad fahre, zum Beispiel. Dass meine Eltern diesen Film lieben?«

»Aus demselben Grund, aus dem ich wusste, dass du mit jemandem zusammenlebst. Ich habe die Kommandantin und Jerry letzte Nacht gefragt, während wir an der Vorbereitung deiner Mission gearbeitet haben. Na ja, und dann habe ich mir eben auf dem Futter deiner Jacke ein paar Notizen gemacht.«

»Ah!«

Micaelas Ausruf ist so laut, dass Ron zusammenzuckt. Dann sieht er ihre Augen leuchten oder glänzen sie etwa?

»Soll das heißen, dass du, außer den Anweisungen, wie die Welt zu retten ist, auch noch aufgeschrieben hast, wie du bei mir punkten kannst?«

Ron weiß nicht, was er darauf sagen soll, weil es ja genau so ist. Er käme sich dämlich vor, wenn er es zugeben würde.

Aber er muss gar nicht die richtigen Worte finden, denn Micaelas Hand gleitet langsam, wie in Zeitlupe, unter der Bettdecke hervor, findet seine Hand und berührt sie. Sie fühlt sich eiskalt an. Rons Hand dagegen ist so heiß, dass er Angst bekommt, sie könnte in Flammen aufgehen. Auch sein kleiner Freund unten in der Hose wacht auf, ein grottenschlechtes Timing, und zeichnet sich deutlich hinter dem Reißverschluss ab.

Oh nein, warum muss mir immer so etwas Lächerliches passieren, ausgerechnet mir, ausgerechnet jetzt?

Micaela hat es gesehen, doch sie nimmt ihre Hand nicht von Rons, vielleicht hat sie auch einfach nicht die Kraft dafür.

»Ron, hör mal«, sagt sie stattdessen leise. »Ich glaube, du musst jetzt gehen oder du verpasst deine Verabredung mit der Zeitmaschine. Aber bevor du gehst, ist da noch etwas, das du für mich tun könntest.«

»Was immer du willst.«

»Komm her. Umarme mich.«

Und Ron ... Nein, er ist noch nie in einer derartigen Situation gewesen, noch nie in seinem Leben. Doch sein Körper bewegt sich schon, als es ihm noch gar nicht bewusst ist. Er hebt die Bettdecke an und er legt sich darunter, neben sie in ihrem Pyjama. »Darf ich?«, fragt er und sie sagt: »Dummkopf.« Und er begreift, dass es Momente gibt, in denen man besser den Mund hält. Also breitet er die Arme aus, umfängt sie und drückt sie an sich. Oh, wie kalt sie ist, doch die Kälte ist ihm nicht unangenehm und auch nicht der Umstand, dass das Bett so schmal ist und dass sie Gefahr laufen, hinunterzufallen. Wichtig ist nur, dort zu bleiben, seine Beine mit ihren zu verschränken, zu spüren, wie ihre Herzen gemeinsam schlagen, unglaublich schnell. Und vielleicht ist das die Liebe, unbequem zu zweit in einem Krankenhausbett liegen, während die untergehende Sonne vom Himmel rutscht und die Nacht naht, die uns keine Angst mehr macht, solange wir zusammen bleiben, wir zwei, zusammen, einen Augenblick lang, eine Ewigkeit lang.

Sind sie im Grunde nicht dasselbe, der Augenblick und die Ewigkeit?

Freitag, 19. Mai, 19:03
7 Stunden und 7 Minuten nach Stunde null

Im Hintergrund mischt sich Klaviermusik mit Stimmengewirr, Schritte sind zu hören, Lichter leuchten. Der Spiegel in der winzigen Kammer zeigt ihm sein Abbild, doch einen Augenblick lang erkennt er sich nicht wieder. Ihm ist schwindelig.

Er schiebt den Vorhang beiseite und tritt heraus, und ringsherum tobt das Chaos. Da stehen Schaufensterpuppen in Kamelhaarmänteln herum und junge Mädchen probieren bunte T-Shirts an. Ihm ist ein bisschen schlecht, er schaut sich um und fühlt sich vollkommen fehl am Platz.

»Kann ich jetzt rein?«, fragt ihn eine Frau, die über einem Arm einen Schwung Schottenröcke trägt.

»Wie?«, fragt er.

»Ich habe gefragt, ob ich da reinkann? Um die hier anzuprobieren.«

Weil er immer noch nicht zu verstehen scheint, erklärt

die Frau: »Du bist eben aus der Umkleidekabine gekommen ... Bist du fertig? Oder willst du noch etwas anderes anprobieren?«

Jetzt versteht er und antwortet leise: »Oh, ja klar. Ich bin fertig. Bitte. Bitte, gehen Sie ruhig hinein.«

Er hält sich an einem Garderobenständer fest, weil er befürchtet, das Gleichgewicht zu verlieren, doch der Ständer rollt weg und er fällt beinahe der Länge nach hin. Im letzten Augenblick fängt er sich und schließt die Augen. Er atmet tief durch, um die Kontrolle über seinen Körper zurückzuerlangen. Er fühlt sich, als wäre er soeben aus einer Achterbahn ausgestiegen und müsste sich gleich erbrechen. Auf keinen Fall will er sich hier übergeben, aber er kann nicht anders. Er war ja gewarnt worden.

»Junge ... Stimmt etwas nicht? Geht es dir nicht gut?«, fragt ihn die Frau.

»Mama, lass ihn in Ruhe, siehst du nicht, was mit ihm los ist?«, mischt sich ein junges Mädchen ein.

Sie wirft ihm einen unfreundlichen Blick zu, von dem er ablesen kann, dass sie ihn für einen Junkie hält. Aber er ist kein Junkie und er hat auch keine Lust, sich zu rechtfertigen. Also lässt er den Garderobenständer los, sobald er sich ausreichend stabil fühlt, macht einen Schritt, noch einen, schwimmt durch die große Verkaufsfläche, immer darauf bedacht, etwas in der Nähe zu haben, an dem er sich festhalten kann.

Er tritt hinaus ins Freie und findet sich unter den Säulengängen der Via Indipendenza wieder. Es sind nicht besonders viele Leute unterwegs und es regnet. Es regnet sehr heftig. Es ist, als wären Wasser und Luft zu einer Einheit verschmolzen, zu etwas, das sich über die Pflastersteine ergießt und sie dunkel und glänzend werden lässt. Ein Glück, dass er noch den Hoodie anhat. Außerdem ist Bologna die Stadt der Säulengänge, sodass man nie allzu nass wird. Er muss sowieso zu Fuß nach Hause gehen, er hat kein Geld dabei, nicht eine einzige Münze, und ein Handy, mit dem er jemanden anrufen könnte, hat er auch nicht mehr.

Er weiß jetzt schon, dass das verlorene Telefon ein Problem sein wird. Sie werden ihn höchstwahrscheinlich ausschimpfen und wer weiß, wann sie ihm ein neues kaufen, aber na ja, das ist seine geringste Sorge.

Wahnsinn, denkt er. Wahnsinn.

Schade nur, dass er das, was er erlebt hat, niemandem erzählen kann. Aber es würde ihm ohnehin niemand glauben.

Er bleibt ein Weilchen stehen und schaut dem Regen zu, riecht den starken Ozonduft der Luft. Irgendwann geht ein Mann an ihm vorbei, der sich auf seinem Handy die Nachrichten anschaut. Er benutzt keinen Kopfhörer und so kann Ron mithören. Es geht um die Bombe, die Bombe, die erst wenige Stunden zuvor in der Innenstadt von Bologna hochgegangen ist.

Eine dramatische Nachricht und doch muss Ron grinsen.

Dann ist wirklich alles wahr, denkt er.

Ein Regenspaziergang steht ihm bevor, aber was soll's. Er wird klatschnass zu Hause ankommen und zum Abendessen zu spät dran sein. Egal.

Er verlässt seinen trockenen Platz unter dem Säulengang und geht mit schnellen Schritten durch den rauschenden Regen. Dabei greift er nach hinten, um sich die Kapuze seines Sweatshirts über den Kopf zu ziehen. In dem Moment huscht am Rand seines Gesichtsfelds etwas vorbei und er bleibt stehen. Er betrachtet seinen rechten Arm und sieht es.

Jemand hat ihm mit einem schwarzen Filzstift etwas auf den Ärmel geschrieben.

Es ist eine Telefonnummer mit einer internationalen Vorwahl, die er nicht kennt, und darunter steht: *Denk positiv. Geh immer aufs Ganze!*

Ron steht da und schaut auf den feuchten Stoff und kann es nicht glauben. Er fährt sogar mit den Fingerspitzen über die Telefonnummer, wie um sich zu vergewissern, dass die Ziffern nicht plötzlich verschwinden.

Wie ist das möglich? Wann …?

Aber was spielt das für eine Rolle?

Er fängt an zu lachen.

Streckt die Hände zum Himmel empor.

Und rennt los, seinem Morgen entgegen.

Dank

Dies ist ein Buch über die Zeit und es zu schreiben hat unglaublich viel Zeit erfordert.

Ich musste meinen Beruf von Grund auf neu erlernen und ich weiß nicht einmal, ob mir das gelungen ist; auf jeden Fall war es schwierig und sehr spannend.

Dieses Buch ist für mich aber auch noch aus einem anderen Grund etwas Besonderes, denn es ist mit meinen beiden Städten verbunden.

Die erste Stadt ist Bologna, wo ich an der Universität studiert und die Liebe gefunden habe. Irgendwann habe ich diese Stadt auch zu meinem Wohnort gemacht.

Die zweite ist Este: der Ort, an dem ich aufgewachsen bin, aufs Gymnasium gegangen bin und mein siebzehntes Lebensjahr in Gesellschaft derer durchgestanden habe, die damals meine besten Freunde waren, es heute noch sind und es immer sein werden.

Este ist auch die Stadt, in der Sara Saorin lebt. Gemeinsam mit Francesca Segato hat sie einen Jugendbuchverlag gegründet: Camelozampa.

Hier in Este ist die Idee zu diesem Buch geboren worden, im Schatten der Burg und bei einem Aperol Spritz.

Als wir feststellten, dass wir tatsächlich die gleiche Begeisterung für Science-Fiction-Romane teilen, fing ich an, den beiden von einem verrückten Plan zu erzählen, der mir schon seit einiger Zeit durch den Kopf ging: eine Geschichte über einen Zeitagenten, dessen Arbeit sterbenslangweilig ist, weil sie darin besteht, kleinste Aktionen auszuführen, die aber große Veränderungen zur Folge haben, bis eines Tages die Wirkung seiner Aktionen ausbleibt …

»Warum hast du diese Geschichte noch nie aufgeschrieben?«, fragten sie mich.

»Weil ich glaube, dass niemand sie lesen will«, war meine Antwort.

»Wir schon.«

Und so fing alles an.

Deshalb danke ich ihnen und allen anderen Mitgliedern des fantastischen Camelozampa-Teams: Marta Bracciale, Emanuele Cirani, Federica Quaglio, Nadia Masiero, Francesca Tamberlani und Paola Bruzzone.

Ich danke außerdem meinen hervorragenden Beratern, die es mir ermöglicht haben, die technischen Aspekte dieser Geschichte glaubhaft zu gestalten: Igor De Amicis für die vielen Informationen über den Strafvollzug, Christian Hill für seine Erklärungen zu Dienstgraden, Hierarchien und Vorgehensweisen der Luftwaffe, dem Ingenieur Danilo Coppe, der mich in die Welt der zivilen Sprengtechnik einführte, und Javier Eduardo Aguirre und Clara Marrone, die mich mit ihr vertraut gemacht haben.

Ich danke Veronika Szkanderova für ihre Hilfe im Umgang mit der tschechischen Sprache.

Ich danke meiner Lebensgefährtin Laura für die Informationen über Arbeitsabläufe in Krankenhäusern.

In diesem Roman geht es unter anderem auch um psychische Gesundheit, und Enrico zu verstehen war eine der kompliziertesten Herausforderungen meiner bisherigen Schriftstellerkarriere. Ich danke Doktor Paolo Assandri, Psychotherapeut (iamnotfreud.co.uk), der mir geholfen hat, Enrico besser kennenzulernen. Und Antonio Iovieno, Gründer und Koordinator von Whatsapp Amico von Telefono Amico Italia.

Viele Freunde haben mir dabei geholfen, Lösungen für diesen narrativen Zauberwürfel zu finden. Mein erstes Dankeschön ergeht an meinen Lehrer Pierdomenico Baccalario: Wenn die Geschichte einen in den Nebel entführt, weiß er stets, wie man wieder herausfindet. Ich danke auch Marco Ponti für seine zahlreichen konstruktiven Ratschläge. Und Manlio Castagna und Guido Sgardoli dafür, dass sie zur Stelle sind, wann immer ich sie brauche.

Viele der hier genannten Menschen sind mit dem Kreativteam von Book on a Tree verbunden. Ich danke auch allen übrigen Mitgliedern dieser Gruppe, insbesondere

Lorenzo Rulfo, Lucia Vaccarino, Rosamaria Pavan, Barbara Gozzi. Ich danke Viola Gambarini dafür, dass sie auch dieses Buch vom Anfang bis zum Ende begleitet hat.

Ich hatte meine Freunde aus meiner Kindheit erwähnt, deshalb will ich hier auch ihre Namen nennen: Riccardo und Giuseppe (auch wenn ich sie niemals so genannt habe).
Ich danke meiner Familie.
Und abschließend danke ich auch dir dafür, dass du bis hier gelesen hast. Ich hoffe, dass die Zeit, die du mit diesem Buch verbracht hast, keine vergeudete Zeit für dich war. Sonst hätte ich da einen Tipp für dich: Irgendwo in Europa soll eine Maschine versteckt sein, mit deren Hilfe man in die vergangene Zeit zurückkehren kann. Wenn du willst, können wir gemeinsam danach suchen.

Morosinotto, Davide:
Time Shifters – Ohne uns gibt es kein Morgen
ISBN 978 3 522 20300 5

Aus dem Italienischen übersetzt von Cornelia Panzacchi

Copyright © 2022 by Davide Morosinotto

The translation follows the edition by Camelozampa SNC,
Monselice, Italien, 2022: »Temporali«
Published by arrangement with
Book on a Tree, Ltd, London
All rights reserved.
www.bookonatree.com

Cover und Einbandtypografie: Zero Werbeagentur
Satz: Die Buchmacher, Köln
Reproduktion: DIGIZWO Kessler + Kienzle GbR
Druck und Bindung: CPI Moravia Books

© 2023 Thienemann
in der Thienemann-Esslinger Verlag GmbH, Stuttgart
Printed in Germany. Alle Rechte vorbehalten.
Wir behalten uns die Nutzung unserer Inhalte für Text und Data Mining
im Sinne von § 44b UrhG ausdrücklich vor.